Diogenes Taschenbuch 23385

Märchen aus der Toskana

*Mit einem Vorwort
von Magdalen Nabb
Herausgegeben,
übersetzt und mit
einem Nachwort von
Herbert Boltz
Unter Mitarbeit von
Heidrun Vollmer*

Diogenes

Die deutsche Erstausgabe erschien
1999 unter dem Titel
›Toskanische Märchen‹
im Fischer Taschenbuch Verlag,
Frankfurt am Main
Umschlagillustration:
Simone Martini, ›Guidoriccio di Fogliano‹,
um 1328 (Ausschnitt)

Für Felix

Diogenes Verlag AG Zürich
www.diogenes.ch
100/03/52/1
ISBN 3 257 23385 x

Inhalt

Vorwort

Als ich 1975 zum ersten Mal in der Toskana war, stellte ich fest, daß ich plötzlich durch jene Gemälde streifte, die ich seit Jahren studiert und zu verstehen geglaubt hatte. Es war Herbst, und ich wanderte durch Leonardo da Vincis Landschaft, in der am frühen Morgen die dunklen Silhouetten der Schirmpinien und gewaltigen Zypressen schemenhaft aus den Nebelschwaden auftauchen. Es heißt, dies sei eine besondere Technik des Künstlers, Ausdruck seines schöpferischen Genies. Aber da war sie nun, diese Landschaft, und ich befand mich mitten darin und mußte lernen, sie mit Worten zu malen. Im Frühling spazierten meine Füße über Botticellis Blumenteppich von wilden Iris, Orchideen, Hibiskus und winzigen Gladiolen.

Dann entdeckte ich die Dunkelheit. Nicht die von Yeats' *Nacht und das Licht und das Zwielicht*, sondern die echte Dunkelheit. Die Dunkelheit einer Landschaft, die so weit von der Stadt entfernt ist, daß deren Licht den Glanz der Sterne nicht mehr trüben kann. Im Januar brach ich jeden Morgen um fünf Uhr zu einem einstündigen Fußmarsch ins Dorf auf, um wie viele andere auch mit dem Bus zur Arbeit zu fahren. Dieser Marsch lehrte mich, was Dunkelheit ist. Unzählige Male streckte ich unwillkürlich die Hand aus, als wollte ich mir einen Weg durch die dunkle Undurchdringlichkeit bahnen. Und ebenso oft kam ich von dem holprigen Weg ab, stolperte in den Graben, stieß gegen Bäume. Die Hunde, die ich nicht sehen konnte, die mich aber von jedem Bauernhof anbellten, jagten mir Angst ein. Ein winziger roter Lichtpunkt, der hin und wieder auftauchte, verwirrte mich, weil ich ihn zu nichts in Bezug setzen konnte. Es hätte ein Waldbrand in hundert Kilometern Entfernung sein können, oder eine Ampel, nur hundert Meter weit weg. Erst als ich mit dem Kopf gegen einen Mauerbogen stieß, erkannte ich, daß dies das Licht einer Marienstatue am Straßenrand war. In jenem Winter lernte ich dankbar zu sein für jede noch so dünne Schneedecke, die das schwache Schimmern der Sterne reflektierte. Der vertraute rote Lichtpunkt der Marienstatue, die übrigens genau der Figur glich, die ich aus meinen Kindertagen kannte, signalisierte mir nun, daß ich die Hälfte meines Weges bereits hinter mir hatte. Ich war nicht die einzige, die von der Dunkelheit verschluckt wurde. Auf dem Nachhauseweg im Winter begann ich leise zu rufen, sobald ich die Statue hinter mir gelassen hatte, und nach einer Weile drang eine antwortende Stimme an mein Ohr – die meines Sohnes, der mich abholen kam. Wir riefen uns gegenseitig, nicht nur um zu vermeiden, daß wir im Finsteren versehentlich ineinander hineinstolperten, sondern auch damit die vertrauten Stimmen diesen plötzlichen Wahrnehmungsverlust und die Stille durchbrechen und aufsteigende Urängste verbannen konnten. Auch auf dem letzten Stück des Weges, das wir gemeinsam zurücklegten, konnten wir uns noch immer nicht sehen. Also redeten wir miteinander, und im Laufe der Wochen entwickelte sich dies zu unserer ›Geschichtenerzählzeit‹. Das Geld war damals knapp, und wir besaßen nur wenige Bücher. So mußte ich mich auf all jene Geschichten zurückbesinnen, die ich vor langer Zeit gehört oder gelesen hatte. Gibt es eine bessere Atmosphäre, um Phantasie- oder Spukgeschichten zu erzählen? Die Stille der Dunkelheit, die körperlose Stimme. Zu Hause wartete ein gemütliches Zimmer mit dem typischen Terrakotta-Boden auf uns, das Essen, das ich mitgebracht hatte, wärmender Rotwein und ein schönes Holzfeuer. Zu beiden Seiten des großzügigen Kamins stapelten sich die Holzscheite an der Wand. Abends schlüpften Feldmäuse ins Haus und versteckten sich hinter dem Holz. Dort warteten sie, bis wir zu Bett gingen, um sich dann an unseren Vorräten gütlich zu tun. Nach dem Abendessen war Zeit für noch mehr Geschichten, zusammengekuschelt dicht vor dem Kamin. All unsere Sachen hatten kleine Brandflecken, und unsere Decken waren wie geräuchert wegen der zahllosen Versuche, sie an kalten, regnerischen Tagen vor dem Kamin zu trocknen. Wenn die Gute-Nacht-Geschichte sich in die Länge zog, spitzelten lange rosa Ohren und lange Nasen hinter dem Holz hervor. Sie hatten ein sehr gutes Zeitgefühl, und wir verstanden den Wink und gingen zu Bett.

Bald wurden unsere Geistergeschichten rüde gestört, von einem Geist – und wir standen plötzlich mitten in einer wahren toskanische Geschichte. Zuerst waren es Geräusche, schleichende Schritte. Da hätten keine Geräusche sein dürfen, und noch weniger Schritte. Niemand konnte da draußen sein. Bis zum Herrenhaus der gräflichen Familie, zu deren Besitz auch unser Häuschen zählte, war es ein Fußmarsch von zehn Minuten, und niemand von dort hatte den geringsten Grund, vor unseren Fenstern herumzuschleichen. Natürlich rafften wir all unseren Mut zusammen, um die Tür zu öffnen und nachzuschauen. Aber was hätten wir in der absoluten Dunkelheit schon sehen können? Jede Nacht kehrten die Schritte zurück, und manchmal hörten wir auch leises Geflüster. Bei Tageslicht suchten wir nach Fußspuren, aber in dem hohen Gras vor dem Haus hätte selbst Sherlock Holmes aufgeben müssen. Hinterlassen Geister eigentlich Fußspuren? Schließlich entdeckten wir eine winzige Hütte aus dünnen Schilfrohren und versuchten, die altersschwache Tür zu öffnen. Sie war mit einem Vorhängeschloß gesichert. Geister hätten wohl kaum eine solch kleine, nicht gerade stabil aussehende Hütte erbaut, Elfen schon eher, aber soweit ich weiß, benutzen Elfen keine Vorhängeschlösser. Wir spähten durch die Lücken zwischen den Schilfrohren und sahen Werkzeug, normal großes Werkzeug für Menschenhand, nicht für Elfen, ein großes Stück eines zerbrochenen Spiegels und einen Hut, der an einem Nagel hing.

Wir hatten Vittorio entdeckt, der wie die anderen Farmarbeiter der Gräfin sein Häuschen (das jetzt unseres war) verlassen hatte, um in einer modernen Mietwohnung im Dorf zu wohnen. Niemand jedoch konnte diese Menschen von ihren Gemüsegärten trennen, die sie heimlich in der Nacht bearbeiteten.

Wir trafen eine Vereinbarung. Vittorio durfte bei Tage kommen. Wir teilten das Land, und er würde uns zeigen, wie man Gemüse zieht. Das war der Anfang einer weiteren toskanischen Geschichte. Vittorio, der noch immer für die Gräfin arbeitete, führte die schöne alte Tradition der

Bauern fort: Er ›lieh‹ sich ihren Wein, ihr Saatgut und ihre Düngemittel und teilte seine Beute großzügig mit uns! Die Gräfin, eine liebe alte Dame, ausgesprochen anglophil und eine Förderin literarischer Talente, kam selbst mit Wein, Saatgut und Düngemittel zu uns, und dem Angebot, einen Mann mit einem Traktor vorbeizuschicken, der uns pflügen und säen helfen würde – Vittorio natürlich. Wir lernten die Tugend der Verschwiegenheit.

In Sommernächten zogen wir zum Geschichtenerzählen auf die Dorfmauer vor unserem Haus. Dort saßen wir auf den Steinen, noch ganz warm von der untergegangenen Sonne, und beobachteten das Farbenspiel am weiten Firmament, das von Glutrot über Türkis zu Mitternachtsblau wechselte. Sternschnuppen fielen vom Himmel, und Glühwürmchen tanzten um uns herum und weckten Erinnerungen an andere Geschichten, an Geschichten von Prinzen, Rittern und Zauberschwertern.

Pierone schreibt: »*Il tempo delle novelle passa presto*«. Jetzt schreiben wir schon das Jahr 2003. Obwohl die Toskana noch immer nach Weinhefe und süßem Holzrauch duftet, obwohl die Straßen dort noch immer unbeleuchtet sind, erzählt man sich nur noch selten Geschichten zum Trost oder zur Beruhigung in der Dunkelheit, oder um einen warmen, geselligen Sommerabend auf der Dorfmauer zu genießen; diese Tradition wurde abgelöst von den Seifenopern des Fernsehens. Ob diese nun aus Amerika, Südamerika, England oder Italien stammen, solche Filme erzählen immer dieselbe Geschichte. Aber das trifft wohl auf alle Geschichten zu. Jede Kultur hat ihre eigene Version von *Aschenputtel* – mir persönlich gefällt *La bella Gio-*

vanna besonders gut – oder auch die Geschichte *Jack and the Beanstalk*, in Italien *Meo e la Mea*, und ich kann mich noch gut an meine heftige Reaktion auf die englische Version von *La Gamba* erinnern.

Ich liebe es, diese Geschichten zu lesen, deren Protagonisten die Menschen der Toskana sind, in deren Mitte ich gelebt habe: ironische Menschen mit einem scharfen Blick, geradeheraus und unsentimental, der Kirche und Gott gegenüber kritisch, bekannt für ihren Geiz, aber oft erstaunlich großzügig; und immer, immer wieder bin ich begeistert von ihrem guten, einfachen Essen, ihrem Wein und ihrer wundervollen Landschaft.

Florenz, Frühjahr 2003
Magdalen Nabb

In den Märchen hat sich
die wahre Geschichte der Menschen niedergeschlagen.
Aus ihnen läßt sich, wenn auch nicht vollständig,
der Sinn erahnen, enthüllen.

Ivo Andrić

La bella Giovanna

Ein Bauer hatte eine Tochter mit Namen Giovanna, die war ein ausnehmend hübsches Mädchen. Dazu war sie auch klug, schlagfertig und voller Witz. In der ganzen Umgegend wurde kein Fest gefeiert, zu dem man sie nicht gerne eingeladen hätte. Denn so lustig wie sie wußte niemand die Gäste zu unterhalten.

Nun herrschte in der nahe gelegenen Residenz ein König, dessen Tochter zwar Giovanna an Schönheit nicht nachstand, doch ansonsten das genaue Gegenteil von ihr war. Allzeit lief sie mit trauriger Miene herum, und nichts, aber auch gar nichts vermochte sie fröhlich zu stimmen.

Als der König von Giovanna hörte, sandte er einen Boten aus und ließ das Mädchen in den Palast befehlen. Dem Bauern fuhr der Schrecken gehörig in die Knochen: »Das hast du nun von deinem frechen Lästermaul. Gewiß ist dem König etwas zu Ohren gekommen.«

»Laß mich nur machen, Väterchen«, beruhigte sie ihn. »Ich weiß schon, warum man mich ruft.«

»Dann zieh wenigstens Schuhe an und ein sauberes Kleid. Dein Spinnrad brauchst du doch sicher auch nicht.«

»Ich habe noch niemals Schuhe getragen. Und mein Spinnrad nehme ich auf jeden Fall mit.«

Als Giovanna zum Palast kam, wollten ihr die Torposten den Weg versperren. Sie aber ließ sich nicht einschüchtern, sondern kaufte ihnen solchermaßen den Schneid ab, daß einer von ihnen zum König lief:

»Eure Majestät, draußen steht ein hübsches Mädchen, barfüßig, im groben Bauernkittel und mit einem Spinnrad unter dem Arm. Sie hat beileibe die Haare auf den Zähnen und wünscht Euer Fräulein Tochter zu sprechen.«

»Schickt sie herein!«

Giovanna betrat das Gemach und fragte gleich nach der Prinzessin. Mit dem König hielt sie sich erst gar nicht lange auf. Der war darüber so verdutzt, daß er kein Wort herausbrachte und lediglich auf die richtige Tür deutete. Die Bauerstochter und die Prinzessin trafen zusammen. Ihr Herkommen hätte nicht unterschiedlicher sein können, dennoch fanden sie auf Anhieb Gefallen aneinander. Giovanna gab ihre lustigsten Geschichten zum besten. Die untermalte sie derart geschickt mit allerlei komischen Gesten, daß die Königstochter darüber herzhaft lachen mußte. Nachdem das Eis einmal gebrochen war, wollte die Prinzessin sie nicht mehr von ihrer Seite lassen. Giovanna wurde zur Hofdame ernannt. Ihre Erzählungen, ihre Lieder und Scherze erheiterten die traurige Königstochter solchermaßen, daß ein helles Lachen durch den Palast erklang, wie man es dort niemals zuvor vernommen hatte.

Der alte König war über diese Veränderung höchst erfreut. Er erwies der Gesellschafterin seiner Tochter jedwede Großzügigkeit. Sie durfte sich wie eine große Dame kleiden. Die besten Lehrer wurden gerufen, die sie in den verschiedensten Künsten unterrichteten. So genoß sie eine Zeitlang all die Annehmlichkeiten eines müßigen Lebens in Reichtum und Luxus. Allein, mit der Zeit wurde sie des strengen und steifen Zeremoniells bei Hofe überdrüssig. In ihrem Herzen war Giovanna ein Bauernmädchen geblieben, das sich nach der Freiheit und Weite des offenen Landes sehnte.

»Bist du es nicht satt, tagaus, tagein in diesem goldenen Käfig eingeschlossen zu sein?« fragte sie die Prinzessin beim Spaziergang im Park. »Laß uns eine Reise machen. Wir werden andere Gegenden und neue Menschen kennenlernen. Das wäre doch schön.«

»Was denkst du dir?« erwiderte die Königstochter. »Mein Vater wird uns niemals erlauben, allein zu verreisen.«

»Dann sag ihm, daß wir noch zehn Begleiterinnen mit uns nehmen. Gegen zwölf Mädchen kann niemand so leicht etwas ausrichten.«

Zuerst wollte der König nichts von der Sache wissen: »Ich bin ein alter Mann und will meine Tochter um mich haben«, sagte er. »Hat man das schon einmal gehört, daß Frauen in den heutigen Zeiten allein herumreisen? Was würden denn da die Leute sagen?«

Aber Giovanna bot ihre ganze Beredsamkeit auf. Dabei ging sie ihm so geschickt um den Bart, daß er zu guter Letzt doch noch seine Einwilligung gab.

Wenig später brachen zwei Kutschen mit zwölf gleich gekleideten Mädchen auf. In den ersten Tagen stattete man verschiedenen Schlössern in der Umgegend einen Besuch ab. Dann ging's hinaus auf die Landstraße, wo die Pferde den Weg tüchtig unter die Füße nahmen. Nach einiger Zeit traf die Gesellschaft in einer großen Stadt ein. Es wurde beschlossen, erst einmal hierzubleiben. Die Mädchen nahmen Quartier in einem Gasthof. Da ließen sie es sich wohl ergehen. Sie besuchten die Feste und Bälle, machten die herrlichsten Ausflüge, und kein Tag erschien wie der andere. Bald waren die zwölf schönen fremden Jungfrauen in aller Munde. Dabei achteten sie peinlich darauf, daß niemand hinter das Geheimnis ihrer Herkunft kam.

Ein jedes der Mädchen stand sich selber vor. Nur Giovanna versah den Dienst für die Königstochter. Eines Tages nahm sie im Zimmer ein Bild von der Wand, um es abzustauben. Zu ihrem Erstaunen entdeckte sie dahinter ein Fenster, das den Blick in eine reich ausgestattete Küche freigab. Darinnen war der Koch mit der Zubereitung eines Mahles beschäftigt, wie man es in der Herberge gewiß nicht bekommen hätte. Giovanna erinnerte sich daran, daß die Wirtschaft geradewegs an die äußere Wand des Palastes angebaut war, in dem der König dieser Stadt wohnte. Sie beschloß, dem Koch einen Streich zu spielen. Als sich dieser einmal entfernte, kletterte sie flink wie eine Katze durchs Fenster in die Küche. Von den besten Speisen nahm sie sich reichlich, den Rest aber versalzte sie gehörig. Danach schlüpfte sie wieder ins Zimmer und hängte das Bild an seinen Platz zurück. Am Abend hielten die zwölf Mädchen einen leckeren Schmaus, ohne daß Giovanna verriet, woher all diese Köstlichkeiten kamen.

An dem nämlichen Abend aber hatte der König viele vornehme Gäste zu einem Festbankett geladen. Aufgetragen wurde überreichlich – allein, niemand vermochte die versalzenen Speisen zu essen. Der arme Koch beteuerte vergebens seine Unschuld. Der erzürnte König ließ ihn für eine paar Tage in den Kerker werfen. Eine Woche später mußte er die gleiche Mahlzeit erneut zubereiten. Wieder spielte ihm Giovanna ihren Streich. Dieses Mal war der König außer sich vor Wut. »Elender Wicht!« rief er. »Du hast mich zum Gespött meiner Gäste gemacht. Ich lasse dir auf der großen Piazza den Kopf abschlagen.«

Der Koch warf sich auf die Knie: »Herr, ich bitte Euch, hört mich an. Es muß bei Hofe jemanden geben, der dies tut, weil er mir Übles will. Außerdem ist mir ein Teil der Speisen abhanden gekommen. Laßt uns noch eine letzte Probe machen. Wenn es mir dabei nicht gelingt, den Spitzbuben zu fassen, dann mögt Ihr mich richten.«

Dem König gefiel dieser Vorschlag. Er beschloß, der Sache selbst auf den Grund zu gehen. Beim nächsten Mal verbarg er sich daher in einem großen Wandschrank, während sich der Koch fleißig am Herd zu schaffen machte. Als sich jener dann zum Schein entfernte, geschah es auch schon. Das Fenster öffnete sich, und Giovanna schlüpfte in die Küche. Darauf hatte der König nur gewartet. Er sprang aus dem Schrank hervor, stürzte herzu und bekam die gänzlich Überraschte an einem Bein zu fassen: »Jetzt habe ich dich, verfluchte Diebin. Dafür wirst du mir büßen.«

Giovanna hatte ihre Fassung rasch wiedergewonnen: »Ich bin keine Diebin, Majestät. Das habe ich Gott sei Dank nicht nötig. Ich habe dies alles nur getan, um dem Koch einen Streich zu spielen. Ich bitte Euch dafür um Vergebung.«

Dem König fiel das nicht schwer, denn die Schönheit des fremden Mädchens hatte bereits sein Herz entzündet: »Ich will dir verzeihen, wenn du mir sagst, wer du bist, woher du kommst und was du hier treibst.«

Giovanna erzählte ihm ihre ganze Geschichte. Am Ende sagte der König: »Heute in einer Woche will ich dich und deine Begleiterinnen zum Abendessen in meinem Palast erwarten. Ich selbst und meine elf vornehmsten Ritter werden die Gastgeber sein.«

Daraufhin verabschiedete man sich. Am Abend erstattete Giovanna Bericht von ihrem Abenteuer. Die Mädchen kicherten und fanden das Ganze höchst amüsant. Nur die Prinzessin war ziemlich ungehalten über das Betragen ihrer Lieblingsdame. Es kostete Giovanna viele gute Worte, um sie zur Annahme der königlichen Einladung zu bewegen.

Die kluge Giovanna aber wurde den Gedanken nicht los, daß sich der König für die versalzene Suppe rächen wollte. Heimlich besorgte sie zwölf Flaschen schweren Wein, der mit einem betäubenden Opiat versetzt war. Den nahm man als Gastgeschenk in den Palast mit. An dem besagten Abend kam jedes der Mädchen neben einen vornehmen Kavalier zu sitzen. Giovanna erhielt den Platz an der Seite des Königs. Sie zeigte sich ganz in ihrem Element. Mit ihren Scherzen und galanten Geschichten unterhielt sie die Tafelgesellschaft aufs amüsanteste. Gleichzeitig gelang es ihr, den verliebten König immer mehr für sich einzunehmen. Dazu gab es die köstlichsten Speisen und Getränke im Überfluß. Was Wunder, daß sich alle in ausgelassener Stimmung befanden. Wie nun die Komplimente der Kavaliere mit vorrückender Stunde immer eindeutiger wurden, hielt Giovanna den richtigen Zeitpunkt für gekommen.

»Ihr Herren«, rief sie in die Runde, »als ein bescheidenes Gastgeschenk haben wir zwölf Flaschen guten Wein aus unserer Heimat mitgebracht. Ein jeder von euch soll nun eine davon auf die Ehre seiner Tischdame austrinken.«

Die Gastgeber ließen sich das nicht zweimal sagen. So dauerte es nicht lange, bis sie allesamt schnarchend in ihren Sesseln lagen. Was aber tat die freche Giovanna? Sie zog ihre Schere hervor. Damit zwickte sie allen zwölfen fein säuberlich den halben Schnauzbart ab. Dann eilten die Mädchen davon. Zurück im Wirtshaus, packten sie geschwind ihre Koffer und flüchteten sich in eine Villa einige Meilen außerhalb der Stadt.

Am nächsten Morgen erwachten die Herren im Schloß mit einem tüchtigen Brummschädel. Sie brauchten ein Weilchen, bis sie gewahr wurden, daß ein jeder auf die gleiche Weise verunstaltet war. Man erging sich in lautstarken Racheschwüren. Die Spitzel des Königs hatten das Versteck der Mädchen bald ausgespäht. Jener aber verkleidete sich in einen Pilger, der einen Korb mit zwölf gebratenen Äpfeln trug. So machte er sich auf den Weg zu dem Haus, während ihm seine elf Kavaliere in angemessener Entfernung folgten. Indessen fühlte der König bei allem Groll gegen das fremde Mädchen etwas in seinem Herzen, das ungleich stärker war.

Bei Einbruch der Dunkelheit klopfte der Pilger ans Tor der Villa. Giovanna öffnete ihm, ohne ihn zu erkennen. Sie führte ihn in die Küche, wo er einen Platz am warmen Herdfeuer bekam:

»Herrin, ich bin ein armer, verirrter Wallfahrer und bitte Euch um ein Quartier für die Nacht. Diese schönen Äpfel wollte ich heute einem Verwandten in die Stadt bringen. Nun werden sie bis morgen verdorben sein. Ich will sie

Euch deshalb zum Geschenk für Eure Gastfreundschaft machen.« Giovanna brachte den Korb zu den anderen Mädchen. Dabei kam ihr ein Verdacht. Wie konnten es ausgerechnet genau zwölf Äpfel sein? Sie schlich zur Küche zurück und öffnete die Tür einen Spaltweit. Am Fenster stand der fremde Pilger. Mit gedämpfter Stimme rief er etwas nach draußen. Ohne einen Augenblick zu zögern, sprang Giovanna herzu. Sie packte den Mann an den Beinen und warf ihn kopfüber zum Fenster hinaus. Der hatte noch Glück im Unglück. Er stürzte in ein Gebüsch, wobei er zwar die Besinnung verlor, sich aber ansonsten nicht ernstlich verletzte. Seine Gefolgsleute trugen ihn in den Palast zurück. Dort befiel den König eine schwere Krankheit, deren Ursache sich die Ärzte nicht zu erklären vermochten.

Giovanna verkleidete sich als reisender Medikus. Sie ging in die Residenz und versprach, den König zu heilen: »Meine Kur muß ich allerdings dem Kranken allein verabreichen. Dabei darf niemand zugegen sein.«

Anfänglich wollte man ihr dies verwehren. Doch da ohnehin keine Hoffnung mehr schien, bekam sie schließlich ihren Willen. Giovanna betrat das Gemach. Kurzerhand zog sie eine Peitsche hervor und verabreichte dem Kranken eine tüchtige Tracht Prügel, bis er am Ende die Besinnung verlor. Dann bettete sie ihn sorgsam unter die Decken und empfahl sich. Wenige Tage später hatte sich der König wieder erholt.

Inzwischen waren die zwölf Mädchen Hals über Kopf nach Hause gereist. Im Schutze des alten Königs konnte sich auch Giovanna sicher fühlen. Bei Hofe sorgte der Bericht über ihre Abenteuer für einige Heiterkeit.

Der gedemütigte König aber war hin- und hergerissen zwischen Rachegedanken und seiner Leidenschaft für das schöne Mädchen. Wen wird es wundern, daß letztere die Oberhand behielt? Er brach mit großem Gefolge ins Nachbarreich auf, wo er in aller Form um die Hand Giovannas anhielt. Die wußte nur zu gut, worauf sie sich einließ. Allein, sie mochte der Versuchung nicht widerstehen: »Um Königin zu werden, muß unsereins schon einiges in Kauf nehmen«, sagte sie zu der Prinzessin. Deren Vater schenkte ihr eine fürstliche Aussteuer, und nach einem prächtigen Hochzeitsfoto ging es unter vielen Tränen ans Abschiednehmen. Das junge Paar zog fort in die Residenz des Bräutigams.

Giovanna hatte eine lebensgroße Puppe aus Teig machen lassen, die sich anfühlte wie eine richtige Frau und doch keine war. Diese mußten getreue Diener heimlich in ihr neues Brautbett legen. Als es nun zum ersten Mal Schlafenszeit war, nahm Giovanna ihrem Gemahl ein Versprechen ab: Im Ehegemach sollte kein Licht angezündet werden, denn sie schämte sich gar zu sehr. Der König war's zufrieden. Er entledigte sich in der Dunkelheit seiner Kleider und schlüpfte unter die Decke. Seine Frau indessen ließ sich neben dem Bett auf dem Teppich nieder. Nach einer Weile wandte sich der König zu der Gestalt an seiner Seite, die er für seine Gattin hielt: »Ach, meine geliebte Giovanna«, seufzte er, »so oft hast du mich schon gedemütigt und beleidigt. Wolltest du mir doch auch nur ein einziges Mal Abbitte leisten. Wie gerne würde ich dir alles verzeihen.«

»Ich habe nichts zu bereuen«, gab ihm Giovanna aus sicherer Entfernung zur Antwort. »Und ich würde es bei der nächstbesten Gelegenheit wieder tun.«

Bei diesen Worten geriet der König ganz außer sich vor Zorn. Er packte sein Schwert, das stets an der gleichen Stelle neben seinem Bett lag. Damit schlug er der Dame aus Teig den Kopf ab. Nachdem die erste Wut verflogen war, tastete er in der Finsternis nach seiner Frau. Als er den leblosen Körper zu spüren bekam, überfiel ihn eine schreckliche Ahnung. Er stürzte aus dem Gemach und rief der Dienerschaft nach Licht. Unterdessen sprang Giovanna herzu, warf die verstümmelte Puppe aus dem Fenster, bestrich sich den Hals mit dem Blut aus einer mitgebrachten Schweinsblase und legte sich ins Bett. Der König eilte mit den Dienern herbei. Der Anblick seiner Gemahlin stürzte ihn in tiefe Verzweiflung. Er warf sich der Länge nach auf das Bett, jammerte in einem fort und machte sich die bittersten Vorwürfe.

Zur allgemeinen Überraschung begann sich Giovanna zu regen: »Das war wohl ein schöner Empfang in meiner ersten Brautnacht«, sagte sie mit schwacher Stimme. »Doch ich will meinem Gemahl seinen plötzlichen Wutanfall verzeihen. Nun soll man meine getreue Dienerin rufen und mich ruhen lassen.«

Ihr Wunsch war Befehl. Giovanna stellte sich ein paar Tage krank. Nachdem sie sich wieder erholt hatte, gab es auf der ganzen Welt keinen glücklicheren Menschen als den König. Fortan las er ihr jeden Wunsch von den Augen ab. An Rache aber war nicht mehr zu denken. So wurde aus dem armen Bauernmädchen zu guter Letzt noch eine richtige Königin.

Lieber den Spatz in der Hand

Es war einmal ein reicher Kaufmann, der hatte zwei Söhne. Der ältere ging ihm bereits fleißig bei seinen Geschäften zur Hand. Menichino, der jüngere, wurde hingegen zu seinem Leidwesen vom Vater immer noch wie ein unmündiges Kind behandelt. Obwohl er doch schon ein aufgeweckter, hochgewachsener Bursche von fünfzehn Jahren war.

Eines schönen Tages mußte der Kaufmann in einem größeren Handel nach Frankreich reisen. Er nahm seinen ältesten Sohn mit, während Menichino daheim bei der Mutter das Haus hüten sollte. Der aber wäre für sein Leben gerne mit von der Partie gewesen. Er lag dem Vater dermaßen in den Ohren, daß jener ihm zuletzt sogar Schläge androhte.

So einfach ließ sich Menichino jedoch nicht abwimmeln. Bei der nächtlichen Abreise der Postkutsche versteckte er sich auf dem hinteren Trittbrett. Die Peitschen knallten, das Posthorn ertönte, und im allgemeinen Trubel des Abschieds bemerkte niemand den blinden Passagier. Der erste Pferdewechsel fand ebenfalls noch bei Dunkelheit statt, so daß Menichino weiterhin unentdeckt blieb. An der zweiten Poststation war es jedoch inzwischen heller Tag geworden. Menichino mußte sich hinter dem Haus verstecken und verpaßte darüber die Abfahrt der Kutsche.

Da stand er nun mutterseelenallein in der Fremde ohne

einen einzigen Heller in der Tasche. Hunger und Durst quälten ihn, und in seiner Not mußte er sich aufs Betteln verlegen. Auf der großen Landstraße traf er eine alte Frau, die war eine gute Fee: »Wo soll es denn hingehen, mein Söhnchen? Mir scheint, du hast dich gar arg verlaufen.«

»Da mögt Ihr recht haben, Mütterchen«, seufzte Menichino. »Meinen Herrn Vater wollte ich begleiten, und nun ist mir ein großes Mißgeschick passiert.«

Er erzählte seine Geschichte, die Fee aber sprach ihm Trost zu: »Nur Mut! Du bist ein tüchtiger Bursche, und deshalb will ich dir helfen. Der König von Portugal hat in allen Ländern eine Botschaft verkünden lassen. Wer seiner klugen Tochter ein Rätsel stellt, das sie nicht zu lösen vermag, der soll ihre Hand erhalten. Auf ihn wird der Thron des Reiches kommen. Du kannst derjenige sein. Damit ist dein Glück gemacht.«

»Aber wie wüßte gerade ich, mir etwas auszudenken, was so eine hochgebildete Person in Verlegenheit bringt?« wandte Menichino ein. »Wie sollte ich vor ihrer Gelehrsamkeit bestehen?«

»Das laß nur meine Sorge sein«, erwiderte die Fee. »Nimm hier meinen Hund mit. Er hört auf den Namen Bello. Er wird dir den Weg zu dem Rätsel weisen.«

Menichino bedankte sich, nahm den Hund und zog weiter. Dabei hegte er starke Zweifel an dem, was er gerade gehört hatte. Gegen Abend kam er müde und hungrig zu einem Bauernhaus.

Die Bäuerin war gerade damit beschäftigt, frischen Pizzateig zu machen. »Was treibt ein so junger Kerl wie du ganz allein hier draußen?« wollte sie wissen.

Menichino bat um einen Bissen Brot und um ein Nacht-lager. Er erzählte, wie ihm der Vater abhanden gekommen war. Auch von der gütigen Fee, die ihm ihren Hund mit-gegeben hatte, der ihm zur Krone von Portugal verhelfen sollte.

Die Frau holte Brot und einen Krug Wasser: »Mein Mann hat mir verboten, Fremde ins Haus zu nehmen, wenn er nicht daheim ist. Leg dich zum Schlafen dort in den Wald. Ich will dir morgen früh eine schöne Pizza brin-gen. Das wird dich für die Reise stärken.«

Die Bäuerin aber faßte einen bösen Plan. Sie wollte den Fremden vergiften und dann ihren eigenen Mann mit dem Hund nach Portugal schicken.

Am nächsten Morgen brachte sie die Pizza zum Wald hinaus. Menichino dankte und machte sich unverzüglich auf den Weg. Dabei hielt er im Gehen die Pizza in der Hand. Er wollte gerade hineinbeißen, als der Hund an ihm hochsprang, um etwas davon für sich zu ergattern. Meni-chino brach ein Stück ab und warf es ihm zu. Bello ver-schlang es gierig. Einen Augenblick später fiel er zu Boden, streckte alle viere von sich und war tot. ›Dies muß der Anfang des Rätsels sein. Also hat die Fee doch recht behalten‹, dachte Menichino nach dem ersten Schrecken:

›Den Bello hat die Pizza verdorben,
und er ist für mich gestorben.‹

Im Wald stieß er auf einen Wasserfall, der sich sein Bett in einen Felsen gegraben hatte. Wie er so dastand, kam es ihm in den Sinn:

›Nichts hat Bestand,
nichts bleibt sich gleich,
das Sanfte macht das Harte weich.‹

In einem Dickicht lag ein verendeter Esel. Darauf saßen
drei Raben, die in seinen aufgerissenen Pansen pickten. Ein
Gedanke durchfuhr Menichino:

›Des einen Not,
des andern Brot,
gleich dreie nährt der bleiche Tod.‹

»Jetzt hab ich mein Sprüchlein beisammen«, freute er sich.
Er sagte es sich immer wieder vor, Wort für Wort, um nur
ja nichts zu vergessen.

Nach einer mühevollen und beschwerlichen Reise ge-
langte er schließlich an den Hof des Königs von Portugal.
Schmutzig und abgerissen, wie er von seiner langen Wan-
derschaft war, wurde er dennoch unverzüglich vorgelas-
sen. So sehr brannte die Prinzessin darauf, ein neues Rätsel zu hören.

»Bedenke, worauf du dich einläßt«, sagte der König.
»Falls meine Tochter deine Aufgabe löst, bekommst du
eine tüchtige Tracht Prügel. Dann wird man dich mit
Schimpf und Schande davonjagen.«

»Ich weiß auch, welchen Preis Ihr versprochen habt,
wenn sie es nicht vermag«, gab Menichino in aller Bescheidenheit zur Antwort. Dann gedachte er der Hilfe seiner
gütigen Fee und trug mutig sein Rätsel vor:

›Den Bello hat die Pizza verdorben,
und er ist für mich gestorben.
Nichts hat Bestand,
nichts bleibt sich gleich,
Das Sanfte macht das Harte weich.
Des einen Not,
des andern Brot,
gleich dreie nährt der bleiche Tod.‹

Die Prinzessin versank in tiefes Nachdenken. Sie legte den Kopf in die Hände, stützte die Ellbogen auf die Knie, kratzte sich im Nacken. Sie fragte zurück, äußerte immer neue Vermutungen – allein, sie vermochte die Bedeutung des Rätsels nicht zu entschlüsseln. Nachdem sie sich gehörig das Hirn zermartert hatte, gestand sie schließlich ihre Niederlage ein. Auf Befehl des Königs mußte Menichino seine ganze Geschichte erzählen.

»Was soll nun werden?« fragte die Prinzessin und wandte sich ihm zu. »Du hast gewonnen, und ich muß deine Frau sein. Ich werde dich aber niemals lieben können, denn du bist von niederem Stande. Ich will dir daher eine andere Belohnung vorschlagen, die dich reichlich entschädigen wird.«

»Sie hat gar nicht so unrecht«, dachte Menichino bei sich. »Was soll ich mit einer Königstochter, die mich zum Teufel wünscht und sowieso nichts anderes kann als viel Geld ausgeben? Wenn es hier handfestere Dinge zu gewinnen gibt, dann soll's mir recht sein.«

Laut hörbar sagte er: »Macht nur Euer Angebot, Herrin. Ich will es mir gut überlegen.«

»Ich werde dir den Weg zum Palast des Zauberers auf dem Blumenberg zeigen«, erwiderte die Prinzessin. »Von ihm wirst du ein Geschenk erhalten, das dir unendliche Reichtümer verschafft.«

Menichino ging auf den Handel ein. Nicht ohne vorher zu vereinbaren, daß ihm sein Siegespreis weiterhin zustand, falls die Sache mit dem Zauberer nicht zu seiner Zufriedenheit ausgehen sollte.

Er folgte dem bezeichneten Pfad und gelangte glücklich zu dem Palast auf dem Zauberberg. Von mächtigen Ausmaßen war er, herrliche Gärten mit den schönsten Blumen umsäumten ihn. Menichino klopfte ans Tor. Es öffnete sich, und seltsame Gestalten erschienen. Häßliche Zwitterwesen, die weder Frauen noch Männer waren. Ihnen auf dem Fuß folgte ein gewaltiger Riese von so schrecklichem Aussehen, daß den armen Menichino beinahe sein ganzer Mut verlassen hätte.

»Was willst du hier, elender Wicht?«

»Ich bitte Euch, führt mich zu Eurem Herrn. Man hat mich vom Hof des Königs hergeschickt.«

»Mein Gebieter wird sich gewiß über einen Bissen frisches Menschenfleisch freuen«, brummte der Riese. Menichino lief ein kalter Schauer über den Rücken, während er ihm in den Audienzsaal folgte.

Dort ruhte der Zauberer auf einem Lager aus weichen Polstern. Seine bohrenden Blicke musterten den Ankömmling: »Wer bist du, und was führt dich zu mir?«

Der Kaufmannssohn faßte sich ein Herz: »Herr, ich bin noch jung an Jahren und habe doch schon Vater und Mutter verloren. Nun ziehe ich auf eigene Faust durch die

Welt, um mein Glück zu machen. Ich habe die Hand der Königstochter gewonnen, aber ich bin gewillt, auf sie zu verzichten. Sie hat mir versichert, daß Ihr mir ein Geschenk machen werdet, das diesen Verlust ausgleicht. Ich erwarte nicht mehr, als mir zusteht.«

Dem Zauberer gefiel der wackere Bursche, und Menichino mußte seine ganze Geschichte erzählen.

»Du hast ein ehrliches Herz«, sagte der Magier zu guter Letzt. »Deshalb will ich dir helfen. Nimm diesen Stab. Wenn du damit auf die Erde schlägst, so wird jeder deiner Wünsche in Erfüllung gehen. Hüte dich aber davor, daß er in falsche Hände gerät.«

Menichino stattete seinen Dank ab und stieg den Blumenberg hinunter. Alsbald kam ihn die Lust an, das Geschenk des Zauberers auf die Probe zu stellen. Er berührte damit den Boden, und eine unsichtbare Stimme ertönte: »Zu Euren Diensten.«

Menichino tat seinen Wunsch. Wie aus dem Nichts erschien eine vornehme Kutsche mit vier Pferden, dazu Reitknechte und Diener, die ihn in kostbare Gewänder nach der neuesten Mode kleideten. »Und nun fort nach Hause!« Kaum war dieser Gedanke ausgesprochen, da fand er sich in seiner Heimatstadt wieder, denn die Zauberpferde flogen schneller als der Wind.

Dort mußte er erfahren, daß sein guter Vater in Frankreich in einen schlimmen Betrug geraten war und darüber beinahe sein ganzes Vermögen verloren hatte. Seitdem hauste die Familie in einer elenden Hütte draußen vor den Toren der Stadt. Geschwind zauberte Menichino einen prächtigen Palazzo herbei. Mit Bediensteten, wertvollen

Möbeln und Teppichen und allem, was sonst noch dazugehört. Dann trat er vor seine Familie. Wie groß war die Freude des Wiedersehens und wie größer noch das Entzücken, als die Eltern den Reichtum ihres Sohnes in Augenschein nahmen. Dessen wahre Herkunft verschwieg Menichino – wer fragt schon lange nach den Ursachen eines unverhofften Glücks?

Der Familie hätte es nicht bessergehen können. Man wohnte in einem fürstlichen Haus, an irdischen Gütern herrschte kein Mangel, und alle erfreuten sich bester Gesundheit.

Der ältere Bruder indessen verzehrte sich vor Neid und Mißgunst gegen den jüngeren. Er konnte es nicht verwinden, daß ausgerechnet derjenige nun den Ton angab, für den er bisher nur Geringschätzung übriggehabt hatte. Er begann, Menichino bei jeder sich bietenden Gelegenheit auszuspähen. Alsbald war herausgefunden, daß dieser bisweilen geheime Zwiesprache mit seinem Stab hielt. Während Menichino eines Tages außer Haus war, schlich der Bruder in sein Zimmer. Er durchstöberte Schränke und Truhen, bis er den dunkel glänzenden Stab schließlich entdeckte. Er berührte damit den Boden, wie es Menichino getan hatte. Allein, keine unsichtbare Stimme ließ sich hören. Auch ansonsten tat sich nicht das geringste. Der Bruder probierte eine Zeitlang herum, als er plötzlich Menichino zurückkommen hörte. In seinem Schrecken brach er den Stab mitten entzwei, warf ihn aus dem Fenster in den Garten und verließ eilig den Raum.

Menichino war untröstlich über diesen Verlust. Voller Kummer ging er im Garten umher. Er blickte einen Baum hoch, und sein Herz tat einen Freudensprung. Oben im Geäst hingen die beiden Hälften seines Stabes. Er schüttelte sie herab und band sie zusammen. Dann machte er eine Probe. Zu seiner großen Erleichterung leistete ihm das Zauberwerkzeug die gleichen guten Dienste wie vordem.

In jenen Tagen ließ der König von Spanien ein großes Turnier abhalten. Dem Sieger sollte die Hand seiner schönen Tochter gehören. Menichino zauberte sich eine glänzende Rüstung und ein mächtiges Streitroß herbei. Schneller, als die Gedanken fliegen, war er in Spanien. Dort nahm er unerkannt an dem Wettstreit teil. Einen nach dem anderen stach er die vornehmen Herren aus dem Sattel. Allein, auch diese Prinzessin wollte den strahlenden Sieger nicht zum Mann haben, wo er doch seine niedrige Abkunft eingestehen mußte. Unseren Menichino focht das nicht im mindesten an. Seine Meinung von hochadeligen Damen war die gleiche geblieben. Als ihm der König ersatzweise eine lebenslange Pension von jährlich eintausend Goldstücken antrug, nahm er das Angebot auf der Stelle an.

Er kehrte nach Hause zurück und berichtete voller Stolz von seinem Abenteuer. Dadurch wurde die Mißgunst seines Neiders nur noch weiter angestachelt. Kaum war Menichino eines Tages zur Jagd ausgeritten, da drang der Bruder in sein Zimmer ein. Er nahm den Zauberstab aus der Truhe und warf ihn kurzerhand ins Feuer. In dem Augenblick, da er verbrannte, löste sich alles ringsumher in Nichts auf. Der ganze Palazzo war wie vom Erdboden verschluckt, und die Familie des Kaufmanns fand sich in der elenden Hütte draußen vor der Stadt wieder. Dem

guten Menichino indessen verschwand das Pferd geradewegs unter dem Hinterteil. In seiner zerlumpten Kleidung
stand er da im Wald, genauso armselig wie ehedem. Als er
die Ursache des Verhängnisses erfuhr, wollte er schier verzweifeln. Doch dann beschloß er, sein Glück ein zweites
Mal in der weiten Welt zu versuchen.

Unterwegs tat sich Menichino mit einem wandernden
Viehhändler zusammen. Gemeinsam trieben sie ihre Tiere
auf die Märkte, und mit der Zeit brachte der Kaufmannssohn ein ordentliches Häufchen Geld zusammen. Allein,
das Glück wollte dem wackeren Burschen nicht treu bleiben. In einer *locanda*, einer einsamen Herberge, wurden
sie von Räubern überfallen. Obwohl Menichino, der Wirt
und der Viehhändler erbitterten Widerstand leisteten, wurden sie ermordet und ausgeraubt.

Der Bruder Menichinos aber sollte seiner Strafe nicht
entgehen. Er verkam zum Strauchdieb und Wegelagerer,
der sein verdientes Ende unter dem Fallbeil des Henkers
fand.

Der schönste Traum

Drei Freunde waren in einem einsamen Gasthof eingekehrt. Als man sich vor dem Zubettgehen auf ein gemeinsames Frühstück verabredete, sagte der Wirt:

»Ihr Herren, verzeiht, aber meine Vorräte sind erschöpft. Ich habe nur noch einen Kanten Brot, ein Stück
Mortadella und einen Schluck Wein. Das wird nicht mehr
als für einen von Euch reichen.«

Die Freunde ließen sich's nicht verdrießen. Sie schlossen
untereinander die folgende Wette ab: Wer von den dreien
am Morgen den schönsten oder den schlimmsten Traum
erzählen könnte, der sollte das Frühstück bekommen. Die
beiden Verlierer hingegen müßten die ganze Zeche übernehmen. Dem Wirt fiel dabei das Amt des Schiedsrichters
zu.

Noch vor Tagesanbruch stand einer von den dreien auf.
Er ging in die Küche und verspeiste genüßlich die Reste,
die zum Frühstücken noch übrig waren.

Am Morgen kam man in der Wirtsstube zusammen:
»Stellt euch nur vor«, begann der erste. »Mir träumte, ich
wäre im Paradies. O welche Freude, welche Wonne und
Glückseligkeit. Keine sterbliche Zunge vermag all diese
Herrlichkeit zu beschreiben. Könnte es denn einen schö-
neren Traum geben?«

»Was sind wohl die Segnungen des Himmels gegen die

Schrecknisse der Hölle?« gab der zweite zu bedenken. »Mich führte das Traumbild ins tiefste Inferno, wo die Seelen der Verdammten schauerlich heulen bis in die Ewigkeit. Solch greuliche Qualen sind mir begegnet, daß mir die Lippen verdorrten, wenn ich darüber berichten wollte. Wahrlich, wer kennt ein schlimmeres Traumgesicht?«

»Ihr habt beide gar trefflich gesprochen«, versetzte der Wirt. »Da wird es der dritte gewiß nicht leicht haben.«

Jener indessen ließ sich davon nicht im mindesten berühren: »Mich deuchte im Schlaf«, hob er an, »daß ihr beide verstorben wart. Der eine ging ins Paradies ein, der andere mußte zur Hölle fahren. Nun weiß ein jeder anständige Christenmensch, daß weder von hier noch von dort jemals ein Sterblicher zurückgekehrt ist. Also ging ich hinunter und aß mein Frühstück. Ihr zwei habt es jedenfalls nicht mehr gebraucht.«

Daraufhin mußten alle zusammen herzlich lachen. Über den Sieger des Wettstreits konnte es keinen Zweifel geben. So kam es, daß die einen mit knurrendem Magen die Zeche bezahlten, während sich der andere wohlgesättigt aufs Pferd setzte.

Ja, so mag die Geschichte gehen.
Wenn ihr's versteht,
so nennt sie schön.

Pierone

Vor Zeiten, da unser Herrgott noch mit dem heiligen Petrus auf Erden wandelte, baten sie einmal bei einer armen Bäuerin um ein Almosen.

»Viel kann ich euch nicht geben«, sagte die Frau. »Meine Kinder weinen vor Hunger, und ich habe meinen letzten Brotteig im Backofen. Aber Ihr sollt gerne einen Bissen davon haben.«

Kaum hatte sie das gesagt, da wuchs der Laib Brot zu solcher Größe heran, daß man ihn kaum aus dem Ofen herausbrachte. War das ein Erstaunen und eine Freude im Haus.

»Es ist der Herr Jesus«, flüsterte Petrus der Bäuerin ins Ohr. »Bittet ihn um seinen Segen.«

Die Frau sank auf die Knie nieder: »Gütiger Gott, wollet mir und meinen Kindern Euren Segen geben. Auch meinem lieben Mann, der schon so lange nicht mehr bei mir im Bett liegt.«

Ihre Bitte wurde erhört. Nach dem Essen verabschiedeten sich die fremden Gäste und zogen weiter. Sankt Peter indessen stapfte recht sorgenvoll vor sich hin.

»Was hast du?« fragte ihn Jesus. »Mir scheint, dir ist eine Laus über die Leber gelaufen.«

»Ach Herr«, seufzte der getreue Apostel. »Ich bin ins Nachdenken gekommen über die Welt. Wie soll das nur weitergehen mit den Menschen und ihrer Not?«

»Ich will es dir zeigen. Nimm deinen Stab und schlag hier gegen diesen Felsen.«

Petrus tat wie geheißen. Der Stein sprang mitten entzwei. Darunter aber wimmelte es von zahllosen Ameisen, die emsig umherliefen.

»Siehst du«, lächelte der Herrgott, »so geht es auch mit den Menschen.«

Die beiden kamen noch viel in der Welt herum. Eines schönen Tages gelangten sie zum Haus von Meister Pierone, der seine Seele dem Teufel verschrieben hatte. Sie wurden reichlich bewirtet und konnten endlich wieder einmal in einem bequemen Bett schlafen. Am nächsten Morgen flüsterte der Apostel dem Pierone ins Ohr: »Er ist unser Heiland. Bitte ihn um die Errettung deiner Seele von der ewigen Verdammnis.«

Pierone trat zu seinem Gast hin: »Herr, wollt Ihr mir einen Gefallen erweisen?«

»Sprich nur.«

»Also macht, daß ein jeder, der an meinem Herdfeuer sitzt, sich ohne meinen Willen nicht mehr von der Stelle rühren kann.«

»Es sei dir gewährt.«

Der gute Sankt Peter nahm den Hausherrn beiseite: »Bist du noch ganz bei Sinnen. Es geht um dein Seelenheil.«

Den Pierone beeindruckte dies nicht im mindesten: »Darf ich noch einen zweiten Wunsch tun?« fragte er.

»Nur zu«, antwortete Jesus.

»Dann wünsche ich mir, daß niemand ohne meine Zustimmung wieder von meinem Kirschbaum herunterkommt.«

»Es soll geschehen, wie du verlangst.«

Zu guter Letzt bat er sich auch noch die Unbesiegbarkeit beim Kartenspiel aus, was ihm ebenfalls gnädig bewilligt wurde. Daraufhin verabschiedete man sich.

Bald aber war die Zeit des Meisters Pierone abgelaufen, und der Teufel kam herbei, um seine schwarze Seele zu holen.

»Ei, es ist heute so schrecklich kalt draußen«, sagte Pierone. »Setz dich noch ein Weilchen an den Herd, dann wollen wir gehen.«

Der Teufel ließ sich nieder. Pierone indessen entfachte ein solches Feuer, daß es selbst dem Höllengeist unbehaglich wurde. Er wollte aufstehen, allein, er vermochte sich nicht von seinem Platz zu rühren. Er verlegte sich aufs Bitten, doch der andere legte immer dickere Holzscheite nach. Am Ende mußte der Teufel mit seinem langen Schwanz einen neuen Pakt aufsetzen, der dem Pierone weitere vierhundert Lebensjahre versprach. Erst dann erhielt er seine Freiheit zurück und schlich davon wie ein geprügelter Hund.

Ob lang oder kurz, die Zeit vergeht allemal. Dies blieb auch dem Pierone nicht erspart. Nach Ablauf seiner Frist sprach der Teufel erneut bei ihm vor.

»Hol mir doch für die Reise eine Handvoll Kirschen von meinem Baum«, bat Pierone. »Ich bin schon ganz kreuz-lahm.«

Der dumme Höllengeist kletterte ins Geäst hinauf und kam nicht mehr herunter. Er fluchte ganz gotteslästerlich, doch nützen tat es ihm gar nichts. Mit Brief und Siegel mußte er weitere vierhundert Jahre Leben versprechen, vorher durfte er seinen Hochsitz nicht verlassen.

Weil aber nichts in der Welt auf ewig währt, so war irgendwann auch diese Spanne durchmessen. Für seinen nächsten Besuch nahm sich der Teufel vor, ganz besonders auf der Hut zu sein. Er wurde mit großer Freundlichkeit empfangen.

»Laß uns ein Spielchen machen, bevor wir miteinander auf die letzte Reise gehen«, schlug der schlaue Pierone vor. »Ich will mein Geld einsetzen, und du magst deine armen Sünder als Unterpfand nehmen.«

Dies schien dem Teufel ein guter Handel zu sein. Die Karten wurden gemischt, und binnen kurzem hatte derselbige beinahe alle Verdammten der Hölle verspielt.

»Zum Henker mit deiner Seele!« rief er voller Zorn. Er warf dem Pierone die Karten um die Ohren und lief davon. »Ich will lieber nach dem wenigen sehen, was du mir noch gelassen hast.«

Nun stand Pierone unversehens mit einem Haufen von Seelen da und wußte nicht recht, wohin damit. Zuerst ging er zum Himmelstor. Er klopfte an und bat um Einlaß. Der heilige Petrus aber sagte nur: »Sieh mir mal einer diesen Schelm an. Als ich dir vor Zeiten empfahl, bei unserem Herrn um Gnade zu bitten, wolltest du nichts davon wissen. Jetzt magst du selber sehen, wo du bleibst.« Dann schlug er ihm die Tür vor der Nase zu.

Pierone kam zum Eingang der Unterwelt. Doch hier versperrten ihm die Teufel den Weg: »Fort mit dir. Du hast uns die halbe Hölle ausgeräubert.«

Was blieb dem Abgewiesenen denn anderes übrig? Er sammelte seine Schäfchen um sich und führte sie erneut zur Pforte des Paradieses. Diesmal pochte er schon um einiges nachdrücklicher: »Ihr himmlischen Herrschaften, das geht nicht mit rechten Dingen zu. Ich habe Euch auf Erden gespeist und Euch ein warmes Bett unter meinem Dach gegeben. Ihr aber verschließt Eure Tür vor mir.«

Da mußte der gestrenge Torwächter zu guter Letzt doch noch ein Einsehen haben. Der Pierone durfte mitsamt seinem Gefolge in die ewige Seligkeit einziehen. Dort ist er wohl immer noch, wenn ihn der Herrgott noch nicht zum Teufel geschickt hat.

Tosetta

Tosetta, liebe Tosetta mein. Gib mir meine Mütze wieder.«

»Gib mir zuerst das Brot. Dann geb ich dir die Mütze.«

»Backtrog, gib mir das Brot, das geb ich der Tosetta, daß sie mir meine Mütze wiedergibt.«

»Gib mir Mehl, dann geb ich dir Brot.«

»Müller, gib mir Mehl. Das geb ich dem Backtrog. Der gibt mir Brot für die Tosetta, daß sie mir meine Mütze wiedergibt.«

»Gib mir Weizen. Dann geb ich dir Mehl.«

»Acker, gib mir Weizen. Den geb ich dem Müller. Der gibt mir Mehl. Das geb ich dem Backtrog. Der gibt mir Brot für die Tosetta, daß sie mir meine Mütze wiedergibt.«

»Gib mir Mist, dann geb ich dir Weizen.«

»Ochse, gib mir Mist. Den geb ich dem Acker. Der gibt mir Weizen. Den geb ich dem Müller. Der gibt mir Mehl. Das geb ich dem Backtrog. Der gibt mir Brot für die Tosetta, daß sie mir meine Mütze wiedergibt.«

»Gib mir Heu, dann geb ich dir Mist.«

»Wiese, gib mir Heu. Das geb ich dem Ochsen. Der gibt mir Mist. Den geb ich dem Acker. Der gibt mir Weizen. Den geb ich dem Müller. Der gibt mir Mehl. Das geb ich dem Backtrog. Der gibt mir Brot für die Tosetta, daß sie mir meine Mütze wiedergibt.«

»Gib mir die Sense, dann geb ich dir Heu.«

»Schmied, gib mir die Sense. Die geb ich der Wiese fürs Heu. Das geb ich dem Ochsen. Der gibt mir Mist. Den geb ich dem Acker. Der gibt mir Weizen. Den geb ich dem Müller. Der gibt mir Mehl. Das geb ich dem Backtrog. Der gibt mir Brot für die Tosetta, daß sie mir meine Mütze wiedergibt.«

»Gib mir Fleisch, dann geb ich dir die Sense.«

»Schwein, gib mir Fleisch. Das geb ich dem Schmied. Der gibt mir die Sense. Die geb ich der Wiese fürs Heu. Das geb ich dem Ochsen. Der gibt mir Mist. Den geb ich dem Acker. Der gibt mir Weizen. Den geb ich dem Müller. Der gibt mir Mehl. Das geb ich dem Backtrog. Der gibt mir Brot für die Tosetta, daß sie mir meine Mütze wiedergibt.«

»Gib mir Eicheln, dann geb ich dir Fleisch.«

»Eiche, gib mir Eicheln. Die geb ich dem Schwein. Das gibt mir Fleisch für den Schmied. Der gibt mir die Sense. Die geb ich der Wiese. Die gibt mir Heu. Das geb ich dem Ochsen. Der gibt mir Mist. Den geb ich dem Acker. Der gibt mir Weizen. Den geb ich dem Müller. Der gibt mir Mehl. Das geb ich dem Backtrog. Der gibt mir Brot für die Tosetta, daß sie mir meine Mütze wiedergibt.«

»Gib mir Wind, dann geb ich dir Eicheln.«

»Meer, gib mir Wind. Den geb ich der Eiche. Die gibt mir Eicheln fürs Schwein. Das gibt mir Fleisch für den Schmied. Der gibt mir die Sense. Die geb ich der Wiese. Die gibt mir Heu. Das geb ich dem Ochsen. Der gibt mir Mist. Den geb ich dem Acker. Der gibt mir Weizen. Den geb ich dem Müller. Der gibt mir Mehl. Das geb ich dem

Backtrog. Der gibt mir Brot für die Tosetta, daß ich meine Mütze wiederbekomme.«

Tosetta, liebe Tosetta mein,
gib mir meine Mütze.
Halb voll Scheiße,
halb voll Grütze.

Der Vampir

Es war einmal ein Fischer, der mußte sich redlich abmühen, all seine hungrigen Mäuler zu stopfen. Eines schönen Tages aber traf er es gut. Ein gewaltiger Fisch ging ihm
ins Netz: »Gib mir die Freiheit wieder. Du wirst es nicht bereuen«, versprach das Tier. Der Fischer ließ ihn entschlüp-
fen und wurde mit einem reichlichen Fang belohnt. Der
hielt eine gute Weile vor. Dann mußte der Mann wieder aus-
fahren, und ein zweites Mal ging ihm der Riesenfisch ins
Netz. Wieder ließ er ihn frei und wurde erneut gehörig
dafür entschädigt. Als dasselbe aber zum dritten Mal geschah, sagte der Fisch: »Nun weiß ich, daß meine Stunde gekommen ist. Wenn du mich zerlegst, so bringe die Hälfte
dem König, von dem anderen jedoch gib deiner Frau, der
Stute und der Ziege ein Stück. Die Gräten indessen sollst du
in der Küche aufhängen. Sie werden zu bluten beginnen,
wenn einem deiner Söhne etwas zustoßen sollte.«

Der Fischer tat wie geheißen. Binnen kurzer Zeit brach-
ten seine Frau, die Ziege und die Stute in derselben Nacht
jeweils drei gesunde männliche Nachkommen zur Welt.

Die Zeit verging. Die drei Söhne des Fischers wuchsen
zu kräftigen Burschen heran. Eines Tages sagte der Älteste:

»Ich will hinausziehen und mich in der Welt umsehen.«

Unterwegs stieß er auf einen Löwen, einen Adler und

eine Ameise, die sich um einen toten Esel stritten. Die drei ernannten ihn zu ihrem Schiedsrichter. Er gab der Ameise das Gehirn, dem Adler das weiche Knochenmark und dem Löwen den Rest. »Du hast unseren Streit geschlichtet«, sagte der Löwe. »Zum Dank dafür darfst du unsere Gestalt annehmen, wann immer es dir von Nutzen sein mag.«

Der Fischersohn kam ans Meer. Da lag ein großer Haifisch auf dem trockenen Land. Er packte ihn an der Schwanzflosse und schleppte ihn ins Wasser zurück. Der Haifisch dankte es ihm: »Falls du einmal meine Hilfe brauchst, so komme ans Ufer und rufe nach mir.«

Der Bursche zog weiter. Er gelangte in eine Stadt, da waren alle Häuser mit schwarzen Tüchern verhangen. Auf seine Fragen hin antworteten die Leute: »Wißt Ihr denn nicht, daß wir einmal im Jahr dem Wolkenungeheuer eine Jungfrau opfern müssen? Ansonsten wird es unsere ganze Stadt zerstören. Dieses Mal ist die Tochter des Königs an der Reihe.«

Ein langer Trauerzug geleitete die Prinzessin auf einen Berg, auf dessen Gipfel ein steinerner Sessel stand. Dort wurde das Mädchen hineingesetzt; dann machten alle, daß sie davonkamen. Der Fischersohn aber hielt sich in einem Gebüsch versteckt. Es dauerte nicht lange, da schwebte eine unheimliche, dunkle Wolke heran. Sie hüllte ihr Opfer völlig ein, saugte ihr das Blut aus dem Finger und trug die Ohnmächtige durch die Lüfte hinweg. Der Bursche zögerte keinen Augenblick:

Adler, gib mir deine Schwingen,
laß mich mit den Winden singen.

Er verwandelte sich in einen mächtigen Adler, der pfeil-
schnell hinter der Wolke herflog. So sah er, wie sie zu
einem Palast kam, dessen schwere Tore sich öffneten und
krachend hinter ihr ins Schloß fielen. Der Adler ließ sich
auf einem hohen Baum nieder. Von dort oben konnte er
in ein weiträumiges Gemach sehen. Darinnen lagen viele
Mädchen auf einer langen Reihe von Betten. Ganz schwach
und entkräftet sahen sie aus, denn ihr Blut diente dem Ungeheuer als Nahrung. Unter ihnen war auch die Prinzessin.
Der Fischersohn beschloß, den Bedauernswerten zu Hilfe
zu kommen:

> Ameise will ich sein,
> klein und fein.
> Geh zu jeder Tür hinein.

Schon war er zu einem winzigen Insekt geworden, das unbemerkt durch alle Türen bis in den Saal mit den Betten
kroch. Dort nahm er seine menschliche Gestalt wieder an:
»Seid ruhig und laßt euch nichts anmerken«, beschwich-
tigte er die erschrockenen Mädchen. »Ich will euch befrei-
en. Aber ihr müßt unbedingt herausfinden, auf welche
Weise ich eure Peinigerin töten kann.«

Damit verwandelte er sich wieder in eine unsichtbare
Ameise und wartete ab. Alsbald sprang die Tür auf. Die
Wolke betrat in Gestalt einer bösen Fee den Raum. Nachdem sie sich am Blut ihrer Gefangenen gesättigt hatte, begannen die Mädchen, ihr allerlei Fragen zu stellen: »Ach,
Herrin, wir sind so klein und schwach. Was wird mit uns
geschehen, wenn Euch einmal etwas zustoßen sollte?«

»Was sollte mir zustoßen? Ich bin kein menschliches Wesen. Also hat euer Tod keine Macht über mich.«

»So gibt es denn gar keine Gefahr für Euch?«

»Doch, es gibt eine. Ich will sie euch verraten, denn ihr könnt es niemandem weitersagen. Draußen am Meeresufer haust auf einem Hügel ein schrecklicher Tiger mit sieben Köpfen. Wem es gelingt, ihm alle sieben abzureißen, der muß ihm den Bauch aufschlitzen. Darin wird er ein Ei finden. Bringt er es her und schlägt es mir geradewegs gegen die Stirn, so werde ich sterben. Gibt er mir hingegen das Ei in die Hand, dann erwacht der Tiger wieder zum Leben, und mir geschieht gar nichts.«

Der Fischersohn in der Ameise hatte alles mit angehört. Er krabbelte hinaus vor das Schloß und tat seinen Wunsch:

> Löwe will ich sein,
> mit einer Kraft,
> die auch den bösen Tiger schafft.

Augenblicklich verwandelte er sich in einen reißenden Löwen. Der sprang den Hügel hinauf und kämpfte mit dem Tiger. Sieben Tage stritten sie, bis auch der letzte Kopf abgebissen war. Der Löwe schlitzte seinem toten Gegner den Bauch auf. Doch das Ei war nicht zu finden. Er nahm wieder seine menschliche Gestalt an, lief hinunter zum Strand und rief:

> Großer Haifisch, komm herbei,
> daß das Ei gefunden sei.

Da tauchte der Haifisch aus den Fluten empor. In seinem Maul hielt er das Ei. Der Fischersohn ergriff es und eilte zum Palast der dunklen Wolke. Auf sein Klopfen wurde er von der bösen Fee eingelassen. Die führte ihn in den Saal mit den Betten.

»Herrin, ich bringe Euch dieses Ei zum Geschenk.«

»So gib einmal her.«

»Zuerst müßt Ihr die Mädchen wieder gesund machen.«

Die Fee berührte den Boden mit ihrem Zauberstab, und die Mädchen standen als blühende junge Frauen da. Im gleichen Augenblick schmetterte ihr der Bursche das Ei mit aller Kraft gegen die Stirn, daß sie mausetot zu Boden stürzte. Dann führte er die befreiten Jungfrauen heim. König und Königin waren ihm dafür so dankbar, daß sie ihn auf der Stelle zu ihrem Schwiegersohn machten.

Eine Zeitlang lebte das junge Paar glücklich miteinander, bis eines Tages ein düsterer Nebel über die Stadt zog. Der frischgebackene Königssohn wollte der Sache auf den Grund gehen. Er nahm Waffen, Pferd und Jagdhund mit. Der Nebel wich vor ihm zurück und führte ihn auf einen Berg, wo er zwei wunderschöne Frauen antraf. Die geleiteten ihn in ein prächtiges Schloß zu einer reichgedeckten Tafel. Danach luden sie ihn zu einem Damespiel ein. Er spielte mit und verlor. Anschließend brachte man ihn in den Garten. Dort aber wurde er mitsamt Pferd und Hund augenblicklich in ein kaltes, lebloses Marmorstandbild verwandelt.

Im Fischerhäuschen am Meer begannen die Gräten des großen Fisches zu bluten. Da wußte man, daß der älteste Sohn in schlimmer Gefahr schwebte. Der mittlere eilte ihm zu Hilfe. In der Residenz erfuhr er, was sich zugetragen hatte. Als der Nebel erneut vorüberzog, nahm er sogleich die Verfolgung auf. Er kam auf den Berg, geriet an die beiden Frauen und verlor im Spiel. Daraufhin mußte er das gleiche Schicksal erleiden wie sein Bruder und viele andere vor ihm.

Aus den Gräten in der Küche floß noch mehr Blut. Nun machte sich der jüngste Sohn auf den Weg. Er tat das nämliche wie die beiden älteren. Am Fuße des Berges begegnete ihm ein alter Mann, der gab ihm zwei Spielsteine: »Nutze sie gut. Wenn du gewinnst, so müssen dir die Geister zu Diensten sein.«

Auch der dritte Bruder traf die zwei schönen Frauen. Er setzte die Steine, spielte und gewann. Die beiden warfen sich zu seinen Füßen. Sie flehten um Gnade, doch er befahl ihnen zuallererst, die versteinerten Menschen zu erlösen. Allein, kaum hatten diese ihre lebendige Gestalt wieder zurück, da stürzten sie sich auf die Übeltäterinnen. Sie zerhackten sie in so kleine Stücke, daß nicht einmal ein Ohr von ihnen übrigblieb. Damit war der ganze Spuk vorbei. Die drei Brüder kehrten in die Residenz zurück, wo die Königstochter die größte Mühe hatte, sie auseinanderzuhalten. So sehr sahen sie einander ähnlich.

Ein heißes Eisen

Es war einmal ein Knabe, der wurde Buchettino, das Löchlein, genannt, weil er in einem Loch zwischen den Straßensteinen eine Goldmünze gefunden hatte. Eines Tages kam Buchettino auf dem Schulweg beim Obstgarten des Menschenfressers vorbei. Er sah, daß die Feigen reif waren, kletterte auf den Baum und ließ es sich schmecken. Der Menschenfresser entdeckte den Dieb. Er lief herzu und tat ganz freundlich:

> Buchettino,
> 's ist nicht schwer,
> reich mir flink ein Feiglein her.

Der Knabe indessen war auf der Hut. Er gab ihm zur Antwort:

> Willst mich zwicken,
> willst mich zwacken,
> willst mich nur am Händchen packen.

Er warf ihm eine Feige zu, doch die fiel in die Scheiße. »Die mag ich nicht«, sagte der Menschenfresser. Buchettino warf eine zweite, die fiel in die Pisse. »Die mag ich auch nicht«, sagte der Menschenfresser.

Buchettino,
's ist nicht schwer,
reich mir schon das Feiglein her.

Der Knabe streckte die Hand aus. Da packte der Menschenfresser blitzschnell zu. Er steckte Buchettino in einen Sack, den brachte er zu seiner Frau in die Küche.

»Mach das Wasser im großen Kessel heiß. Wenn ich zurückkomme, muß er gar gekocht sein.« Er schüttete den Sack aus und ging.

»Zieh dich aus, Buchettino«, befahl die Menschenfresserin.

»Zieh du dich doch auch aus.«

»Tue, was ich dir sage.«

»Nur wenn du es auch tust.«

So ging es hin und her, bis sich am Ende alle beide splitternackt ausgezogen hatten.

»Nun setz dich auf den Kesselrand, Buchettino«, sagte die Frau.

»Und du setzt dich neben mich.«

Während die zwei nun wie Adam und Eva beieinandersaßen, gab Buchettino der Menschenfresserin einen Stoß. Sie fiel in den Kessel, wo sie jämmerlich zu Tode kam. Er selber hingegen flüchtete sich auf das Hausdach.

Nach einiger Zeit kehrte der Menschenfresser zurück. Eine spöttische Stimme empfing ihn:

Flink herzu
und iß nur gleich.
Beiß dir recht ins eigne Fleisch.

Der Menschenfresser trat ans Feuer. Er heulte vor Wut, als er seine tote Frau aus dem Kessel zog. Dann wurde er gewahr, von woher die Stimme gesprochen hatte.

»Wie bist du da hinaufgekommen, Buchettino?«

»Tust du mir auch nichts, wenn ich es dir verrate?«

»Bei meinem heiligen Ehrenwort.«

»Ich habe mir eine Treppe aus Tellern gebaut.«

Der Menschenfresser raffte alle Teller zusammen. Die türmte er aufeinander. Er versuchte daran emporzuklettern – allein, der ganze Stapel stürzte scheppernd zusammen und begrub ihn unter sich. Doch so schnell wollte er sich nicht geschlagen geben. »Buchettino, sag mir, wie ich da hinaufkomme. Du hast es versprochen.«

»Du mußt dir eine Treppe aus Gläsern machen.«

Es konnte nicht lange dauern, bis der Menschenfresser blutend auf einem Scherbenhaufen lag.

»Buchettino, wie hast du das angestellt? Du mußt dein Versprechen halten.«

»Ich habe mir eine Treppe aus Flaschen gebaut.«

Bei den Flaschen erging es dem Menschenfresser noch um einiges übler. Als der Haufen unter ihm zusammenkrachte, war er gänzlich zerkratzt und zerschunden.

»Du tust mir leid«, sagte Buchettino zu guter Letzt. »Daher will ich dir also die Wahrheit sagen. Du nimmst ein langes Eisen.«

»So wie der Türriegel?«

»Richtig. Den mußt du heiß machen und dir in den Hintern stecken. Dann bist du mit einem einzigen Satz hier oben.« Gesagt, getan. Der Menschenfresser hielt den Türriegel für eine Weile ins Feuer. Danach steckte er sich das rotglühende Eisen ins eigene Hinterteil. Wen wird es wundern, daß er anstelle eines Satzes nur seinen letzten Schrei tat? Er stürzte zu Boden und war auf der Stelle mausetot.

Damit war Buchettino der Herr im schönen Haus der Menschenfresser. Er holte sein Mütterchen zu sich, und die zwei ließen es sich gutgehen bis ans Ende ihrer Tage.

> War's so?
> War's nicht?
> 's ist einerlei.
> Ich meinenteils war nicht dabei.
> Ob's stimmt, vermag ich nicht zu sagen,
> da müßt ihr die Geschichte fragen.

Vater und Sohn

In einem Bergdorf unweit von Lucca lebte vor Jahren ein Mann, der es für einen seines Schlages nicht schlecht getroffen hatte. Ein ordentliches Haus, ein ansehnlicher Gemüsegarten mit Obstbäumen, ein paar Äcker in guter Lage und vor allem sein eigener Laden, das war es, was Pietros bescheidenen Wohlstand ausmachte. Dort verkaufte er Würste und Fisch und ansonsten so ziemlich alles, was die Landleute brauchten.

Nun hätte Pietro eigentlich zufrieden sein können, doch bei alledem war er ein engstirniger, hartherziger Mann, unter dem seine Familie viel zu leiden hatte. Dies galt besonders auch für seinen einzigen Sohn Gigi, den der Vater von Kindesbeinen an mit unnachsichtiger Strenge behandelte.

Was Wunder also, daß der Sohn nichts Eiligeres zu tun hatte, als baldmöglichst aus der elterlichen Fuchtel zu entkommen. Er verheiratete sich früh mit einem Mädchen, das eine hübsche Aussteuer mitbrachte, suchte sich einen schönen Platz im Dorf und eröffnete seinen eigenen Laden.

Dort bekam man so ziemlich das gleiche, was auch bei dem Alten zu haben war. Allein, die Salami, die dicken Würste, der getrocknete oder eingelegte Thunfisch – bei Gigi schien den Leuten alles irgendwie besser zu schmekken. Außerdem brachte er mit der Zeit doch einige Sachen in sein Geschäft, die es beim Vater nicht gab. Dabei war er stets freundlich und umgänglich und wußte Arm und Reich gleichermaßen gut zu behandeln.

Deshalb kamen die Frauen des Dorfes gerne zu Gigi. Je mehr es nun mit dem jungen Kaufmann bergauf ging, desto schneller ging es mit dem alten bergab.

In Pietros Laden blieben die Kunden aus. Tagelang saß er stumm vor seiner Tür und starrte vor sich hin. Zuletzt verließ er das Haus nicht mehr, verweigerte die Nahrung und war nicht mehr aus dem Bett zu bringen. Er kam so weit herunter, daß man ernstlich um sein Leben fürchten mußte.

Eines schönen Sonntags hatte Gigi wieder wie gewöhnlich in der Abendvesper die Orgel gespielt. Anschließend lud der Herr Pfarrer auf ein Gläschen ein. Da waren es doch mehr als eines geworden, und erst vor Mitternacht machte sich Gigi auf den Heimweg. Er nahm eine Abkürzung, die über den Kirchhof führte.

Es war, wie in früheren Zeiten üblich, ein recht verwahrloster Gottesacker. Mit einem halbverfallenen Eingangstor, dazu ganz von Brennesseln und Gestrüpp überwuchert.

Gigi ging den schmalen Fußweg entlang, als sich plötzlich ein dunkler Schatten zwischen den Gräbern bewegte. Er fühlte, wie ihm ein eisiger Schauer durch Mark und Bein kroch. Sein Kopf wurde ganz leer vor Angst. Um sich selber Mut zu machen, stieß er mit dem Gehstock auf die Erde und rief: »Wer da, wer ist da?« Im gleichen Atemzug schoß ein großer schwarzer Hund an ihm vorbei, rannte im Sprung gegen sein Bein und ließ ihm etwas vor die Füße fallen, rund wie eine Bocciakugel. Gigi bückte sich, tastete danach und hielt einen Totenschädel in den Händen. Voller Entsetzen starrte er in die hohle Fratze. Was er da sah, war so fürchterlich, daß ihm das Blut in den Adern stockte. Er stieß einen Schrei aus, verlor die Besinnung und schlug zu Boden.

Die Leute, die Gigi am anderen Morgen fanden, hielten ihn zunächst für tot. Dann wurde aus dem Nachbardorf der Doktor gerufen. Der gab sich alle Mühe, und am Ende kehrten die Lebensgeister wieder zurück. Aber das einzige, was der arme Gigi von sich gab, war ein unverständliches Gestammel, aus dem man lediglich das Wort ›Totenkopf‹ heraushören konnte. Den fand man denn auch auf dem Gottesacker, der Geist des Bedauernswerten jedoch fand seinen Weg nicht mehr zurück. Gigi saß nur noch da und starrte mit stieren Blicken vor sich hin. Gelegentlich unterbrochen von krampfartigen Zuckungen der Glieder sowie einem unverständlichen Gebrabbel. Dies ging eine gute Woche lang, bis der Tod seinem Leiden ein Ende machte.

Zuerst zögerte man in der Familie, den kranken alten Vater vom Schicksal seines Sohnes in Kenntnis zu setzen. Doch kaum hatte Pietro von Gigis Ende erfahren, da ging eine erstaunliche Verwandlung mit ihm vor. Er stand wieder auf, wusch sich, zog saubere Kleider an und benahm sich genau so, wie er es vor seiner Erkrankung getan hatte. Den Sohn indessen erwähnte er mit keinem einzigen Wort mehr. Es war, als ob es diesen niemals gegeben hätte.

Bald nahm Pietro auch seine Geschäfte wieder auf. Mit

eigenen Augen habe ich ihn auf dem Marktplatz von Lucca gesehen. Gesund und munter, wie ich es selber gerne gewesen wäre. Ihr glaubt es nicht? Ich schwöre euch beim heiligen Kreuz Christi, daß es nichts als die Wahrheit ist.

Was die Frauen von den Männern unterscheidet

Es lebte einmal ein König, der war schon so alt und schwach, daß er seinen Palast nicht mehr verlassen konnte. Er hatte drei Töchter mit Namen Carolina, Assuntina und Bellinda. Letztere war die jüngste, aber auch die schönste und verständigste. In den Gemächern des Königs standen drei prunkvolle Sessel von blauer, roter und schwarzer Farbe. Saß nun der König in dem himmelblauen Sessel, so bedeutete dies, daß der Frieden im Reich regierte. Ließ er sich in dem roten nieder, dann drohten die Schrecken des Krieges. Der schwarze schließlich verkündete das Herannahen des Todes.

Als die Mädchen eines Tages zum Vater kamen, saß er ganz gebeugt in dem roten Sessel. »Stellt euch nur vor«, begann er voller Sorge. »Der Herrscher unseres Nachbarreiches hat mir den Krieg erklärt. Nun bin ich ein alter, hinfälliger Mann. Noch dazu hat mir der Herrgott einen Sohn versagt, den ich an die Spitze meiner Heerschar stellen könnte. Wer soll nun unsere Streitmacht anführen?«

»Vater, laß mich mit deinen Soldaten reiten!« rief Carolina, die Älteste.

»Aber mein Kind, der Krieg ist das Geschäft der Männer. Da ist kein Platz für eine Frau.«

»Gib mir den Oberbefehl, und ich werde es dir beweisen.«

Seine Töchter bestürmten ihn so lange, bis er am Ende einwilligte.

»Aber nur unter einer Bedingung«, sagte der König zu Carolina. »Ich will dir Tonino, meinen getreuen Gefolgsmann, an die Seite geben. Befaßt du dich auf dem Kriegszug auch nur für einen einzigen Augenblick mit weiblichen Angelegenheiten, dann mußt du auf der Stelle umkehren.«

In Waffen und Rüstung setzte sich Carolina an die Spitze der Reiter. Es dauerte nicht lange, da zog das Heer an einem Weiher vorbei. »Was für ein schönes Schilfrohr hier am Ufer«, entschlüpfte es der Prinzessin. »Daraus könnte man gute Spinnrocken machen.«

»Herrin, Ihr müßt auf der Stelle zurück«, sagte der Vasall, der ihre Worte mit angehört hatte. »Ihr habt gegen den ausdrücklichen Befehl des Königs verstoßen und an die Geschäfte der Frauen gedacht.«

Was blieb dem Mädchen da anderes übrig. Assuntina, die mittlere Tochter, durfte zur gleichen Bedingung ihre Nachfolge antreten. Unter ihrer Führung passierte man den besagten Weiher. Dahinter stand ein Holzzaun am Weg entlang. »Schau nur, Tonino«, sagte Assuntina, ohne sich dabei zu bedenken. »Was für schlanke, gerade Stöcke. Daraus lassen sich die besten Spindeln schneiden.«

Gesagt ist gesagt. Ihr Begleiter mußte es seinem König melden, und Assuntina widerfuhr das nämliche Schicksal wie ihrer Schwester.

Jetzt kam die Reihe an Bellinda. Sie legte die glänzende Rüstung an, nahm ihre Waffen und bestieg ein prächtiges Streitroß. Wahrlich, wie ein stolzer Kriegsherr sah sie aus. In Eilmärschen zog die Armee davon. Vorbei an Weiher und Lattenzaun bis hin zur Grenze des Reiches. Dort lagen sich nun beiderseits die zwei Heerhaufen gegenüber. Der gegnerische König, ein stattlicher junger Mann, lud Bellinda zu Verhandlungen in seinen Palast ein. Kaum hatte er sie erblickt, da schoß es wie ein Blitz durch seine Gedanken:

> Die schwarzen Augen sehen mich an.
> Ist's eine Frau?
> Ist es ein Mann?
> Wie fang ich's an?

Die schönen Augen hatten sein Herz entzündet. In seiner Verlegenheit wandte sich der König an seine Mutter. »Führe den Gast in die Rüstkammer«, riet ihm diese. »Wenn es eine Frau ist, wird sie die Waffen keines Blickes würdigen, geschweige denn, sie berühren.«

Gesagt, getan. Im Zeughaus indessen prüfte Bellinda die Schwerter, Panzer und Musketen mit großer Sachkenntnis. Sie sprach so verständig davon, wie es wohl kein erfahrener Kriegsmann besser getan hätte.

Damit war gar nichts herausgefunden. »Lade deinen Gast zu einem Spaziergang im Schloßgarten ein«, schlug die Mutter vor. »Ist es eine Frau, so schmückt sie die Brust mit Rosen und Veilchen. Ein Mann hingegen wird sich ein Jasminzweiglein hinters Ohr stecken.« Im Garten aber ging Bellinda achtlos an den Rosen und Veilchen vorüber. Sie brach ein Jasminzweiglein ab, das schob sie sich hinters rechte Ohr.

Der junge König war ganz verzweifelt. »Paß nur genau

auf, was sie bei Tische tut«, sagte die Mutter. »Eine Frau setzt das Brot zum Schneiden an die Brust. Ein Mann dagegen hält es frei vor sich hin.« Was aber tat Bellinda? Sie schnitt das Brot genauso auf, wie es die Art der Männer ist.

»Wir wollen ein besseres Mittelchen anwenden«, meinte die Alte. »Lade deinen Gast ein, die Nacht in deinem Bett zu verbringen. Wenn es eine Frau ist, so wird sie gewiß nein sagen.«

Der König trug sein Angebot vor. Er war gänzlich überrascht, als sie ohne Umschweife zustimmte. Vor dem Zubettgehen nahm man das Abendessen ein. Dabei bemerkte Bellinda, daß eine der Weinflaschen mit Opium versetzt war. Sie stellte es so geschickt an, daß der König eben dieselbe zu trinken bekam. Die Wirkung konnte nicht lange ausbleiben. Er wurde müde, fiel ins Bett und schnarchte die ganze Nacht hindurch wie ein Holzfäller. Als er am Morgen erwachte, stand der fremde Heerführer bereits in voller Rüstung in seinem Gemach.

Den König ließ seine Leidenschaft nicht zur Ruhe kommen. »Laß uns noch eine letzte Probe machen«, schlug die Mutter vor. »Bitte deinen Gast, morgen um die Mittagszeit mit dir zusammen ein Bad im Schloßteich zu nehmen. Eine Frau wird dieses Ansinnen sicherlich ausschlagen.«

Bellinda nahm auch diese Einladung an. Zuvor aber verfaßte sie einen heimlichen Brief. Darin stand geschrieben, daß der alte Vater todkrank sei und sie auf der Stelle nach Hause zurückkehren müsse. Dann rief sie den getreuen Tonino zu sich, mit dem sie ihren Plan besprach. »Paß mir nur ja auf, daß du morgen pünktlich zur Mittagsstunde hier ankommst.«

Am nächsten Tag führte der König seinen Gast vor dem Mittagessen zum Schloßteich. Dort legte er seine Kleider ab und stieg ins Wasser: »Kommt nur herein und erfrischt Euch.«

»Ich will etwas warten«, gab ihm Bellinda zur Antwort. »Mir ist noch ganz heiß.«

Währenddessen hielt sie Ausschau nach ihrem Boten. »So kommt doch endlich. Was zögert Ihr denn?«

»Ich spüre ein Kribbeln in den Beinen. Das bedeutet nichts Gutes.«

Die Sache ließ sich nicht länger verzögern. Da sprengte endlich ein Bote mit verhängten Zügeln heran, der Bellinda ein versiegeltes Schreiben überbrachte. Sie öffnete es und las dem König laut vor: »In diesem Brief steht, daß mein geliebter Vater auf dem Sterbebett mit dem Tode ringt. Er verlangt, mich zu sehen. Ich muß auf der Stelle heimkehren. Baden können wir ein anderes Mal.«

Mit diesen Worten wandte sie sich ab. Sie ritt ins Lager und führte ihr Heer nach Hause zurück. Dem verliebten König aber stand der Sinn nicht länger nach Krieg. Traurig ging er in dem Gemach seines Gastes umher, da fiel sein Blick auf einen Zettel. Darauf war zu lesen:

»Als Kriegsmann kam ich her zu dir.
Sahst du auch die Frau in mir?«

Der König wußte nicht, ob er lachen oder weinen sollte. Nun gab es kein Halten mehr. Er verlangte seine Kutsche, dann brach er Hals über Kopf nach der Nachbarresidenz auf.

Dort saß der alte König zufrieden in dem himmelblauen Sessel. Zu seinen Füßen Bellinda, die ihm berichtete, wie sie den Frieden gestiftet hatte. Sie mußte ihre Geschichte des öfteren erzählen, denn ein jedes Mal gefiel sie ihm besser. Bald darauf traf auch der junge König ein. Man verständigte sich, und die Zwistigkeiten waren schnell beigelegt. Dem Freier aber klopfte gehörig das Herz, als er auf den wahren Grund seines Besuches zu sprechen kam. Allein, wen wird es noch wundern, daß Bellinda seinen Antrag gerne annahm? Sie wurde seine Königin und zog mit ihm in das Nachbarland. Das junge Paar regierte glücklich und zufrieden bis an das Ende seiner Tage.

Und vielleicht, wenn es dem Herrgott gefällt,
ein König auch mal um mich anhält.

Wie der Fuchs beinahe um seinen Schwanz gekommen wäre

Es war einmal eine Henne, die wollte einfach nicht richtig fett werden. Auch im Eierlegen und im Kükenausbrüten zeigte sie keinen besonderen Eifer. Die Bäuerin hatte deswegen schon des öfteren daran gedacht, das Federvieh unters Messer zu legen. Die Henne, die merkte, aus welcher Ecke der Wind wehte, sagte eines schönen Tages: »Ach, Herrin, ich weiß wohl, daß ich dir nicht viel Freude mache. Aber wie soll das auch gehen in deinem mageren Hühnerhof? Laß mich den Sommer über in die Berge ziehen, wo es saftige Gräser und nahrhafte Körner im Überfluß gibt. Dort will ich fett werden und viele Eier legen. Im Herbst komme ich dann mit einer Schar kräftiger Küken zurück.«

Die Frau war einverstanden, und die Henne machte sich auf den Weg. Am Fuße des Berges verstellte ihr der Fuchs den Weg. Er wollte sie auffressen.

»Lieber Fuchs«, versetzte die Henne, »was hättest du schon von so einem mageren Happen? Verschone mich, bis ich im Herbst aus den Bergen zurück bin. Dann habe ich gewiß viel mehr Fleisch auf den Knochen.«

»Abgemacht«, sagte der Fuchs. »Ich erwarte dich genau hier an dieser Stelle. Und daß du mich ja nicht zu betrügen versuchst.«

Die Henne versprach's. Fort ging es hinauf in die höher gelegenen Wiesen und Wälder. Hier gab es zu scharren und zu picken, daß es eine Freude war. Die gute Henne ließ sich's schmecken, den ganzen lieben Sommer lang. Sie legte kräftig zu, brütete fleißig und hatte am Ende zwölf stramme Küken beisammen.

Wie nun die Tage kürzer wurden, mußte sich die Henne schweren Herzens mit ihrer Gefolgschaft an den Abstieg machen. Unweit des verabredeten Treffpunkts ließ sie anhalten: »Elf von euch nehmen einen langen Grasbüschel fest in den Schnabel, nur der zwölfte bleibt leer. Wenn der Fuchs kommt, dann stellt ihr euch in einer Reihe auf.«

Aufs beste vorbereitet, traf die kleine Schar am vereinbarten Ort ein, wo man sie auch schon erwartete. Dem Fuchs lief beim Anblick der wohlgenährten Küken das Wasser im Maul zusammen. Begierig schnupperte er die Reihe entlang: »Was haben die denn da im Schnabel?« fragte er.

»Das sind die Schwänze der elf Füchse, die es mit uns aufnehmen wollten«, antwortete die Henne.

»Und wieso ist der letzte noch frei?«

»Hier ist noch Platz für den deinigen.«

Da zog der Fuchs den seinigen fest zwischen die Beine und machte sich erschrocken aus dem Staub. Die kluge Henne aber bereitete ihrer Herrin fortan noch viel Freude im Hühnerhof.

Wie einem Florentiner
die Abenteuerlust verging

Es lebte einmal ein Mann in Florenz, dem bereitete es das größte Vergnügen, andere Leute von abenteuerlichen Begebenheiten erzählen zu hören. Das einzige, was ihm dabei mißfiel, war der Umstand, daß er selbst gar nichts dergleichen beizusteuern hatte. War er doch noch nie über die Mauern seiner Heimatstadt hinausgekommen. Dies wurmte ihn schließlich so sehr, daß er beschloß, sich selbst auf Abenteuersuche zu machen. Geldsorgen hatte er keine, also schnürte er sein Bündel und zog los.

Unterwegs sprach er bei einem Pfarrer um ein Nachtlager vor. Die beiden saßen beim Abendessen zusammen, und wie der Florentiner auf den Grund seiner Reise zu sprechen kam, stieß er bei dem Herrn Pfarrer auf offene Ohren: »Das trifft sich gut. Auch ich denke daran, mir ein bißchen frischen Wind um die Nase wehen zu lassen. Wenn Ihr mit mir vorliebnehmen wollt?«

Dagegen war nichts einzuwenden, und gleich am nächsten Morgen brachen die zwei Reisegesellen auf. Bei Einbruch der Dunkelheit fragten sie auf einem Landgut um Herberge an. Der Herr Gutsverwalter erwies sich als ein unternehmungslustiger Mann. Schon nach der ersten Flasche Rotwein war er ebenfalls mit von der Partie.

Den folgenden Tag kam die kleine Gesellschaft gut voran. Mitten im Wald stieß man auf eine breite Straße, die zu einem prächtigen Palast führte. Sie klopften ans Tor, und der Riese, der in dem Schloß wohnte, öffnete ihnen. Nachdem der erste Schrecken überwunden war, erkundigten sich die Reisenden nach einer Übernachtung. Was hätten sie auch sonst tun sollen, da es doch bereits zu dämmern begann? Der Riese wies jedem von ihnen ein Zimmer zu. Im Laufe des Gesprächs sagte er: »Wenn es Euch genehm ist, so könnt Ihr auch für länger bei mir bleiben. In meiner Pfarrei fehlt ein Kaplan, auf dem Gutshof brauche ich einen Verwalter, und auch für den Florentiner wird sich etwas finden lassen. Morgen will ich Euch alles zeigen.«

Nach dem Frühstück führte der Riese zuerst den Pfarrer in sein neues Amt ein. Er ging mit ihm in ein anderes Zimmer, wo er ihm etliche Papiere vorlegte. Als sich der Pfarrer darüberbeugte, zog der Unhold einen Säbel hervor und schlug ihm den Kopf ab. Den warf er zusammen mit dem Rumpf unter einen Grabstein, der sich in dem Raum befand. Der Florentiner aber war den beiden hinterhergeschlichen und hatte durchs Schlüsselloch das Ganze mit angesehen. Beim Mittagessen verkündete der Riese: »Der Herr Pfarrer ist schon auf seinem Posten. Jetzt soll der Verwalter seine Geschäfte übernehmen.« Die beiden gingen hinaus, der Florentiner folgte ihnen unbemerkt und wurde Zeuge, wie die zweite Mordtat geschah.

Unserem Mann standen die Haare zu Berge: »Als nächstes bin ich an der Reihe«, dachte er und zermarterte sich das Hirn nach einem Ausweg. Beim Abendessen meinte der Riese. »Für dich habe ich auch etwas Passendes gefunden.«

Der Gast betrachtete ihn voller Entsetzen. Dabei kam ihm die rettende Idee. »Mir scheint, daß Euer eines Auge arg entzündet ist«, sagte er. »Ich weiß ein Mittelchen dagegen. Es ist ein Kraut, das hier im Schloßgarten wächst.«

»Das soll mir recht sein«, brummte der Riese und führte ihn hinaus ins Freie. Auf dem Weg durch die weitläufigen Gemächer versuchte der Florentiner verzweifelt, sich einen geeigneten Fluchtweg zu merken. Unten im Garten riß er ein einfaches Bündel Gras aus. Er kochte sein Wunderkraut in der Schloßküche mit heißem Öl auf und sagte: »Es wird schmerzhaft sein, aber dafür will ich Euch vollständig kurieren. Wichtig ist nur, daß ihr Euch ganz ruhig haltet. Ich muß Euren Kopf daher an diesem Marmortisch festbinden.«

Die Hoffnung, von dem lästigen Übel befreit zu werden, ließ den Unhold alle Vorsicht vergessen. Kaum war er so richtig schön festgezurrt, da packte der Florentiner den Topf und schüttete ihm das siedend heiße Öl mitten in die Augen. Der Riese stieß ein entsetzliches Geheul aus. Sein Peiniger jedoch eilte durch die weitläufigen Säle und Gemächer davon, um seine Haut zu retten, während der Riese sich mit ungeheurer Kraft den schweren Tisch auf den Rücken schob und wutschnaubend hinterherstürzte: »Bleib stehen!« schrie er. »Meine Augen sind erblindet. Du mußt mir helfen. Ich will dich reich belohnen.« Mit diesen Worten warf er dem Flüchtigen einen schweren, goldenen Ring vor die Füße.

Der Florentiner bückte sich, nahm den Ring und streifte ihn über. Im nächsten Augenblick spürte er, wie eine eisige Kälte seinen Arm heraufkroch und seinen ganzen

Körper zu totem Stein erstarren ließ. Das Ungeheuer war schon beinahe heran, da zog er mit letzter Kraft sein Messer und schnitt sich den eigenen Finger ab. Sogleich kehrten die Lebensgeister zurück. Mit knapper Not gelang es ihm, sich aus dem Palast zu retten.

Als er völlig erschöpft wieder in Florenz ankam, war ihm die Lust auf Abenteuer ein für allemal vergangen. Wer es aber unbedingt wissen wollte, dem erzählte er, er hätte sich den Finger versehentlich mit der Sichel abgeschnitten.

Der Salzhändler

Es war einmal eine vornehme Contessa, die hatte einen hübschen Kaufmannssohn zum Geliebten. Als der sie jedoch heiraten wollte, gab sie ihm den Laufpaß. Er war ihr nicht reich und standesgemäß genug für einen Ehemann.

Der Bursche klagte dem Vater sein Leid: »Wie einen Hund hat sie mich davongejagt.«

»Mit hochgestellten Damen ist eben nicht gut Kirschen essen«, meinte der Alte. »Ich will dir ein Schiff voller Salz ausrüsten. Fahr hinaus in die Welt, mache dein Glück und vergiß die leidige Geschichte.«

Der Sohn segelte davon und verlegte sich aufs Handeln. Nach vielen Monaten erreichte er ein fernes Land. Dort wußten die Menschen noch nicht, wie man die Speisen würzt. Als er in einem Gasthof Suppe aß, da wollte ihm die schale Brühe gar nicht schmecken:

»Herr Wirt«, rief er, »ich weiß ein Pülverchen, das wird Euch das Essen wunderbar schmackhaft machen. Laßt mich eine Probe davon anstellen.«

Der Bursche schickte zum Hafen. Dann warf er ein paar Körnlein von dem herbeigeschafften Salz in den Teller. Der Wirt probierte als erster, und etliche Gäste taten es ihm nach. Alle priesen diese köstliche Zutat, die den Geschmack derart verfeinerte. So groß war die Begeisterung, daß die einheimischen Händler zu guter Letzt die gesamte

Schiffsladung aufkauften. Der Erlös betrug eine stattliche Summe Geldes sowie drei kostbare Ringe. So kehrte der Kaufmannssohn nach einiger Zeit als wohlhabender Mann in die Heimat zurück.

Sein erster Gedanke galt der schönen Contessa. Er mußte erfahren, daß ihre Heirat mit einem reichen Grafen in Bälde bevorstand. Kurzerhand zog er einen von den drei Ringen an, der gut und gerne seine fünftausend Scudi wert war. Er verkleidete sich als Köhler, warf einen Sack Kohlen über die Schulter und ging zum Haus der Gräfin, wo er lauthals seine Ware feilbot.

»Herrin«, rief die Kammerzofe, »auf der Straße steht ein schmutziger Kohlenhändler, der hat einen Ring am Finger, daß einem die Augen übergehen.«

»Hol ihn herein. Wir werden sehen, was er dafür verlangt.«

Der Köhler aber wollte von Geld nichts wissen. »Der Ring steht nicht zum Verkauf, meine Dame. Ihr könnt ihn nur im Tausch von mir erhalten.«

»Im Tausch wofür?«

»Für einen Kuß auf Euren nackten Fuß.«

»Pfui Teufel!« rief die Contessa. »Was für ein abgeschmackter Kerl. Werft ihn hinaus!«

»Aber Herrin«, wandte die Zofe ein, »was ist schon ein Kuß gegen ein solches Kleinod.«

Da überlegte es sich die Gräfin noch einmal. Sie zog einen Strumpf aus, der Köhler küßte den zierlichen Fuß, und schon saß der Ring an ihrem Finger.

Am zweiten Tag trug der Kohlenhändler vor dem Palazzo einen Ring, der unter Brüdern seine zehntausend

Scudi wert war. Es dauerte nicht allzu lange, bis er hereingerufen wurde.

An der Summe, die man ihm bot, konnte es wahrlich nicht liegen. Allein, der Köhler sagte nur: »Für Geld ist er nicht zu haben. Ihr könnt ihn jedoch um eine kleine Gegenleistung erwerben.«

»Und die ist?«

»Ein Kuß auf Euer bloßes Knie.«

»Niemals.«

»Für einen solchen Diamanten würde ich mich überallhin küssen lassen«, meinte die Dienerin.

Die Contessa kam alsbald zu dem nämlichen Entschluß. Sie schloß die Tür, raffte die Röcke, und schon war der Preis verdient.

Am dritten Tag zeigte sich der Bursche mit einem Ring, der hätte ihm gewiß seine zwanzigtausend Scudi eingebracht. Der Zofe wären beinahe die Augen aus dem Kopf gefallen. Die Gräfin wartete schon, aber auf die entscheidende Frage erwiderte der Köhler nur:

»Ihr wißt schon, was er kostet.«

»Was ist es?«

»Eine Nacht in Eurem Bett.«

»Elender Schuft!« rief die Contessa. »Wie kannst du es wagen, so etwas von mir zu verlangen? Morgen um die Mittagsstunde trete ich vor den Traualtar. Ich bin schon so gut wie verheiratet.«

»Bis dahin ist noch Zeit genug«, versetzte die Dienerin. »Ich bitte Euch, dieser Ring ist ein Vermögen wert. So eine Gelegenheit hat man nicht alle Tage. Hauptsache, niemand merkt etwas.«

Die Gräfin zierte sich eine Weile. Doch am Ende gewann ihre Begehrlichkeit die Oberhand. Ein Plan wurde gefaßt, wie das Ganze zu bewerkstelligen sei.

Am Abend vor der Trauung besuchte der Graf seine zukünftige Frau. Als Hochzeitsgeschenk brachte er ihr ein seidenes Nachthemd mit. Die Braut aber täuschte ein Unwohlsein vor, und der Bräutigam mußte unverrichteter Dinge wieder abziehen. Sobald er das Gemach verlassen hatte, kam der Köhler aus dem großen Wandschrank heraus. Er schlüpfte zu der Contessa ins Bett, und dieselbige bereute es nicht im mindesten, daß sie sich auf den Handel eingelassen hatte. Das Nachthemd legte sie einstweilen unters Kopfkissen, ihr Geliebter blieb in der Dunkelheit unerkannt. Nachdem die Gräfin eingeschlafen war, zog der Bursche das Nachthemd hervor und stahl sich davon.

Am nächsten Tag wurde das Hochzeitsfest gefeiert. Auch der Sohn des Kaufmanns saß unter den Gästen, denn er gehörte zu den angesehensten Männern der Stadt. Man speiste vorzüglich, redete viel und gab allerlei denkwürdige Geschichten zum besten.

»Stellt euch nur vor«, erzählte der junge Kaufmann, »ich habe einmal eine schöne Hirschkuh erlegt. Dreimal hat sie mein Schuß getroffen. Zuerst in den Fuß, dann ins Knie und zuletzt in den Leib. Dabei ist mir dieses Gewand in die Hände gefallen.«

Er zeigte das Nachthemd vor. Die Braut erstarrte zur Salzsäule, und der Graf erkannte sein Hochzeitsgeschenk. Damit war es ein für allemal aus mit der Heirat. Die hochmütige Contessa mußte für ihre Begehrlichkeit büßen. Sie wurde mit Schimpf und Schande davongejagt.

Die Geschichte vom dummen Pietro

Gerade einmal sieben Meilen von Florenz entfernt liegt auf einem Hügel zwischen Weinbergen und Olivenhainen das alte Dörfchen San Stefano di Calzinaia. Dort wohnten vor Jahren drei Brüder, von denen Pietro, der jüngste, als rechter Dummkopf galt. Die beiden älteren hingegen wurden als kluge und verständige Leute betrachtet. Hatten sie es doch als Pächter bei einem reichen Gutsherren zu einigem Wohlstand gebracht, während sich Pietro auf seinem mageren Acker abplagte.

Eines schönen Tages lud der letztere die Brüder zu sich nach Hause ein. Noch vor ihrer Ankunft ging er auf den Markt und kaufte für ein paar Heller eine alte, klapprige Eselin, die keiner mehr haben wollte. An einer unbeobachteten Stelle machte er halt. Er kramte seine letzten acht Scudi hervor und steckte sie mit Hilfe seines Stockes dem armen Tier ins Hinterteil.

Als er zu Hause ankam, riefen ihm die Brüder schon von weitem entgegen: »Na, Pietro, wieder eine von deinen Dummheiten?«

»Von wegen«, gab der zur Antwort. »Ich habe heute mein Glück gemacht. Schaut nur her.«

Mit diesen Worten versetzte er der Eselin drei kräftige Stockschläge auf den Rücken. Die bedauernswerte Kreatur krümmte sich vor Schmerzen und ließ dabei drei Münzen auf den Boden fallen. Die Brüder standen starr vor Erstaunen. Dann wollten sie unbedingt wissen, wo und für wieviel Pietro sie gekauft hatte.

»Stellt euch vor, ich habe nur hundert Scudi für dieses seltene Tier bezahlt.«

Die beiden drangen auf ihn ein und wollten die Eselin um jeden Preis erstehen. Zu guter Letzt stimmte Pietro zu: »Also gut. Weil ihr es seid, will ich sie euch für einhundertzwanzig Scudi überlassen.«

Der Handel war schnell gemacht. Die Brüder zogen freudig von dannen. Unterwegs wollten sie sich vorsichtshalber noch einmal von dem Wunder überzeugen. Sie prügelten so lange auf den Grauschimmel ein, bis der wiederum zwei Münzen von sich gab. Zu Hause bereiteten ihnen die Ehefrauen einen ziemlich unwirschen Empfang: »Ihr Schafsköpfe, was bringt ihr da für eine unnütze Schindmähre?« Der Ärger verwandelte sich jedoch sogleich in helle Freude, als sie mit eigenen Augen die zwei Münzen sahen, die ihre Männer aus dem Eselshintern herausklopften.

»Ach, wie wunderbar!« riefen sie. »Wir werden reicher sein als der Gutsherr und ein Landgut nach dem anderen kaufen.«

Bevor man an diesem Abend zu Bette ging, sagten die Brüder zu ihren Frauen: »Näht alte Tischtücher und Bettlaken im Haus zusammen. Damit legt ihr den Stallboden aus, daß uns ja kein einziger Scudo im Stroh verlorengeht.« Gesagt, getan. Danach begaben sich alle zur Ruhe in der frohen Gewißheit, am nächsten Morgen als gemachte Leute aufzuwachen.

Bei der armen Eselin in ihrem feinen Quartier aber

wollte sich der Schlaf nicht einstellen. Der Hunger nagte in ihren Gedärmen. Die erlittenen Mißhandlungen bereiteten ihr solche Pein, daß sie wie besessen umhersprang. Dabei riß sie all die schönen Tücher in Fetzen.

Die Brüder, die vor lauter Erwartung ebenfalls nicht schlafen konnten, rieben sich die Hände. Würde doch mit jedem Satz ein weiteres Goldstück zum Vorschein kommen. Einer von ihnen hielt es vor Ungeduld nicht mehr aus. Er schlich unbemerkt durch die Dunkelheit nach draußen und öffnete vorsichtig die Stalltür. Gleich an der Schwelle lag eine Münze. Die letzte, die das bedauernswerte Vieh in sich gehabt hatte. Er stieß einen Freudenschrei aus und rannte ins Haus zurück: »Sie hat schon wieder etwas fallen lassen, gerade an der Tür. Ihr werdet sehen, bis morgen früh ist alles voller Geld.«

Nun war es vorbei mit der Ruhe. Die Nacht verging nicht schnell genug, und im ersten Morgengrauen stürzte man zum Stall hinüber. Die Tür wurde aufgerissen, doch was für ein Anblick! Anstelle eines Haufen Geldes lag da nur ein wüstes Knäuel von schmutzigen, zerrissenen Leintüchern. Die Frauen waren der Ohnmacht nahe, den Männern dämmerte es, daß ihr Bruder sie hereingelegt hatte. Ohne viele Worte zu verlieren, nahmen sie ihre Mützen und machten sich auf den Weg zu ihm.

Der gute Pietro konnte sich sehr wohl ausrechnen, was ihm am nächsten Tag für eine Gefahr drohte. Daher stand er an jenem Morgen in aller Herrgottsfrühe auf, um einen Stein aus dem Bodenbelag seiner Küche zu entfernen. Darunter hob er eine Grube aus, die mit Holz und Kohle gefüllt wurde. Er blies das Feuer an, setzte den Ziegel wieder vorsichtig an seinen Platz und wartete ab. Nach einer Weile begann der Stein heiß zu werden. Pietro schob noch einmal reichlich Holz und Kohle unter, dann stellte er eine Pfanne mit Wasser und Bohnen darauf.

Als die Brüder eintrafen, war das Wasser bereits tüchtig am Kochen. Den zweien blieb der Mund offenstehen, wie sie da eine Pfanne am Boden sahen, die ohne das mindeste Anzeichen von Feuer fröhlich vor sich hin quallerte. Den eigentlichen Grund ihres Kommens vergaßen sie darüber.

»Wißt ihr«, erklärte der Hausherr, »es geschieht oft, daß meine Frau und ich nicht vor der Mittagsstunde vom Feld zurück sind. Deshalb haben wir uns für teures Geld diese wunderbare Pfanne hier gekauft, die das Essen zur rechten Zeit ganz von allein bereithält.«

»Für euch beide ist schnell etwas gemacht«, erwiderten die Brüder. »Wir hingegen müssen oft viele Leute verkösten. Die Pfanne ist genau das richtige für uns. Wir wollen sie dir abkaufen.«

Pietro ließ sich eine ganze Zeitlang bitten, doch am Ende einigte man sich auf einhundertzwanzig Scudi. Diesmal wurden die Männer daheim recht ungnädig aufgenommen: »Ihr Dummköpfe!« riefen die Frauen. »Habt ihr euch erneut an der Nase herumführen lassen?« Weil aber die Brüder beschworen, sie hätten das Wunder mit eigenen Augen gesehen, gaben sie schließlich Ruhe. Am nächsten Tag sollte die Probe aufs Exempel gemacht werden.

Es war die Zeit der Ernte. Der Weizen leuchtete gelb wie blankes Gold. Am Morgen trafen etliche Schnitter ein. Bevor es hinausging, setzten die Frauen die Pfanne mit

Wasser und Bohnen auf den Stein. Wie man nun um die Mittagsstunde müde und hungrig zurückkam, hätte die Enttäuschung nicht größer sein können. Das Wasser war kalt und die Bohnen noch ganz roh. Dieses Mal schworen die Brüder einander feierlich, daß sie den Betrüger umbringen wollten.

Unterdessen eilte Pietro zum Dorfmetzger. Bei dem kaufte er eine mit Ochsenblut gefüllte Schweinsblase. Daheim sagte er zu seiner Frau: »Wenn meine Verwandten kommen, steckst du sie dir unters Kleid. Ich werde hineinstechen, um sie glauben zu machen, daß ich dich getötet habe.«

Es dauerte nicht lange, und dieselbigen betraten mit geballten Fäusten den Hof. Pietro lief vor die Tür und rief: »Meine lieben Brüder, ich weiß, ihr wollt euch rächen. Meine böse Frau ist die Missetäterin, die euch diese Schmach zugefügt hat. Sie soll ihre verdiente Strafe finden.« Die drei gingen in die Küche, wo Pietro ein Messer zur Hand nahm, mit dem er seine Frau niederstach. Sie stieß einen Schrei aus, stürzte zu Boden und blieb in einer großen Blutlache liegen. Den beiden anderen war bei diesem Anblick recht unbehaglich zumute, während ihnen der Hausherr in aller Seelenruhe etwas zu essen vorsetzte. Nach einer Weile holte er eine Hirtenpfeife aus der Tasche. »Ich werde euch zeigen, wie man jemandem einen gehörigen Schrecken einjagt, ohne dafür gleich ins Gefängnis zu kommen.« Daraufhin blies er das Pfeifchen. Seine Frau erhob sich und verließ schweigend den Raum. Die Brüder saßen wie vom Donner gerührt. »Das ist ja ein famoses Ding, das müssen wir haben«, riefen sie. »Wer hätte nicht manchmal gute Lust, sein zänkisches Weib zum Teufel zu schicken? Und wenn man sie dann auch noch wieder herbeizaubern kann.«

Vergessen war alle Rache, sie dachten nur noch daran, den Frauen eine tüchtige Lektion zu erteilen. So wechselte die Pfeife für einhundertzwanzig Scudi den Besitzer, und die beiden eilten nach Hause. Ganz begierig, das neue Wunderding auszuprobieren. Ein Anlaß zum Streiten fand sich schnell. Ein Wort gab das andere, bis die Brüder am Ende zum Messer griffen und ihre Frauen niederstachen. Danach stärkten sie sich erst einmal ausgiebig. Als man die Zeit für angemessen hielt, nahm ein jeder die Pfeife zur Hand. Allein, auch die schönsten Liedchen vermochten die Toten nicht wieder zu Lebenden zu machen. Den zweien wurde himmelangst bei dem, was sie da angerichtet hatten. Sie eilten zu Pietro. Den steckten sie in einen großen Sack, um ihn im nahen Fischteich zu ersäufen.

Wie sie nun ihren Gefangenen so übers Feld schleiften, zwang ein dringendes Bedürfnis die beiden Brüder, sich ein Stück weit zu entfernen. Eben zu dieser Zeit zog ein Schäfer mit seiner Herde vorüber. Pietro stimmte ein lautes Jammergeschrei an. Der Hirte lief neugierig herzu.

»Stellt Euch nur vor«, tönte es von innen, »man will mich nach Rom bringen, damit ich Papst werde. Dabei kann ich doch weder lesen noch schreiben. Ach, ich Unglücklicher!«

Der gute Schäfer konnte beides ganz leidlich. Auch erinnerte er sich an den Spruch, den er von seinen Eltern so oft gehört hatte:

Was kann es Schöneres
für einen Armen geben,
als Papst zu sein
nur einen einz'gen Tag im Leben.

Er knüpfte den Sack auf und bot Pietro an, die Reise an seiner Stelle zu tun. Der ging auf das Angebot gerne ein. Im Nu war er heraus. Rasch verschnürte er den Hirten zu einem festen Bündel; danach führte er die Schafe beiseite. Die zwei Brüder kamen zurück. Sie schleppten den Sack davon und warfen ihn in den Teich. Dann warteten sie ab, bis keine Luftblasen mehr aufstiegen. Als der Totgeglaubte aber wenig später plötzlich vor ihnen stand, hielten sie ihn zunächst für ein Gespenst. Ihr Schrecken legte sich allerdings recht bald beim Anblick seiner schönen Herde.

»Wo hast du die Schafe her?« wollten sie wissen.

»Vom Grunde des Wassers geholt, in das ihr mich geworfen habt«, gab Pietro zur Antwort. »Ihr müßt nur tief genug tauchen. Es gibt noch eine ganze Menge da unten.«

Die Brüder stürzten sich kopfüber ins Wasser. Weil aber jeder der erste sein wollte, hatten sie gar nicht bedacht, daß keiner von ihnen schwimmen konnte. So mußten sie alle beide jämmerlich ertrinken.

Auf diese Weise war Pietro seine Widersacher endlich losgeworden. Er zog mit der Herde nach Hause. Aus ihrem Verkauf erlöste er noch einen schönen Batzen Geld für sich und seine Frau.

Warum der März einunddreißig Tage hat

An einem Frühlingsmorgen zog ein Hirte mit seiner Herde aus. Unterwegs begegnete ihm der März: »Na, wo geht's denn heute hin?«

»In die Berge.«

»Gute Reise!«

An diesem Tag ergoß sich ein schweres Unwetter übers Gebirge. Eine wahre Sintflut. Am Abend auf dem Rückweg fragte der März den Hirten: »Wie war's denn heute?«

»Ein wunderschöner Tag. Ich bin auf der Ebene gewesen. Die Sonne hat nur so gebrannt.«

»Und morgen?«

»Natürlich wieder ins Flachland. Alles andere wäre doch eine Dummheit. Bei dem herrlichen Wetter.«

»Recht so. Auf Wiedersehen.«

Der Hirte zieht in die Berge. Der März aber schickt Regen, Sturm und Hagelschlag über die Ebene. Ein wirkliches Strafgericht.

Am Abend kommt man wieder zusammen. »Wie ist's dir diesmal gegangen?« will der März wissen.

»Einfach großartig. Da drinnen im Gebirge. Welch ein Himmel, welch eine Sonne!«

»Und morgen?«

»Aufs flache Land. Nicht so weit von zu Hause weg. Ich habe Gewitterwolken über den Bergen gesehen.«

»Da tust du gut daran.«

Mit einem Wort: Der Hirte macht immer genau das Gegenteil von dem, was er sagt, und der März kann ihm nicht am Zeug flicken. Am Ende des Monats sagt der März zu ihm: »Wie steht's nun mit dir?«

»Ganz ausgezeichnet. Der Monat ist um, und ich kann ruhig schlafen.«

»Und morgen?«

»Munter hinaus in die Ebene. Das ist nicht so beschwerlich und geht schneller.«

»Auf Wiedersehen.«

Der März läuft Hals über Kopf zu seinem Bruder, dem April. Von ihm borgt er sich einen Tag aus.

Am nächsten Morgen zieht der Hirte mit seiner Herde los. Doch kaum haben sich die Schafe über die Weiden zerstreut, da bricht das Verhängnis herein. Sturm, Schnee und Hagelschlag setzen ein, und der gute Hirte hat alle Hände voll zu tun, seine Schützlinge in Sicherheit zu bringen. Am Abend kommt der März zum Hirten, der müde und niedergeschlagen am Feuer sitzt: »Guten Abend, Hirte.«

»Guten Abend, März.«

»Wie hast du's denn heute getroffen?«

»Hör mir bloß auf davon. Schlimmer war es als mitten im kältesten Januar. Als ob sämtliche Höllenteufel los wären. Das reicht unsereinem fürs ganze Jahr. Wenn ich an meine armen Schafe denke.«

So kommt es, daß der März einunddreißig Tage hat, weil er noch einen für den Hirten brauchte, den er sich vom April ausleihen mußte. Der aber fehlt demselbigen gerade.

Der Schlauberger

Es lebte einmal ein Mann, der hatte eine Erdnuß gefunden. Damit ging er zu einer Bäuerin: »Könnt Ihr sie vielleicht ein Weilchen für mich aufheben?«

»Legt sie nur dort auf den Tisch«, war die Antwort.

Das tat er. Nun hatte die Frau einen Hahn. Der pickte die Erdnuß auf. Nach einer Zeit kam der Mann zurück und fand sie nicht mehr. Da sagte er:

> Nüßchen oder Hähnlein,
> Hähnchen oder Nüßlein,
> eins von zweien muß es sein.

Ob sie wollte oder nicht, die Frau mußte ihm den Hahn überlassen. Damit ging er zur nächsten Bäuerin: »Könnt Ihr ihn ein Weilchen für mich behalten?«

»Sperrt ihn einfach da in den Schweinestall.«

Er tat's und ging fort. Nun war in dem Stall ein Schwein. Das biß den Hahn tot. Der Mann kam zurück und fand ihn nicht mehr. Da sagte er:

> Hähnchen oder Schweinlein,
> Schweinchen oder Hähnlein,
> eins von zweien muß es sein.

Ob sie wollte oder nicht, die Frau mußte ihm das Schwein überlassen. Damit ging er zur nächsten Bäuerin: »Könnt Ihr es ein Weilchen für mich behalten?«

»Sperrt es nur dort in den Stall.«

Er tat's und ging fort. Nun war in dem Stall ein Kalb. Das gab dem Schwein einen Stoß mit dem Horn, daß es tot umfiel. Der Mann kam zurück und fand es nicht mehr. Da sagte er:

Schweinchen oder Kälblein,
Kälbchen oder Schweinlein,
eins von zweien muß es sein.

Ob sie wollte oder nicht, die Frau mußte ihm das Kalb herausgeben. Damit ging er zur nächsten Bäuerin: »Könnt Ihr es ein Weilchen für mich behalten?«

»Bindet es ruhig im Kuhstall an.«

Er tat's und ging fort. Nun hatte die Frau eine hübsche Tochter, die krank daniederlag: »Liebe Mutter«, bat das Mädchen, »ich möchte so gerne Fleisch essen.«

»Aber mein Kind, wir haben doch keines.«

»Dann geh hinaus in den Stall und schneide ein Stück aus dem fremden Kalb.«

Die Mutter ließ sich's nicht zweimal sagen. Sie schnitt dem Kalb ein schönes Stück Fleisch aus dem Hintern und schmierte die Stelle mit Kalk zu. Der Mann kam zurück. Er gab seinem Tier einen Peitschenschlag auf den Hintern, um es aus dem Stall zu treiben. Dabei rieselte der Kalk auf den Boden. Der Mann aber sah die schlimme Wunde und sagte:

Mein schönes Kälbchen unversehrt,
ist Euer Töchterlein wohl wert.
Kälbchen oder Töchterlein,
eins von zweien muß es sein.

Ob sie wollte oder nicht, die Mutter mußte ihm ihre Tochter überlassen. Er steckte sie in einen großen Sack und trug sie davon. Unterwegs legte er bei einem Bauern eine Rast ein. Das war der Onkel des Mädchens.

»Tante, Tante«, rief es, als sich der Mann eine Zeitlang entfernt hatte. »Ich bin hier in dem Sack.«

Die Bäuerin lief herzu. Sie befreite das Mädchen und steckte dafür ihren großen, bissigen Hund hinein. Der Mann kam zurück. Er packte sein Bündel und ging davon. Nach einer Weile geriet er gehörig ins Schwitzen. Er ließ sich im Schatten eines Baumes nieder, um darüber nachzusinnen, wie klug er denn die Sache angestellt hatte.

Hähnchen fürs Nüßchen,
Schweinchen fürs Hähnlein,
Kälbchen fürs Schweinchen,
und dafür ein Mägdelein.
Hübsches Mädchen, frisch heraus,
gib mir gleich ein Küßchen aus.

Mit diesen Worten schnürte er den Sack auf. Heraus aber sprang der böse Hund und biß ihm auf der Stelle die Nase ab. So kam am Ende doch alles ganz anders.

Wie sich die Mädchen täuschen

Der Löwe und der Esel trafen zusammen.

»Wie groß und stark du bist«, sagte der Esel. »Wer könnte dir etwas anhaben?«

»Die Männer«, gab der Löwe zur Antwort.

»Und vor wem müssen die Männer sich in acht nehmen?«

»Vor den Frauen.«

»Und was bringt den Frauen Verderben?«

»Die Familie.«

Ach, die armen Mädchen, die sich so gerne verheiraten wollen. Wenn sie wüßten, worauf sie sich einlassen. Das gäbe ein großes Gedränge an der Klosterpforte.

Man muß es auch einmal abwarten können

Drei Freunde gingen zusammen zur Jagd. Sie hießen Cecco, Federico und Antonio. Als sie gegen Abend auf eine Wegkreuzung stießen, machte Cecco einen Vorschlag: »Ein jeder von uns soll einen anderen Weg nehmen. Wir wollen die Gegend erkunden und uns morgen um die gleiche Stunde wieder hier treffen.« Alle waren einverstanden. Man gab sich zum Abschied die Hände und brach auf.

Freund Federico sah auf seiner Strecke einen Lichtschein durch die Bäume schimmern. Er folgte ihm bis zu einem stattlichen Haus. Beherzt pochte er an die Tür. Ein hübsches Mädchen sah zum Fenster heraus: »Wer klopft hier bei mir an?«

»Ein armer Jägersmann bittet Euch um ein Quartier für die Nacht.« Die Tür öffnete sich, Federico wurde von einem Bediensteten in das Zimmer der jungen Frau geführt.

»Was treibt Ihr hier in diesem Wald?«

»Ich habe mich verirrt. Das Jagdglück scheint mir heute ebensowenig gewogen zu sein wie das Glück in der Liebe.«

»Davon könnte ich hier draußen auch etwas gebrauchen«, gab sie zur Antwort. »Doch nun laßt uns nicht länger vom Unglück sprechen. Gehen wir lieber ans Abendessen.«

Sie berührte mit ihrem Stab den Boden. Ganz aus dem

Nichts stand da plötzlich ein Tisch, reich gedeckt mit den köstlichsten Speisen. Die beiden aßen zusammen. Am Ende sagte die Gastgeberin: »Nun bin ich müde und will mich zur Ruhe niederlegen. Ich muß Euch allerdings sagen, daß es hier im Haus nur ein einziges Bett gibt. Wenn Ihr es mit mir teilen wollt?«

Nichts in der Welt hätte Federico lieber getan. So schnell und so einfach war er noch nie zu seinem Vergnügen gekommen. Die Frau führte ihn in ihr Schlafgemach. Dort zog sie sich aus und schlüpfte unter die Decke. Ihr Gast wollte gerade das nämliche tun, da sagte sie: »Ich bitte Euch, schließt die Tür zu dem Abtritt in der Kammer nebenan. Es riecht sonst gar zu garstig.«

Federico machte die Tür zu – allein, sie sprang sogleich wieder auf. Er versuchte es ein zweites und ein drittes Mal. Mit dem gleichen Ergebnis. Federico wurde ungeduldig. Anfänglich drückte er noch, dann schlug er die Tür mit aller Kraft zu. Vergebens. Das Teufelsding sprang stets von neuem aus dem Schloß. Bis zum Morgengrauen mühte er sich erfolglos. Dann schickte man ihn mit freundlichen Worten seiner Wege.

Als die Freunde an dem vereinbarten Ort zusammentrafen, erzählte ein jeder, wie es ihm ergangen war. Der verhinderte Liebhaber indessen ließ lediglich verlauten, daß er in einem einsamen Haus im Wald eine schöne Frau angetroffen hätte.

»Die will ich mir auch ansehen«, sagte Cecco. Er ging zu dem Haus, wo alles genau auf die gleiche Weise wie bei Federico geschah. Es versteht sich von selbst, daß der gute Cecco ebenfalls vermeinte, mit dem fremden Mädchen ein leichtes Spiel zu haben. Nur verlangte die liebliche Stimme aus dem Bett heraus dieses Mal nach etwas anderem: »Ich bitte Euch, macht das Fenster recht fest zu. Es zieht sonst gar zu scheußlich.«

Einen solchen Gefallen tat er ihr gerne. Allein, wen wird es verwundern, was nun geschah? Das Fenster sprang wieder auf. Er schloß es noch etliche Male, doch die Flügel standen sogleich wieder sperrangelweit offen. So ging es in einem fort. Cecco mühte sich die ganze Nacht über vergeblich. Bei Tagesanbruch hatte er kein Auge zugetan, geschweige denn dasjenige bekommen, was er sich so gerne genommen hätte. Dazu wurde er auch noch freundlich, aber entschieden aus dem Haus komplimentiert.

»Na, wie hast du dich denn mit der schönen Dame unterhalten«, fragte Antonio den Freund, als man erneut beieinander war.

»Ach, ganz vorzüglich. Noch viel besser, als ich mir zu träumen gewagt hätte«, log derselbige.

»Da muß ich doch auch mal mein Glück versuchen!«

Antonio begab sich zu dem Haus im Wald, wo die Dinge ihren nämlichen Verlauf nahmen. Die Einladung zum Abendessen wollte er allerdings ausschlagen.

»Ich bitte Euch, macht keine Umstände wegen mir. Ich kann auch in der Küche mit dem Bediensteten essen.«

Sie aber bestand darauf. Der Zauberstab tat seine Wirkung, und die beiden ließen sich's schmecken..

Nach der Mahlzeit sagte die Gastgeberin: »Es ist schon spät. Ich bin müde und will mich zur Ruhe niederlegen. Ihr werdet mein Bett mit mir teilen müssen, denn es ist das einzige hier im Haus.«

»Laßt mich nur hier in dem Sessel schlafen«, erwiderte Antonio. »Das genügt schon für mich.«

Er machte es sich für die Nacht bequem, so gut es eben ging. Als er am nächsten Morgen erwachte, stand die Herrin des Hauses in ihren schönsten Kleidern vor ihm.

»Du bist ein ehrlicher Mann«, sagte sie. »Während die anderen mich nur zu ihrem Vergnügen mißbrauchen wollten, hast du meine Ehre geachtet. Ich will deine Frau sein.«

An diesem Entschluß hatte der liebe Antonio nicht das mindeste auszusetzen. Der Zauberstab rief eine prunkvolle Kutsche mit vornehm gekleideten Bediensteten herbei. Damit ging es fort in die Stadt zur Familie des Bräutigams, wo eine lustige Hochzeit gefeiert wurde. Antonio und das Mädchen aus dem Wald wurden ein glückliches Paar. Wenn ihn aber seine Freunde fragten, wie er die ganze Sache angestellt hätte, dann antwortete er ihnen nur:

Wer den anderen arg bedrängt,
oftmals nichts von ihm empfängt.

Der Ochse und die Fliege

Ein Ochse zog den Pflug übers Feld, da kam eine Fliege herbei und setzte sich auf sein Horn.

»Was machst du da?« schnaubte der Ochse.

»Pflügen«, erwiderte die Fliege.

Das Bein

Es waren einmal eine Mutter und ihre drei Töchter, die mußten sich als Weberinnen kümmerlich durchs Leben schlagen. Auf die Straße getrauten sie sich nur noch des Abends, so dürftig und abgerissen war ihre Kleidung. Als dann die Mutter auch noch an einer langen Krankheit daniederlag, wurde die Not immer größer. Die Mädchen begannen, eins nach dem anderen, ihre paar Habseligkeiten zu verkaufen. Nachdem sie selbst nichts mehr besaßen, trugen sie die Kleidung der kranken Mutter zu Markte. Ihre Schuhe, ihren Rock und schließlich ihr Hemd. Darüber verstarb dieselbige vor Gram.

Die Töchter schämten sich: »Wir können sie doch nicht nackt begraben. Was wäre das für eine Schande!«

»Ich will ihr mein Hemd geben«, sagte Stella, die Älteste. »Ich gebe ihr meinen Rock«, sagte Gigia, die Mittlere. »Und ich meine Schuhe«, sagte Menichina, die Jüngste.

Dies taten sie auch. Dann kam der Winter herbei, und es wurde bitter kalt. Die armen Mädchen froren jämmerlich. Sie verkrochen sich in ihren Betten, doch was nützte es? Sie mußten ja wieder heraus.

Bis die Älteste eines Tages sagte: »Wie soll ich diese Kälte ertragen? Morgen gehe ich mir mein Hemd holen. Sie braucht es gewiß nicht mehr.«

Die Schwestern waren entsetzt, doch Stella ließ sich

nicht beirren. In der Nacht versteckte sie eine Hacke unter der Schürze und ging zum Grab der Mutter. Sie grub sich bis zu der Toten hinunter. Dann zog sie ihr das Hemd aus und scharrte das Loch wieder zu. Daheim warf sie es sich über den Leib. Alsbald hatte auch die Mittlere vom Frieren genug. Sie tat es der Schwester nach, nahm die Hacke und holte sich ihren Rock. Wie hätte es wohl die Jüngste länger erdulden sollen? Ihre bloßen Füße wollten ihr in der Kälte beinahe zu Eis gefrieren. Sie stieg am Ende ebenfalls in das Grab hinunter. Beim Anblick der Toten weinte sie bitterlich: »Armes Mütterchen, wie siehst du so verändert aus. Ich bitte dich, verzeih mir. Aber es ist so schrecklich kalt, daß ich ohne meine Schuhe nicht arbeiten kann.«

Sie zog ihr den ersten Schuh aus. Das ging noch ganz leidlich. Der zweite indessen wollte einfach nicht heruntergehen. Sie zog und zerrte so lange daran, bis sie dem Leichnam zuletzt das ganze Bein ausriß. Im ersten Entsetzen hätte Menichina beinahe die Besinnung verloren. Doch dann überwand sie ihren Schrecken. Sie warf das Grab wieder zu, verbarg das Bein unter ihrer Schürze und eilte nach Hause. Dort gelang es den Schwestern mit vereinten Kräften, sich in den Besitz des Schuhes zu bringen.

»Das Bein wird sie gewiß nicht mehr brauchen«, meinten die beiden Älteren. »Leg es einstweilen da hinter die Tür.« In dieser Nacht heulte ein böser Wintersturm. Die Mädchen lagen eng zusammengekauert im Bett. Plötzlich hörte man ein dumpfes Pochen an der Haustür. Den dreien stiegen die Haare zu Berge. Keine wollte für ihr Leben allein aufmachen gehen. Das Klopfen ließ nicht ab. Schließlich gingen sie alle zusammen, um zu öffnen. Draußen erblickten sie die tote Mutter. Ihre bleichen Haare flogen im Wind, ihr Leib war gänzlich unbedeckt, und sie stand nur auf einem einzigen Bein. Die Schwestern schrien vor Angst laut auf.

»Gebt mir mein Bein zurück!« befahl die düstere Erscheinung. Eine eiskalte Hand deutete auf Menichina: »Und du, du wirst mit mir kommen.«

Fiordinando

Ein König hatte einen Sohn mit Namen Fiordinando, der war ein rechter Bücherwurm. Für die Welt außerhalb seines Studierzimmers zeigte er wenig Interesse. Er kam höchstens zum Essen und Trinken heraus oder um sich im Schloßgarten ein wenig die Beine zu vertreten. Nun gab es unter den Bediensteten im Palast einen tüchtigen jungen Jäger, den der König sehr schätzte.

»Majestät«, sagte dieser eines Tages, »würdet Ihr mir erlauben, Euren Sohn in seinem Kabinett zu besuchen?«

»Wenn du ihn von seinen Büchern abbringen kannst, soll es mir recht sein«, brummte der König.

Der Jäger ging also zum Prinzen. »Was hast du mit deinen schweren Stiefeln hier am Hof zu schaffen?« fragte Fiordinando.

»Hoheit, ich bin der Leibjäger Eures Vaters. Ich versorge die königliche Tafel jeden Tag mit frischem Wildbret.«

»Ist die Jagd eine lustige Sache?«

»Wer sie recht versteht, für den gibt es nichts Schöneres.«

»Dann will ich es auch probieren. Erzähle niemandem, daß wir davon gesprochen haben, und halte dich zu meiner Verfügung.«

Bei der nächstbesten Gelegenheit sagte der Prinz: »Vater, ich habe gerade ein Buch über die Jagd gelesen. Falls

Ihr erlaubt, würde ich dieses Geschäft gerne einmal selber versuchen.«

»Ich will dich nicht daran hindern, mein Sohn«, erwiderte der König, »doch bedenke, daß die Jagd nicht ohne Gefahren ist. Ich werde dir daher meinen Jäger mitgeben, der sein Handwerk aufs beste versteht.«

Beim Morgengrauen des folgenden Tages ritten die beiden los. In einem dichten Waldgebiet machten sie sich an die Arbeit. Schon um die Mittagsstunde war unter der kundigen Führung des Jägers mehr Wild zur Strecke gebracht, als sie zu tragen vermochten. Etliche Holzfäller aus der Gegend wurden beauftragt, die Jagdbeute ins Schloß zurückzuschaffen. Des weiteren sollten sie vermelden, daß der Prinz und sein Begleiter nicht vor einigen Tagen wieder nach Hause kommen würden.

Den Fiordinando trieb seine neu entdeckte Leidenschaft mit immer größerem Eifer voran. Am Ende verlor er sogar seinen Jagdgenossen gänzlich aus den Augen. Er suchte vergeblich nach ihm, bis die Dunkelheit hereinbrach. Dann stieg er müde vom Pferd, um sich am Fuß eines Baumes ein notdürftiges Nachtlager zu machen. Während er so dasaß, sah er plötzlich in etwa einer halben Meile Entfernung ein Licht durch die Bäume schimmern. Kurz entschlossen nahm er sein Reittier am Zügel und ging auf die Stelle zu.

Was er nach einigen hundert Schritten zu sehen bekam, ließ ihm den Atem stocken. Mitten auf einer großen Lichtung erhob sich ein mächtiger Palast. An dem weit geöffneten Eingangstor stand ein Drache, der eine brennende Fackel in den Klauen hielt. Fiordinando war viel zu erschöpft, um an einen Rückzug zu denken. Insbesondere, da ihn der Drache mit einer stummen, aber nicht unfreundlichen Geste zum Eintreten aufforderte. Er folgte der Einladung und wurde zuerst zu einer Stallung geführt, wo er sein braves Pferd einstellen konnte. Dann geleitete ihn der schweigsame Führer in ein kleines Vorzimmer, in welchem es allerlei erfrischende Getränke, Wein und Zigarren gab. Dort ließ der Drache seinen Gast allein. Während sich jener erst einmal von den Anstrengungen des Tages erholte, sprach er recht fleißig dem Wein und dem Tabak zu. Nach ungefähr einer Stunde kehrte der Drache zurück und brachte den Prinzen in einen verschwenderisch ausgestatteten Speisesaal. Über der reichgedeckten Tafel hingen goldene Kronleuchter so groß wie Wagenräder. Dazu Geschirr, Besteck und Pokale aus schwerem Silber. Die Vorhänge, Tischtücher und Servietten waren mit kostbaren Perlen und Edelsteinen besetzt.

Fiordinando, der mittlerweile schon einige Gläschen getrunken hatte, ließ sich an der Tafel nieder. Er wollte gerade darangehen, seinen Heißhunger zu stillen, als draußen auf der Treppe das Rascheln von Kleidern zu hören war. Im nächsten Augenblick betrat eine junge Frau von wahrhaft königlicher Erscheinung mit ihren zwölf Hofdamen den Saal. Selbst der seidene Schleier, der das Gesicht verhüllte, vermochte ihre große Schönheit nicht zu verbergen. Ohne ein Wort zu sagen, nahm sie an der Seite des Prinzen Platz. Man speiste in völliger Stille. Auch die Hofdamen gaben keinen Ton von sich. Am Ende der Mahlzeit verschwand die ganze Gesellschaft ebenso lautlos, wie sie gekommen war. Gleich darauf erschien der Drache mit zwei brennenden Fackeln. Er geleitete seinen Gast in ein fürstliches Schlafgemach, wo er eines der Lichter in einen Leuchter steckte. Fiordinando wartete, bis der sonderbare Diener gegangen war. Dann wollte er nur noch schlafen.

Kaum aber lag er im Bett, da tat sich in der Wand eine geheime Tür auf. Die Herrin des Palastes mit ihren zwölf Begleiterinnen betrat das Zimmer. Sie entkleideten ihre Gebieterin bis auf den Schleier und gingen hinaus. Dieselbige hingegen stieg geradewegs zu dem verdutzten Prinzen unter die Bettdecke. Dort blieb sie die ganze Nacht hindurch, ohne ein einziges Wort von sich zu geben. Am nächsten Morgen erschienen die stummen Hofdamen wieder, legten der unbekannten Besucherin die Gewänder an und verschwanden mit ihr.

So geschah es drei Nächte hintereinander. Fiordinando, der es längst aufgegeben hatte, sich auf all die wunderlichen Dinge einen Reim zu machen, verliebte sich bis über beide Ohren in die geheimnisvolle Frau. Tagsüber durchstreifte er die Wälder auf der Suche nach seinem Jagdgefährten, doch die Nächte verbrachte er stets im Palast. Am vierten Tag schließlich traf er auf den Jäger. Er ritt mit ihm in die Stadt zurück, ohne sein Abenteuer auch nur mit einem einzigen Wort zu erwähnen.

Zu Hause war Fiordinando wie verwandelt. Seine Bücher ließ er links liegen und saß den ganzen Tag traurig im Schloß herum. Zu guter Letzt vertraute er sich der Mutter an. »Was soll ich nur tun?« seufzte er. »Sie hat ja noch kein einziges Wort mit mir gesprochen.«

»Hör mir gut zu«, riet ihm die Königin. »Du reitest wieder hin und speist wie üblich mit ihr. Beim Essen wirfst du wie aus Versehen ihr Besteck zu Boden. Wenn sie sich bückt, um es aufzuheben, ziehst du ihr den Schleier herunter. Dann wird sie schon etwas sagen.«

Der Prinz sprengte mit verhängten Zügeln hinaus in den Wald. Dort wurde er wie gewohnt von dem Drachen empfangen und saß noch am selben Abend mit seiner stummen Gastgeberin zu Tisch. Dabei stellte er sich so ungeschickt an, daß ihr Besteck herunterfiel. Sie bückte sich danach, und im gleichen Augenblick zog er ihr den seidenen Schleier vom Gesicht. Da tat die schöne Frau zum allerersten Mal ihren Mund auf: »Du Narr, was hast du angerichtet!« rief sie. »Hättest du mich nur noch eine einzige Nacht länger bei dir schlafen lassen, so wäre der Zauber gebrochen gewesen. Ich wäre auf der Stelle deine Frau geworden. Nun aber muß ich fort nach Paris und weiter bis nach Sankt Petersburg. Du sollst wissen, daß ich die Königin von Portugal bin.« Mit diesen Worten war sie spurlos verschwunden. Auch der verwunschene Palast schien wie vom Erdboden verschluckt. Fiordinando befand sich allein im dichten Wald, wo er einige Mühe hatte, den Rückweg zu finden.

Zu Hause besprach er sich heimlich mit seiner Mutter. Er deckte sich mit der nötigen Barschaft ein und bestieg schon am nächsten Tag in Begleitung eines vertrauten Dieners die Postkutsche nach Paris. Dort angekommen, nahm man in einer Herberge in der Nähe des Stadttores Quartier.

»Herr Wirt«, fragte Fiordinando am Morgen, »was gibt es für Neuigkeiten in Eurer Stadt?«

»Was meint Ihr damit?«

»Kriege, Feste, hochgestellte Persönlichkeiten?«

»Die Königin von Portugal stattet uns zur Zeit einen Besuch ab. In drei Tagen wird sie nach Sankt Petersburg weiterreisen.«

»Und wie bekommt man sie zu sehen?«

»Um die Mittagsstunde zieht sie gewöhnlich mit ihren zwölf Hofdamen hier zu diesem Tor hinaus.«

Als es ans Mittagessen ging, fragte der Wirt: »Was für einen Wein wünschen die Herrschaften zu trinken?«

»Einen kräftigen roten«, gab ihm Fiordinando zur Antwort.

Der heimtückische Wirt aber mischte ein starkes Opium in den Wein. Gleich nach dem Essen bezogen der Prinz und sein Diener ihren Posten draußen vor dem Stadttor. Allein, es dauerte nicht lange, bis das betäubende Gift seine Wirkung tat. Die beiden sanken zu Boden und fielen in einen tiefen, traumlosen Schlummer. Um die angegebene Zeit zog die Königin mit ihrem Gefolge vorüber. Den schlafenden Fiordinando erkannte sie auf der Stelle. Sie lief herzu, um ihn aufzuwecken. Doch wie sehr sie ihn auch beim Namen rief, ihn rüttelte und schüttelte, alles war vergebens. Am Ende zog sie einen kostbaren Ring vom Finger, legte ihn neben den Prinzen und ging davon. Ein frommer Einsiedler, der in der Nähe seine Klause hatte, kam herbei, nahm den Ring an sich und verschwand.

Fiordinando wurde erst gegen Abend wieder wach. Er schwor sich, das nächste Mal besser aufzupassen. Den folgenden Tag bestellte er auf die Frage des Wirtes hin einen leichten Weißwein. Es sollte ihm nicht viel nützen, denn der Spitzbube wiederholte seinen hinterhältigen Anschlag.

Ein zweites Mal lagen der Prinz und sein Diener wie tote Steine am Wegrand. Die Königin machte mit ihren Begleiterinnen bei ihnen halt. Sie schnitt sich eine Locke aus ihrem strahlenden Blondhaar, legte sie neben Fiordinando und zog weiter. Auch dieses Geschenk brachte der Eremit heimlich in seinen Besitz.

Der Prinz, dem die Sache mit dem Wein nicht geheuer war, befahl für den nächsten Tag eine Suppe. »Hör mir gut zu«, sagte er zu seinem Diener und zog eine geladene Pistole aus dem Gürtel. »Wenn es dir heute nicht gelingen sollte, mich wach zu halten, dann schieße ich dir eine Kugel in den Kopf.« Doch selbst diese schreckliche Drohung mußte gegen das betäubende Gift in der Suppe ihre Wirkung verfehlen. Draußen vor dem Stadttor versuchte sich der getreue Diener unter Aufbietung aller Kräfte wach zu halten, während sein gnädiger Herr bereits längst eingeschlafen war. Aber auch ihm fielen schon bald die Augen zu. Diesmal geriet die Königin beim Anblick der beiden gänzlich außer Fassung. Sie begann laut zu weinen und wehzuklagen. Ihre Tränen aber wurden zu roten Blutstropfen, die sie mit einem weißen Taschentuch abwischte. Dieses legte sie neben den Fiordinando und verschwand. Der fromme Klausner nahm das Tüchlein ebenfalls in seine Verwahrung.

Als Fiordinando erwachte, mußte er erfahren, daß die Königin von Portugal bereits nach Sankt Petersburg abgereist war. Noch bevor er ihr nacheilen konnte, trat der gute Einsiedler vor ihn hin: »Herr, in jener fernen Stadt wird es im Turnier um die Hand der hohen Frau gehen. Nehmt diese drei Geschenke mit. Sie hat sie Euch hinterlassen, während Ihr im Schlaf gelegen seid.«

Der Prinz reiste mit seinem Diener auf schnellstem Wege nach Petersburg. Dort hatten sich die vornehmsten Ritter aus aller Herren Länder zum Wettstreit um die Gunst der Königin von Portugal eingefunden. Auch Fiordinando nahm unter falschem Namen am Turnier teil. Im Kampf befestigte er ein ums andere Mal den Ring, die Haarlocke sowie das blutige Taschentuch an seiner Lanze. Damit stach er alle seine Gegner in ihren glänzenden Rüstungen aus dem Sattel. Er wurde zum Sieger erklärt und erhielt den Ehrenpreis zugesprochen. Als er zur Begrüßung seiner künftigen Gemahlin den Helm abnahm, verlor dieselbe vor lauter Freude ihre Besinnung. Die Ohnmacht sollte jedoch nicht lange anhalten, und die beiden wurden ein glückliches Paar. Sie kehrten zu ihren Eltern heim, wo eine Hochzeit gefeiert wurde, wie man sie lange nicht mehr gesehen hat.

Was man sich von der Stadt Florenz erzählt

Der Verwalter eines Landklosters mußte immer in die Stadt zum Markt fahren.

»Na, wie geht es denn unserer schönen Stadt Florenz?« fragten ihn die Mönche bei seiner Rückkehr.

»Man erzählt, die Dame will sich verheiraten.«

Als er das nächste Mal wieder heimkam, waren die Mönche ganz neugierig: »Und wie ist's mit der Hochzeit gegangen?«

»Sie hat sich gleich zwei Männer genommen, weil sie den Hals nicht voll genug kriegen kann«, gab der Verwalter zur Antwort.

Lauter Mißverständnisse

Ein Bauer hatte sich eine junge Frau genommen. Die ersten Tage nach der Hochzeit ließ man sich das Essen aus der Trattoria, der nahe gelegenen Dorfwirtschaft, bringen. Sobald es damit vorbei war, sollte die Frau kochen.

Der Mann brachte Linsen: »Stell sie aufs Feuer! Wenn ich zurückkomme, machen wir eine schöne Suppe.«

»Und wieviel soll ich nehmen?«

»Frag nicht so viel! Tu halt ein paar hinein.«

Er ging fort. Die Frau warf zwei Linsen in einen Topf und setzte ihn auf.

Der Mann kam heim: »Wo sind denn die Linsen?«

»Hier in dem Topf.«

»Ist das alles?«

»Aber du hast doch gesagt, ich soll ein Paar hineintun. Das sind doch nicht mehr als zwei.«

Dem Bauern dämmerte es, was er sich da ins Haus geholt hatte.

»Kannst du wenigstens eine Kohlsuppe machen?« fragte er am nächsten Tag.

»Natürlich.«

»Du nimmst ganz einfach Kohl, Brot und Schinken. Das gibt ein schmackhaftes Süppchen.«

Er ging fort. Die Frau schnitt Kohl, Schinken und Brot auf. Sie tat alles in eine Pfanne. Das war's auch schon. Um die Mittagsstunde freute sich der hungrige Bauer auf seine warme Suppe, doch er fand nur die rohen Zutaten vor.

»Was ist denn das schon wieder?« schimpfte er.

»Hast du mir nicht gesagt, daß Kohl, Brot und Schinken ganz von allein eine gute Suppe machen?« gab die Frau zur Antwort.

»Heilige Madonna!« seufzte der Ehemann. Den Rest behielt er für sich.

»Heute mußt du mir ein schönes Stück Fleisch braten«, sagte er am dritten Tag. »Irgend etwas wirst du doch können.«

»Wo soll ich es denn hineintun?« fragte die Frau.

Der Bauer wurde wütend: »Steck es dir in den Hintern«, rief er und ging aus dem Haus.

Die Frau legte sich aufs Bett und setzte alles daran, dem Befehl ihres Mannes Folge zu leisten. Weil dies aber mehr schlecht als recht ging, war sie immer noch nicht damit fertig, als der Bauer zurückkam.

»Wo ist das Fleisch?«

»Dort, wo du es hinbefohlen hast«, jammerte die Frau. »Nur der Knochen will nicht hineingehen.«

Am liebsten hätte sie der Bauer gleich zum Teufel gejagt. Doch weil sie jung war und hübsch, beschloß er, eine letzte Probe zu machen: »Kannst du waschen?«

»Aber ja. Ich habe es oft bei meiner Mutter gesehen.«

»Dann mach dich an die Arbeit.«

Sobald er fort war, heizte die Frau den Waschkessel an. Dann warf sie alles in das kochende Wasser, was ihr in die Finger fiel. Helle und dunkle, weiße und farbige Wäsche, ja selbst der bunte Festtagsrock ihres Mannes mußte daran glauben. Dem gingen am Abend beinahe die Augen über. So häßlich verfärbt war alles. Nun war das Maß voll. Die Ehefrau wurde mit Schimpf und Schande des Hauses verwiesen. Wie sie weinend zu ihrer Mutter zurückkam, da sagte die nur: »Dumme Gans, wer läßt sich so einfach abspeisen. Geh zu deinem Mann. Er soll dir zumindest dasjenige herausgeben, was dir im Haus am liebsten war.«

Das tat die Frau. Der Bauer aber sagte nur: »Nimm, was du willst. Hauptsache, ich habe meinen Frieden.«

Sie stöberte eine Zeitlang herum, dann nahm sie ihr schönes Nudelholz und ging fort. »Gab es denn nichts Besseres?« fragte die Mutter, als sie damit ankam. Allein, was half es schon? Sie mußte ihre Tochter wieder zu sich nehmen und wurde sie auch nicht mehr los.

Die schlechte Frau muß vieles lernen,
die gute Frau heb zu den Sternen.

Der falsche Heilige

Es war einmal ein Spitzbube, der hatte sich den Satz »La sotana fa il monaco – Die Soutane macht den Mönch« so recht zu Herzen genommen. Im Gewand eines frommen Einsiedlers zog er umher und schwatzte den kleinen Leuten das wenige ab, das sie selbst am nötigsten brauchten. Dabei pflegte er seinen Betteleien stets mit dem gleichen Sprüchlein Nachdruck zu verleihen: »Auch Eure milde Gabe wird sogleich wieder eine arme Seele aus den Qualen des Fegefeuers erlösen und sie geradewegs ins Paradies befördern.«

Die erwünschte Wirkung blieb selten aus, und so ließ sich's ganz leidlich davon leben. Eines schönen Tages jedoch geriet der Spitzbube an eine alte Bäuerin, die hatte Haare auf den Zähnen.

Als er nämlich seine Bitte um ein Almosen wie gewöhnlich mit dem bewährten Sprüchlein würzte, gab sie ihm zur Antwort: »Das trifft sich gut. Meine liebe Schwester ist erst vor ein paar Tagen gestorben. Kommt nur mit.«

Sie führte ihn in den Keller zu ihrem Mehlvorrat und reichte ihm Sack und Schaufel. »Bedient Euch ruhig. Für unsereinen ist auch die ewige Seligkeit nicht umsonst zu haben.«

Wie nun der Mönch ganz eifrig zu schaufeln begann, fragte die Frau: »Ist meine Schwester jetzt schon aus dem Fegefeuer heraus?«

»Aber gewiß. Soeben hat sich das Tor hinter ihr ge-schlossen.«

Das gute Mehl wanderte weiter in den Sack hinein.

»Und wo ist sie jetzt?«

»Sie steigt gerade zum Himmel empor.«

Der Sack war voll, und der Mönch wollte ihn zubinden. »Jetzt ist sie drin.«

»Kann man sie von dort auch wieder hinauswerfen?«

»Aber wo denkt Ihr hin? Wer einmal im Paradies ist, der wird auf immer und ewig darinnen bleiben.«

»Wenn dem so ist«, versetzte die schlaue Alte, »dann braucht Ihr auch kein Almosen mehr.« Damit nahm sie ihm den Sack weg und stellte ihn in das Gewölbe zurück.

Was half dem falschen Heiligen da sein ganzes Gezeter? Zu guter Letzt wurde er davongejagt. So soll es allen Schel-men ergehen, die sich auf Kosten der braven Leute zu be-reichern suchen.

Die Tochter der Sonne

Es waren einmal ein König und eine Königin, die mußten sehr lange auf ein Kind warten. Zu guter Letzt aber
trugen ihre Gebete und Almosen endlich Früchte. Die
Königin wurde schwanger. Der König ließ sogleich die
Sterndeuter rufen. Er wollte wissen, ob es ein Sohn oder
eine Tochter wäre und wie es mit dem Schicksal des Kin-
des bestellt sei.

»Majestät, Ihr sollt ein Mädchen bekommen«, verkün-
deten die weisen Männer, »und noch ehe sie zwanzig Jahre
erreicht hat, wird sie von der Sonne geschwängert werden.«

Den Eltern gefiel diese Aussicht nicht im mindesten.
»Sagt mir, wie dies zu verhindern ist«, befahl der König.

»Herr, gegen das Schicksal läßt sich nicht viel machen.
Doch wenn Ihr etwas unternehmen wollt, dann laßt einen
Turm bauen, dessen Fenster so hoch gesetzt sind, daß die
Sonnenstrahlen nicht in den Raum eindringen können.«

Der Turm wurde gebaut. Gleich nach der Geburt brachte man die Königstochter zusammen mit der Amme und
deren eigenem Kind dort hinein.

Die Jahre vergingen, und die zwei Mädchen wuchsen
miteinander auf. Kurz vor ihrem zwanzigsten Geburtstag
kam die beiden wieder einmal die Lust an, die Welt außerhalb ihres Gefängnisses zu erkunden. An ein Hinauskommen durch die verschlossene Tür war nicht zu denken. Die

Tochter der Amme hatte jedoch einen Einfall: »Laß uns die Stühle aufeinanderstellen, dann können wir bis zum Fenster hochsteigen.« Gesagt, getan. Die Mädchen kletterten hintereinander nach oben auf die Fensterbank und sprangen nach draußen. Kaum aber hatte der erste Sonnenstrahl die Königstochter berührt, da erfüllte sich die Prophezeiung. Sie fühlte sich elend, lief zur Amme. Diese rief einen vertrauten Arzt herbei, welcher feststellen mußte, daß die Prinzessin ein Kind erwartete. Der Arzt wurde bestochen, so daß der König nichts von der Sache erfuhr. Die Geburt ging in aller Stille vor sich. Das Neugeborene war ein Mädchen von ausnehmender Schönheit. Gleich nach der Niederkunft wickelte die Amme das Kind in kostbare Windeln, trug es fort und setzte es auf einem Feld aus.

Dort wurde es von einem anderen König gefunden, der auf der Jagd war. Er brachte das Findelkind in sein Schloß, wo er es zusammen mit dem eigenen Sohn aufziehen ließ. Das fremde Mädchen wuchs zu einer wunderschönen Frau heran. Es konnte nicht lange ausbleiben, daß sich der Königssohn heftig in sie verliebte. Die Eltern aber waren gegen eine Schwiegertochter von solch ungewisser Herkunft. Auf höchsten Befehl hin brachte man sie in ein abgelegenes Waldhaus weit weg von der Residenz. Für den Prinzen selber fand sich bald eine standesgemäße Braut.

Die Boten des Königs zogen aus, um allen Verwandten die bevorstehende Eheschließung zu verkünden. Sie kamen auch zu dem verstoßenen Mädchen, das ja niemand anderes als die Tochter der Sonne war. Auf ihr Rufen hin öffnete sie die Tür. Dabei hatte sie keinen Kopf auf den Schultern. Zu den Boten, die vor Schreck erstarrten, sagte sie nur: »Ich habe mich gerade gekämmt. Kommt ruhig herein.« Im Haus setzte sie sich den Kopf wieder auf, dann führte sie die Männer in die Küche und rief: »Ofen, tu dich auf!« Der Ofen öffnete sich. »Holz, geschwind hinein!« Das Holz tat wie geheißen. »Ofen, zünde dein Feuer an! Wenn du heiß bist, so rufe mich!« Die Botschafter des Königs hatten kaum Zeit, die Luft anzuhalten, da rief es auch schon: »Ich bin bereit, Herrin.« Die aber flog in den Ofen hinein, drehte sich dreimal in den Flammen herum und kam mit einem schönen Kuchen wieder heraus. »Hier, bringt dies dem Prinzen als mein Hochzeitsgeschenk.« Die Boten machten, daß sie davonkamen, so schnell sie ihre Pferde trugen.

Bei Hof war die Geschichte von dem Mädchen im Wald in aller Munde. Darüber verging dem Königssohn die Lust auf das Hochzeiten. Die Braut wurde eifersüchtig: »Was die kann, das kann ich auch«, verkündete sie. Sie gab sich die größte Mühe, doch in der Schloßküche rührte sich gar nichts. Der Ofen blieb zu, das Holz blieb liegen, und kein Flämmlein regte sich. Zu guter Letzt mußten die Diener das Feuer anzünden. Die törichte Braut kroch in den Ofen hinein und kam auf der Stelle zu Tode.

Einige Zeit später wollte der Prinz ein zweites Mal Hochzeit halten. Die Boten des Königs ritten hinaus zu dem Haus im Wald, um die Nachricht zu überbringen. Wie vordem wurden sie in die Küche geführt, wo Holz und Feuer auf das bloße Wort des Mädchens hin ihre Arbeit taten: »Und nun, Öl, geschwind in die Pfanne!« befahl sie. »Wenn du heiß bist, dann rufe mich!« Alsbald war zu hören: »Herrin, es ist soweit.« Vor aller Augen faßte die

Tochter der Sonne in das siedend heiße Öl. Sie nahm zehn gebratene Fische heraus, die überaus köstlich dufteten. »Bringt sie dem Prinzen zum Hochzeitsmahl.«

Auch diese Gabe verfehlte nicht ihre Wirkung. Die eifersüchtige Braut wollte es der unbekannten Spenderin nachtun. Feuer und Pfanne mußten hergerichtet werden, doch beim Griff in das heiße Öl verbrannte sie sich dermaßen die Hände, daß sie darüber sehr krank wurde und starb.

Das dritte Mal dauerte es um einiges länger, bis der Königssohn wieder eine heiratswillige Prinzessin gefunden hatte. Als man die Kunde hiervon zu der Sonnentochter brachte, nahm sie ein Messer und schnitt sich die eine Brust ab. Daraus zog sie eine Menge kostbarer goldener Spitzen hervor, die sie den entsetzten Botschaftern reichte: »Dies soll mein Hochzeitsgeschenk sein.«

Darüber geriet der ganze Hof in helle Aufregung. Nur die Braut wollte sich nicht geschlagen geben: »Ich habe alle meine Kleider mit solchen Spitzen besetzt«, sagte sie, nahm ein Messer und schnitt sich eine Brust ab. Anstelle der goldenen Spitzen aber kam daraus nur rotes Blut hervor, und zwar in solcher Menge, daß sie alsbald ihr Leben aushauchte.

Der Königssohn indessen erinnerte sich über diese Ereignisse an jenes Mädchen, das er immer von ganzem Herzen geliebt hatte. Er begann sich in Sehnsucht nach ihr zu verzehren, wurde ernstlich krank und wollte weder essen noch trinken. Die besorgten Eltern ließen eine weise Zauberin kommen, die sie um Rat fragten. »Es gibt nur ein einziges Mittel«, sagte die Alte, nachdem sie den Kranken untersucht hatte. »Er muß einen Gerstenbrei essen. Aber aus einer Gerste, die am selben Tag gesät und zur Reife gekommen ist.«

Niemand wußte zuerst, wie dies geschehen sollte. Doch dann schickte man nach dem verstoßenen Mädchen, das schon so viele Wunderdinge getan hatte. Sie kam, säte die Gerste, ließ sie wachsen und machte den Brei, noch bevor eine einzige Stunde verstrichen war. Den brachte sie dem Kranken ans Bett. Der aber nahm einen Löffel voll davon und spuckte ihn ihr mitten ins Gesicht. Da weinte das Mädchen bitterlich: »Was muß ich denn noch alles erdulden? Ich, die Tochter der Sonne und die Enkelin eines Königs.«

Der Vater des Prinzen hatte alles mit angehört. Nun mußte sie ihre Geschichte erzählen, und je mehr sie erzählte, desto schneller wurde der Königssohn wieder gesund. Jetzt stand einer Heirat nichts mehr im Wege. Es wurde eine Hochzeit gefeiert, daß es eine Pracht war.

Und so geht es fort mit dem schönen Leben,
mir hat man davon gar nichts gegeben.

Sedicino

Es war einmal ein Bursche, der wurde Sedicino genannt, weil er so viel essen und trinken konnte wie sechzehn Leute zusammen. Dazu besaß er die Kräfte von sechzehn ausgewachsenen Männern.

Eines Tages fing Sedicino im Wald einen Hasen. Er brachte ihn zum Bäcker und wollte Brot dafür haben. Jener vermeinte ein gutes Geschäft zu machen, aber Sedicino belehrte ihn schnell eines Besseren. Er verschlang einen Laib Brot nach dem anderen, bis es dem Bäcker himmelangst wurde. Als dieser den Handel schließlich rückgängig machte, war sein Laden bereits zur Hälfte leer gegessen.

Weil so viel Essen auch durstig macht, lief Sedicino zum Weinhändler, um das Häslein gegen einen guten Schluck einzutauschen. Der ging auf das Angebot ein. Wie er jedoch den Burschen einen Krug nach dem anderen hinunterspülen sah, da brach ihm der Schweiß aus. Am Ende war ein ganzes Faß leer getrunken und der Weinhändler heilfroh, diesen Kunden mitsamt seiner Ware von hinten zu sehen.

Sedicino wußte, daß der Pfarrer nichts auf der Welt lieber mochte als einen guten Braten. »Ich will ihm den Hasen schenken«, dachte er bei sich. »Vielleicht stellt er mich dafür zur Arbeit an. Wo ich doch sonst nirgendwo unterkomme.«

Der Pfarrer freute sich über das Geschenk und nahm ihn auch gleich in seine Dienste. Er sollte es bitter bereuen, denn binnen weniger Tage waren sämtliche Vorräte im Haus aufgezehrt. Fortan trug er dem Sedicino die schwersten Arbeiten auf, um ihn loszuwerden. So hatte er einmal zusammen mit zwei Knechten an einem einzigen Tag einen langen, steinigen Acker zu hacken.

»Wer arbeiten kann für sechzehn, der braucht auch das richtige Werkzeug dazu«, meinte Sedicino. Der Dorfschmied mußte ihm eine Hacke machen, die war so groß, daß sie in der Werkstatt keinen Platz fand. Draußen auf dem Feld plagten sich die beiden anderen mit den schweren Schollen ab. Dabei jammerten und fluchten sie gotteslästerlich. Sedicino geriet deswegen in heftigen Zorn. Er packte seine Hacke und begrub die zwei mit ein paar Schlägen unter der Erde. Die restliche Arbeit war schnell erledigt. Dem Pfarrer schmeckte die ganze Sache überhaupt nicht. Allein, er mußte Stillschweigen bewahren, um nicht noch selber in die Angelegenheit verwickelt zu werden.

Im Winter schickte er seinen Knecht mit einem Ochsengespann zum Holzschlagen in den Wald. Dort würden die Wölfe, so stand zu hoffen, der lästigen Geschichte endlich ein Ende setzen. Zwar zerrissen ihm die hungrigen Wölfe seine Ochsen, doch den Sedicino focht dies nicht weiter an. Er erschlug jede Menge von ihnen und spannte die letzten beiden als Zugtiere vor. Als er so am Abend hochbeladen in den Hof einfuhr, blieb seinem Herrn erst einmal die Luft weg.

Letzterer aber wollte es nicht dabei bewenden lassen: »Höre, Sedicino«, sagte er eines Morgens. »Vor kurzem hat der Teufel meine Tante geholt. Gehe hin zur Hölle und bringe mir ihre Seele zurück. Ich habe etwas sehr Wichtiges mit ihr zu bereden. Du sollst reichlich dafür belohnt werden.« Auf solche Weise gedachte er sich seinen gefräßigen Knecht ein für allemal vom Hals zu schaffen.

Sedicino marschierte schnurstracks zum Höllentor. Ein häßlicher Unterteufel ließ ihn ein, und er kam ohne Umschweife zur Sache. »Du sollst die verdammte Seele haben«, sagten die anderen Teufel, »aber du mußt darum kämpfen. Wähle für dich eine Waffe aus, wir werden unsere Krallen benutzen. Geh und komm in drei Tagen wieder.«

Sedicino lief zum Schmied. Der machte ihm eine gewaltige Harke mit langen, spitzen Zähnen. Nach Ablauf der Frist war der Pfarrersknecht wie vereinbart zur Stelle. Ein schrecklicher Kampf begann. Die Teufel fuhren mit ihren messerscharfen Krallen auf ihn los, er aber wütete dermaßen unter ihnen, daß sie sich bald geschlagen gaben. »Den ersten Strauß hast du gewonnen«, verkündete der Oberteufel, »den zweiten mußt du noch ausfechten. Wir wollen mit den Zähnen kämpfen. In drei Tagen sehen wir uns wieder.«

Nun verfertigte der getreue Schmied eine Zange, die war sechzehnmal größer als eine gewöhnliche. Damit trat Sedicino zum Kampf an. Die Höllengeister entblößten ihre mächtigen Gebisse. Sie schnappten von allen Seiten nach ihm, doch er zwickte vielen von ihnen die Köpfe ab, bis sie schließlich von ihm abließen. Trotzdem wollte man die Seele der Tante immer noch nicht herausgeben. Sedicino mußte versprechen, ein drittes Mal, zum Faustkampf, zu

erscheinen. Erst danach sollte die Sache endgültig entschieden sein. Da warf er sich einfach ein paar tote Teufel
über die Schultern und ging nach Hause.

Als der gute Pfarrer sah, daß selbst die Ungeheuer der
Hölle seinem Knecht nichts anhaben konnten, packte ihn
die Verzweiflung. Er stürzte sich kopfüber in den Abtritt.
Dabei kam er jämmerlich zu Tode. Sedicino hingegen richtete sich häuslich ein. Jedem, der es hören wollte, erzählte
er, der gnädige Herr habe ihm zum Dank für die treuen
Dienste seinen irdischen Besitz hinterlassen. So lebte er in
aller Zufriedenheit bis an sein seliges Ende.

Signor Donnato

Eigentlich wollte ich diese Geschichte gar nicht erzählen. Aber ihr habt mich dazu überredet. Also, Signor Donnato und seine Frau gingen eines schönen Tages aus dem Haus. Ihre Magd sollte einstweilen die Küche saubermachen. Mitten in der Arbeit sah das Mädchen eine hungrige Maus an dem Schinken knabbern, den der Signor Donnato so gerne aß. Sie rief:

Kater, Kater, schnell heraus,
fang und friß die freche Maus.

Der Kater sprang herzu. Er packte die Maus und blieb daran kleben. Die Magd wollte ihn beim Schwanz wegziehen. Doch der war wie angewachsen in ihrer Hand. Die Hausfrau kam zurück. Sie schimpfte, versuchte das Mädchen zu befreien, nur um sogleich selbst fest an ihr dranzuhängen. Der Hausherr eilte herbei. Er schlang seiner Frau die Arme um den Leib. Er zog und zerrte. Vergebens. Sie rührte sich nicht vom Fleck. Er sich selber übrigens auch nicht mehr.

Da hatte die Maus das Bedürfnis, ihr Geschäft zu verrichten. Sie tat es in das Maul des Katers, der tat's in den Mund der Magd, die in den Mund der Frau, jene wiederum in den Mund ihres Mannes. Und der Signor Donnato? Der tat es in das Lästermaul, das mich dazu gebracht hat, die Sache überhaupt zu erzählen.

So geht die Geschichte hier,
ich aber kann nichts dafür.

Der Kuß

Es war einmal eine Schneiderin, die hatte ein Lehrmädchen, das jeden Morgen die Blumen in ihrem Garten goß. Gleich dahinter lag der Park des königlichen Schlosses. Wie das Mädchen wieder einmal ihren Dienst versah, hörte sie plötzlich eine Stimme:

»Sag an, sag an, mein schönes Kind,
wie viele Blätter am Basilikum sind.«

Sie erschrak, lief zu ihrer Herrin und besprach sich mit ihr. Als sich die Stimme den folgenden Morgen wieder vernehmen ließ, hielt sie zur Antwort ein Verslein bereit:

»So komm, so komm
und zähl mir her
die Vögel am Himmel,
die Fischlein im Meer.«

Auf diese Weise ging es nun jeden Tag. Der verborgene Rufer aber war niemand anderes als der Königssohn. Er hatte sich heftig in das Mädchen verliebt und ärgerte sich gehörig darüber, daß sie ihm solchermaßen den Schneid abkaufte.

Eines Morgens kam unten auf der Gasse ein Obstverkäufer vorbei. Das Lehrmädchen lief hinunter und kaufte eine Schürze voll Äpfel. Inzwischen hatte sich der Königssohn ins Haus der Schneiderin geschlichen. Dort hielt er sich unter der Treppe versteckt. Wie das Mädchen die Treppe hinaufstieg, griff er nach oben und zog ihr den Rock herunter. Sie bekam einen gehörigen Schrecken und rief:

»Meisterin, ach Meisterin,
die Äpfel kullern mir dahin.
Und glaubt es mir, 's ist nicht gelogen,
man hat mich frech am Rock gezogen.«

Am nächsten Tag aber war die Stimme wieder da. Und was mußte sich das arme Ding beim Blumengießen anhören:

»Glaubt es mir, 's ist nicht gelogen,
man hat mich frech am Rock gezogen.«

Beim Fischekaufen erging es ihr auch nicht viel besser. »Was für ein schöner, großer Fisch!« sagte sie zu dem Verkäufer. »Wieviel soll er denn kosten?«

»Nur einen Kuß von dir«, bekam sie zur Antwort.

Zuerst wollte das Mädchen nichts von dem Handel hören, doch weil es sie so sehr nach dem Fisch gelüstete, willigte sie schließlich ein.

Allein, kaum hatte der Mann seine Bezahlung erhalten, da war er unversehens mitsamt seiner Ware auf und davon, und sie stand mit leeren Händen da. Der Fischhändler aber war niemand anderes gewesen als der verkleidete Königssohn.

Am folgenden Morgen legte das Mädchen die prächtigsten Kleider ihrer Herrin an. Dazu band sie sich einen kostbaren Gürtel aus purem Gold um die Hüften. Dann nahm sie ihre Eselin am Zügel, führte sie durch die Straßen der Stadt und rief:

>»Den schönsten Gürtel biet ich feil
>für einen Kuß aufs Hinterteil.«

Dabei zeigte sie dahin, wo bei dem Grauschimmel der Schwanz saß. Als sie am Palast vorbeikam, war der Königssohn wie geblendet von dem Gürtel. So weit ging die Begehrlichkeit, daß er zu guter Letzt seine Lippen auf die besagte Stelle drückte. Was Wunder, daß er sich damit zum Gespött aller Leute machte.

Wenig später mußte sich das Schneidermädchen auf allerhöchsten Befehl hin im Palast einfinden. Dort wurde sie in ein entlegenes Gemach geführt, wo sie der Prinz in der darauffolgenden Nacht zur Strafe für ihre Beleidigung mit dem Schwert richten sollte. Die kluge Meisterin aber, der niemals etwas lange verborgen blieb, ließ von einem geschickten Zuckerbäcker eine lebensgroße Puppe anfertigen. Die sah ihrem Schützling täuschend ähnlich, konnte sich wie eine Marionette bewegen und war inwendig mit köstlichem Likör gefüllt. Die Puppe wurde von bestochenen Dienern heimlich in das Gemach gebracht und aufs Bett gelegt, während das Mädchen mit den Fäden in der Hand unter die Bettstatt kroch.

Zu vorgerückter Stunde betrat der Prinz den spärlich erleuchteten Raum. »Was hast du Besseres verdient als den

Tod?« sprach er zu der Gestalt auf dem Bett. »So viel Schande hast du mir angetan. Dafür wirst du sterben.« Er vermeinte ein schwaches Nicken des Kopfes zu erkennen. Das war ihm Zustimmung genug. Er riß sein Schwert aus der Scheide und hieb den Leib in der Mitte entzwei. Dabei wurde er über und über von dem wohlriechenden Likör bespritzt.

»Ach, wie köstlich sie duftet!« rief er. »Wie schön sie war! Oh, könnte ich dies alles ungeschehen machen, ich würde sie auf der Stelle zur Frau nehmen.«

Das ließ sich das hübsche Schneidermädchen nicht zweimal sagen. Sie kroch flink unter dem Bett hervor, und der Prinz hatte alsbald die Gelegenheit, seinen königlichen Worten auch Taten folgen zu lassen.

Und sie haben's genossen in vollen Zügen,
mir aber ist davon gar nichts geblieben.

Der Mensch aus Stein

Vor Jahren lebte ein Kaufmann, dem hatten die levantinischen Seeräuber nacheinander drei wertvolle Schiffe gekapert. Eines mit Gold, eines mit Silber und eines mit Edelsteinen beladen. Über diesen schweren Verlust war er ein armer Bettler geworden, der für sich und seine drei Töchter um Almosen bitten mußte.

Eines schönen Tages suchte er draußen auf den Feldern vor der Stadt nach etwas Eßbarem. Sein Blick fiel auf einen Acker mit schönen Kohlköpfen.

»Der Himmel wird es mir verzeihen, wenn ich ein paar davon mitnehme«, dachte er bei sich. »Sonst haben wir für heute abend nichts zu essen daheim.«

Er machte sich daran, einen Kohlkopf herauszuziehen, doch der wollte nicht aus dem Boden gehen. Er zog immer fester, da tat sich ein tiefes Loch in der Erde auf, und eine große Schlange glitt hervor.

»Was hast du hier auf meinem Acker zu schaffen?«

Dem Kaufmann fuhr der Schrecken gehörig in die Knochen: »Ich bitte Euch, vergebt einem armen Vater, der dies nur für seine hungrigen Kinder tut.«

»Du hast doch drei erwachsene Töchter«, sagte die Schlange. »Bring mir eine von ihnen. Dafür sollst du eines deiner Schiffe wiederhaben. Und nun geh.«

Am Abend bei der Kohlsuppe behielt der Vater die

Sache zunächst einmal für sich. Doch dann kam er mit dem Handel heraus, den ihm das seltsame Wesen angeboten hatte. Nun muß man wissen, daß seine drei Töchter eine recht unterschiedliche Natur besaßen. Während die beiden älteren eher faul und hochnäsig waren, konnte man die jüngste ein fleißiges und bescheidenes Mädchen nennen. Natürlich war diese auch das Lieblingskind des Alten.

»Lieber nehme ich eine Schlange zum Mann, als das Leben eines armen Teufels zu führen«, sagte die älteste Schwester. »Ich gehe auf jeden Fall mit.«

Den folgenden Tag brachte der Kaufmann seine Tochter zur Schlange hinaus. Die sagte: »Du wirst sehen, daß ich mein Wort halte. Wenn du auch dein zweites Schiff wiederhaben willst, so schick mir dafür deine mittlere Tochter.«

Der Vater ließ das Mädchen auf dem Feld zurück und eilte zum Hafen hinunter. Da lag sein goldbeladenes Schiff sicher vertäut an der Mole. Auch die mittlere Schwester wollte den Wohlstand der Familie zum eigenen Frommen gerne weiter vermehren. Also dauerte es nicht lange, bis sie ebenfalls ihren Weg zu der Schlange nahm. Das Schiff mit der Silberladung war bereits im Hafen eingetroffen.

Der Ehrlichkeit halber muß man sagen, daß der Handel durchaus zur Zufriedenheit des Kaufmanns verlief. Hatten ihm doch die beiden älteren Mädchen in der Vergangenheit schon allerlei Kummer bereitet. Erst als ihm das sonderbare Wesen seine Lieblingstochter abhandeln wollte, wurde es ihm so richtig schwer ums Herz. Sie aber sprach ihm Trost zu: »Laß mich nur ziehen, mein lieber Papa. Ich bin überzeugt, es wird alles gut ausgehen.«

Die zwei kamen auf den Acker hinaus, da sagte die Schlange zum Vater: »Die beiden anderen kannst du wieder zurückhaben. Sie taugen nicht viel. Nur diese eine hier soll bei mir bleiben. Die Schiffe magst du behalten, das dritte steht dir sowieso zu.« Daraufhin gab sie ihm noch eine schwere Geldbörse. »Nimm ruhig. Das wird die Geschäfte erleichtern.«

So wurde die jüngste Tochter die Frau des Schlangenwesens und wohnte bei ihm in seiner unterirdischen Behausung. Dort traf sie noch einen anderen Menschen aus Fleisch und Blut. »Ich bin der Hofmarschall des Königssohns von Spanien«, vertraute er ihr an. »Mein Herr ist aufgrund eines bösen Zaubers dazu verdammt, ein Jahr und drei Tage lang sein Leben als Schlange in dieser Höhle zu fristen. Ich bin dabei allzeit an seiner Seite geblieben. Nun sind die letzten drei Tage angebrochen. Die folgenden Nächte müssen wir noch die höllischen Dämonen besiegen. Dann ist er erlöst.«

Das Mädchen beschloß, dem verwunschenen Prinzen zur Seite zu stehen. Kurz vor Mitternacht zauberte sie ein Schwert und eine Flasche Likör herbei. Der schlug sie den Hals ab und trank sie halb aus. Die andere Hälfte bekam der Hofmarschall. Mit dem Zwölfuhrschlag aber fuhren die Spukgeister von allen Seiten auf sie los. Die drei kämpften tapfer bis zum Morgengrauen. Dann waren die Feinde vertrieben. Der Königssohn aber hatte bis an den Leib hinauf seine menschliche Gestalt wiedergewonnen. Im Handgemenge war er am Oberschenkel verwundet worden. Die Kaufmannstochter zog eine Salbe hervor. Sie rieb ihm damit die verletzte Stelle ein, und der Schmerz verschwand.

In der nächsten Nacht zauberte sie gleich zwei Flaschen Likör herbei. Die eine leerte sie selber aus, die andere ihr Verbündeter. Erneut brach um die Mitternachtsstunde ein erbitterter Kampf los. Erst bei Tagesanbruch ließen die bösen Geister von ihnen ab. Der Prinz indessen war nun schon bis zum Herzen hinauf wieder ein richtiger Mensch geworden.

Für die dritte Nacht mußten sie ihren ganzen Mut zusammennehmen. Nicht weniger als drei Flaschen Likör wurden geleert. Dieses Mal schien die Hölle auch noch den letzten ihrer Dämonen aufzubieten. Kaufmannstochter, Hofmarschall und Schlangenkönig gerieten des öfteren ins Wanken, doch endlich rettete sie der heraufziehende Morgen. Damit war der Zauber gebrochen. Der Königssohn stand da als ein Mensch von Fleisch und Blut. Das Mädchen hätte sich keinen stattlicheren Mann wünschen können.

Der getreue Hofmarschall legte seinem Herrn ein Gewand an. Sogleich fanden sich alle drei wohlbehalten auf einer grünen Wiese wieder. Im nächsten Dorf nahmen sie in einem Wirtshaus Quartier. Während der Prinz sich mit seiner Frau zurückzog, saß der Hofmarschall gedankenversunken in einem Sessel. Wie aus dem Nichts erschienen urplötzlich vier sonderbare Gestalten, die trugen keinen Kopf auf den Schultern und redeten doch laut vernehmlich miteinander. Er stellte sich schlafend, um ihr Gespräch zu belauschen.

»Der Königssohn von Spanien ist wieder frei. Aber er weiß nicht, daß ihm noch große Gefahren drohen«, sagte der erste.

»Von dem neidischen Vater und seinen vergifteten Äpfeln«, sagte der zweite.

»Von dessen Pastete«, sagte der dritte.

»Und vom reißenden Löwen«, fügte der vierte hinzu.

Dann besprachen sie vor den Ohren des Lauschers ihre Geheimnisse. Abschließend riefen sie alle im Chor:

> Und wollt hier einer Zeuge sein,
> der wird zu kaltem Marmorstein.

Daraufhin verschwand der ganze Spuk ebenso, wie er gekommen war. Der Hofmarschall aber hatte sich alles genau gemerkt. Am nächsten Morgen wurde zeitig aufgebrochen, um dem Vater des Prinzen entgegenzureiten. Man traf ihn mit großem Gefolge, und auf beiden Seiten wechselte man die freundlichsten Worte. Die Leute in den Straßen der Residenzstadt bereiteten dem jungen Paar einen freudigen Empfang. Kurz vor dem Palast sagte der Vater zu seinem Sohn: »Du hast bestimmt schon lange keinen Apfel mehr gegessen. Dabei magst du sie doch so gerne. Geh nur in den Garten, nimm dir so viele du willst.« Der Königssohn holte sich einen Apfel. Sein getreuer Hofmarschall aber stieß ihn ihm wie zufällig aus der Hand, so daß er in den Schmutz fiel. Dann lenkte er das Gespräch geschickt auf einen anderen Gegenstand, und die Sache war vergessen. Bei Tisch wurde dem Prinzen eine besonders schöne Pastete vorgesetzt. Allein, der kluge Hofmarschall nutzte einen unbeobachteten Augenblick, um den Teller seines Herrn unterm Tisch verschwinden zu lassen und den seinigen an dessen Stelle zu schieben.

Als es Schlafenszeit war, bat er darum, die Nacht in einem Sessel im Gemach des Prinzen verbringen zu dürfen. Dies wurde ihm auch gestattet. Gegen Mitternacht lag der Königssohn in tiefem Schlaf. Sein Diener aber stieg auf das Fußende des Bettes. Er packte sein Schwert mit beiden Händen und wartete gespannt. Beim Schlag der Glocke sprang ein mächtiger Löwe in den Raum. Lautlos schlich er auf den Schlafenden zu. Der Hofmarschall holte weit aus und trennte dem Untier mit einem einzigen Hieb den Kopf vom Rumpf ab. Im gleichen Augenblick zerfiel der Körper des Löwen zu einem Häuflein Asche.

Von den Geräuschen wurde der Prinz wach. Er sah den Mann mit dem Schwert in der Hand vor seinem Bett stehen und bekam es mit der Angst zu tun: »Mörder, Mörder!« rief er. »Ihr Wachen, herbei!«

Die Soldaten stürzten herein und nahmen den vermeintlichen Mordgesellen fest. Er wurde in den Kerker geworfen. Bald darauf verurteilte man ihn zum Tod durch den Strang.

»Du hast noch einen letzten Wunsch offen«, sagte der Königssohn am Tag der Hinrichtung zu seinem Diener.

»So laßt mich meine Sache im Audienzsaal vor der versammelten Hofgesellschaft erklären.«

Seine Bitte wurde ihm gnädig gewährt.

»Majestät«, setzte der Hofmarschall zu seiner Verteidigung an, »Ihr werdet Euch gewiß an das Gasthaus erinnern, in dem wir nach Eurer Errettung von dem verfluchten Zauber eingekehrt sind. Dort habe ich vier Dämonen belauscht. Auf diese Weise vermochte ich Euch von den heimtückischen Anschlägen zu erretten, die man gegen

Euch geplant hatte. Die Geister haben angedroht, einen jeden in Stein zu verwandeln, der diese Dinge bezeugen wollte. Allein, was bleibt mir im Angesicht des Todes anderes übrig?«

Bei diesen Worten mußte der Prinz voller Entsetzen feststellen, daß die Beine seines Dieners bereits bis ans Knie hinauf zu kaltem Marmor erstarrt waren.

»Ich bitte dich, sprich nicht weiter«, rief er.

»Herr, ich muß meine Sache zu Ende bringen. Lieber so, als eines ungerechten Todes zu sterben. Ich habe Euch also vor den vergifteten Äpfeln und der vergifteten Pastete bewahrt, ohne daß Ihr etwas davon bemerkt habt.«

Schon war alles Leben bis zu den Lenden hoch aus dem Körper des tapferen Mannes gewichen. Der Königssohn bat ihn zu schweigen, doch er ließ sich nicht beirren:

»Als Ihr mich in der besagten Nacht für einen Mörder hieltet, habe ich den Löwen erschlagen, der Euch ansonsten mit Haut und Haaren im Schlaf verschlungen hätte.«

Kaum waren diese Worte gesprochen, da stand der Hofmarschall nur noch als lebloses Standbild im Raum. Der Prinz aber umschlang seinen kalten, steinernen Körper. Er weinte bittere Tränen über das Unrecht, welches sein treuer Diener erleiden mußte.

Nachdem er seine Fassung wiedergewonnen hatte, besprach er sich mit seiner Frau. Am nächsten Tag ritt er zu dem besagten Wirtshaus zurück und mietete sich im Zimmer des Hofmarschalls ein. Zur Zeit des Zubettgehens täuschte er einen tiefen Schlaf vor. Er mußte nicht lange warten, Schlag Mitternacht stellten sich die vier Geister pünktlich ein.

»Einen schlechten Lohn hat der brave Diener bekommen, der dem Königssohn das Leben rettete«, sagte der erste, »zum Tod durch den Strang ließ er ihn verurteilen.«

»Jetzt ist er zu Stein geworden«, versetzte der zweite, »immer noch besser als tot.«

»Gibt es denn gar kein Mittel, ihm zu helfen?« wollte der dritte wissen.

»Doch, es gibt eines«, antwortete ihm der vierte: »Der Prinz muß ihn mit dem Blut seiner neugeborenen Kinder salben. Das wird ihn zu neuem Leben erwecken.«

Nach diesen Worten verschwanden die Geister wieder. Als der Königssohn am nächsten Tag in die Stadt zurückritt, wurde er von Glockengeläut und Freudensalven begrüßt. Man sagte ihm, daß seine Frau zwei gesunde Zwillingsknaben zur Welt gebracht hätte. Er eilte in das Gemach, wo die beiden hübschen Kinder in der Wiege lagen. Ohne Umstände zog er seinen Dolch hervor und stach jedem von ihnen vorsichtig in den Arm. Das Blut fing er mit Hilfe eines Schwammes in einem kleinen Tiegel auf. Damit lief er in den menschenleeren Audienzsaal hinunter. Er begann, die reglose Marmorstatue vom Kopf bis zu den Füßen einzusalben. Bei jeder Bewegung spürte er, wie unter seinen Händen neues Leben erwachte, wie das warme Blut wieder lebendig durch die Adern strömte. Der Körper fing an, sich zu regen, alle Starre fiel ab von ihm. Zu guter Letzt stand der Hofmarschall gesund und wohlbehalten vor seinem Erretter. Die beiden fielen sich in die Arme, und man hätte auf der ganzen Welt gewiß keine glücklicheren Menschen finden können. Auch die junge Mutter war hoch erfreut über den günstigen Gang der

Dinge. Mit welcher Salbe er nun aber seinen getreuen Diener zu neuem Leben erweckt hatte, das wollte der Königssohn seiner Frau denn lieber doch nicht so genau erzählen. Wahr aber ist und bleibt auf jeden Fall:

> Nur die Geschichte ist auch gut,
> an die man sich erinnern tut.

Guter Rat ist teuer

Es lebte einmal ein armer Flickschuster, der mußte sich redlich abmühen, ein bescheidenes Auskommen zu finden. Als ihm seine Frau eines Tages sagte, daß sie guter Hoffnung war, geriet er in tiefes Grübeln. »Dosina«, meinte er zu guter Letzt, »du weißt, daß wir beide kaum genug zu beißen haben. Wie soll es dann mit dem Kind gehen? Ich will in die Maremma, in den Süden unseres Landes ziehen und dort eine Arbeit finden. Um die Zeit deiner Niederkunft bin ich wieder zurück.«

»Wenn du da unten etwas Geld zusammenbringst, soll es mir recht sein«, erwiderte die Frau. »Aber ich bitte dich, vergiß darob nicht mich und dein Kind.«

Der Schuster zog in die Maremma und trat in die Dienste eines reichen Herrn. Weil er fleißig war und geschickt, brachte er es bald zu einer bevorzugten Stellung unter den Knechten. Die Sorgen des Lebens drückten ihn von nun an viel weniger. Er hatte ein ordentliches Dach über dem Kopf, das Essen und die Kleidung fand er ebenfalls zu seiner Zufriedenheit. Darüber vergaß der Flickschuster seine Frau und das Kind mit der Zeit ganz und gar. Volle fünfundzwanzig Jahre ging das so, bis ihn eines schönen Tages das schlechte Gewissen packte. Er lief zu seinem Herrn, um ihm den Dienst aufzukündigen.

Der wollte seinen tüchtigsten Knecht nicht verlieren:

»Was redest du da? Deine Frau hat sich inzwischen längst mit einem anderen getröstet oder ist vielleicht schon gestorben.«

»Ich bitte Euch, laßt mich gehen. Ich muß mein Versprechen halten.«

»Also gut, ich will dich entlassen. Zum Dank für deine getreuen Dienste sollst du dreißig Goldscudi erhalten. Du kannst jedoch auch drei meiner Ratschläge mit auf den Weg nehmen.«

Der Schuster wußte nur zu gut, daß sein Herr ein Zauberer war, zu dem die Leute von weit her kamen, um sich gegen klingende Münze Rat von ihm zu holen. »Was soll mich das kosten?« fragte er.

»Vier Scudi für den ersten Rat.«

»Einverstanden.«

»Meine Empfehlung für dich lautet also:

Laß andrer Leute Sachen sein
und stecke nicht das Maul hinein.«

»Nicht schlecht gesprochen. Was habt ihr denn noch auf Lager?«

»Das macht dann aber acht Scudi.«

Der Schuster dachte einen Augenblick nach. Ein guter Rat hatte eben seinen Preis. »Laßt nur hören.«

»So merke dir:

Ob schlechte Straße oder neu,
bleib stets der altbewährten treu.«

Der Schuster gab darauf zur Antwort:

>>Kauf ich ihrer zweie,
so tun's auch deren dreie.<<

>>Für sechzehn Scudi soll's mir recht sein<<, erwiderte der Zauberer.

>>Wollt Ihr mir meinen sauer verdienten Lohn denn ganz und gar wegnehmen?<<

>>Dir bleiben noch zwei Scudi. Zu gegebener Zeit wirst du erkennen, daß dein Geld gut angelegt ist.<<

>>Ich will Euch vertrauen. Also sprecht.<<

>>Mein letzter Ratschlag für dich lautet:

Ob Rausch des Zorns,
ob Flut der Sorgen,
vertraue auf den neuen Morgen.<<

Zum Abschied erhielt der getreue Knecht noch ein ansehnliches Handgeld für die Reise sowie einen frisch gebackenen Brotfladen. >>Den sollst du nur an einem Tag essen, der ein Fest des Glücks und der Freude ist<<, erklärte der Zauberer. >>Halte dich an dieses Gebot, wenn dir dein Leben lieb ist.<<

Der Schuster machte sich auf den langen Weg. Die erste Nacht verbrachte er in einem einsamen Gasthof. Wie er in der Wirtsstube am Tisch saß, stiegen ihm die Haare zu Berge, als man ihm die dampfende Suppe in einem ausgehöhlten Totenschädel vorsetzte. Allein, er gedachte des ersten Ratschlags seines Herrn:

›Laß anderer Leute Sachen sein
und stecke nicht das Maul hinein‹.

Ohne sich etwas anmerken zu lassen, stand er auf und ging in sein Zimmer, wo er jeden Winkel durchstöberte. Unter dem Bett entdeckte er die blutüberströmte Leiche eines vornehm gekleideten Mannes. Zuerst wollte er lauthals um Hilfe rufen, doch dann besann er sich erneut auf die Empfehlung des Zauberers. Ruhelos wanderte er in der Stube auf und ab, bis der Morgen graute. Als er beim Wirt seine Rechnung machen wollte, sagte der nur: »Was willst du bezahlen? Du hast hier weder gegessen noch geschlafen, aber du hast dein Maul gehalten. Ein armer Teufel wie du hat von uns nichts zu befürchten. Geh deiner Wege.«

Am nächsten Abend traf der Schuster in einer Herberge auf zwei junge Leute aus seiner Gegend, die wie er aus der Maremma zurückkamen. Die beiden waren guter Dinge und prahlten mit dem vielen Geld, das sie verdient hatten.

»Seid vorsichtig«, beschwor er sie. »An einem solchen Ort haben die Wände Ohren.«

»Ach was, Alterchen«, lachten die zwei. »Sei nicht so griesgrämig. Ab morgen tust du dich mit uns zusammen. Das wird dich auf bessere Gedanken bringen. Wir kennen übrigens eine neue Straße. Die ist viel kürzer und bequemer.«

Der Flickschuster aber beherzigte auch den zweiten Ratschlag seines Herrn. Er ließ sich nicht davon abbringen, die alte Straße zu nehmen. Also verabredete man sich für den Abend im nächstgelegenen Gasthof auf der Wegstrecke. Unser Mann wartete die halbe Nacht vergeblich in der Wirtsstube auf die zwei jungen Burschen. Erst gegen Morgen wurde er von lauten Stimmen geweckt. Er lief hinunter und mußte erfahren, daß die Räuber seine beiden Landsleute ausgeraubt und ermordet hatten. »Meine Ausgaben haben sich schon bezahlt gemacht«, dachte er bei sich und setzte seine Reise fort. Nach etlichen Tagen erreichte er schließlich wohlbehalten sein Heimatdorf.

Dort fand er alles aufs feinste herausgeputzt. Die Straßen waren geschmückt, eine fröhliche Musik erklang, und die Menschen feierten und lachten. Mit klopfendem Herzen trat der Schuster vor sein kleines Häuschen. Inzwischen war es dunkel geworden. Vor dem erleuchteten Fenster stand eine Gestalt, die niemand anderes als seine Frau sein konnte. Sie hielt die Arme um einen hochgewachsenen jungen Mann geschlungen und küßte ihn zärtlich. Dem Schuster raste bei diesem Anblick das Blut so heiß wie Feuer durch die Adern. Er riß sein Beil aus dem Gürtel und wollte ins Haus stürzen, um die beiden Ehebrecher auf der Stelle zu erschlagen. Doch dann kam ihm der dritte Ratschlag seines Herrn in den Sinn:

›Ob Rausch des Zorns,
ob Flut der Sorgen,
vertraue auf den neuen Morgen‹.

Ohne sich zu erkennen zu geben, nahm er Quartier in einem Gasthaus, wo er eine unruhige Nacht verbrachte.

Am Morgen erkundigte er sich nach dem Grund der Festlichkeiten. »Denkt Euch nur, vor nunmehr fünfundzwanzig Jahren ist ein armer Schuster aus diesem Ort in die Maremma gegangen. Seitdem ist er spurlos verschwunden. Seine Frau aber hat bald darauf ein Kind geboren. Der Junge ist in die Obhut wohlhabender Leute gekommen und hat es bis zum geweihten Priester gebracht. Jetzt wartet eine schöne Pfarrei auf ihn. Am heutigen Tag wird er in unserer Kirche seine erste Messe lesen. Dies wollen wir alle zusammen feiern.«

Da fiel es dem Schuster wie Schuppen von den Augen. Er trat in sein Haus und bat Frau und Sohn auf den Knien um Vergebung. »Seht nur, nach all den Jahren bin ich zurückgekommen, beinahe genauso arm, wie ich gegangen bin.«

»Sei guten Mutes«, sagte die Frau. »Diesmal haben wir einen Sohn, der für uns sorgen wird.«

Es wurde ein Freudentag für das ganze Dorf. Wie aber der Vater beim Mittagessen den Brotfladen des Zauberers entzweibrach, da rollten dreißig blanke Goldscudis über den Tisch. Mit diesem Geld richtete sich der Alte wieder einen hübschen Schusterladen ein. In seinem Geschäft hatte er fortan eine glückliche Hand. Wenn es aber einmal an etwas fehlen wollte, war der gute Pfarrer allzeit zur Stelle. So lebten sie glücklich und zufrieden bis ans Ende ihrer Tage.

Jetzt ist die Geschichte aus,
und ich geh getrost nach Haus.
Und wem sie nicht will schmecken,
soll sich die Finger lecken.

Das können die Frauen auch

Es war einmal ein alter König, dem bereitete es große Sorge, daß sich seine hübsche Tochter einfach nicht verheiraten wollte. »Wer soll denn mein Reich regieren, wenn ich einmal tot bin?« seufzte er. »Das kann doch keine Frau sein.«

Also setzte er alles daran, der Prinzessin endlich zu einem passenden Gemahl zu verhelfen. Die aber ließ die vornehmsten Freier der Reihe nach abblitzen. Zu guter Letzt wurde ein festlicher Ball veranstaltet, der drei Monate lang dauerte. Dabei sollte die Sache endlich entschieden werden. Die edelsten Prinzen, Fürsten und Grafen aus aller Herren Länder wurden geladen – allein, es kam, wie es kommen mußte. Die Königstochter schlug alle Anträge aus und wollte mit keinem der Herren den Tanz eröffnen.

»Willst du mich denn ganz und gar unmöglich machen?« beschwor sie der Vater. »Ich bitte dich, triff deine Wahl.«

Die Prinzessin machte keinerlei Anstalten dazu. Bis eines schönen Tages ein fremder Fürst in der Residenz eintraf, mit einem Gefolge so prächtig, wie man es noch niemals zuvor gesehen hatte. Er war der einzige, der keinen Korb bekam. Die Königstochter tanzte beinahe die ganze Nacht mit ihm. Bei Hof war man überzeugt, daß sich die zwei Richtigen gefunden hatten. Der Fremde stellte sich als der Sohn des Königs von Frankreich vor, und es dauerte nicht lange, bis die Hochzeit gefeiert wurde. Der alte König war darüber gewiß ebenso glücklich wie die junge Braut.

Bald darauf brach eine lange Reihe von reichgeschmückten Karossen in die Heimat des Bräutigams auf. Unterwegs sah die Prinzessin zum rückwärtigen Fenster hinaus. Da waren die anderen Kutschen urplötzlich wie vom Erdboden verschluckt. Als sie sich dessentwegen erschrocken an ihren Ehemann wandte, sagte der nur: »Dir konnte keiner gut genug sein. Nun wirst du anstelle des Königs von Frankreich mit einem Zauberer vorliebnehmen müssen. Aus meinen Händen gibt es für dich kein Entkommen. Lediglich sieben Brüder, die über ganz außerordentliche Fähigkeiten verfügen, könnten dich befreien. Aber darauf brauchst du dir keine Hoffnungen zu machen.« Dann sperrte der Magier das Mädchen in einen hohen Turm ein. Weil sie sich weigerte, ihm zu Willen zu sein, band er sie einfach auf ihrem Bett fest.

Einige Zeit später wollte der alte König wissen, wie es seiner Tochter in der Fremde erging. Er sandte eine vertraute Taube aus, die sollte ihm einen Brief von ihr bringen. Die kluge Taube flog davon. Sie fand den Turm, flatterte zum Fenster hinein und ließ sich auf dem Bett neben dem Mädchen nieder: »Euer Herr Vater schickt mich. Er wünscht Nachricht aus Eurer Hand.«

»Aber ich habe nichts zum Schreiben.«

»So zieht mir eine Feder aus.«

»Ich brauche Papier dazu.«

»Reißt ein Stück von Eurer weißen Schürze ab.«

»Und die Tinte?«

»Ritzt Euch den Arm auf. Ihr könnt mit Eurem Blut schreiben.«

Der Brief kam glücklich zustande. Die Prinzessin schilderte ihre verzweifelte Lage. Sie vergaß auch nicht zu erwähnen, wie sie befreit werden könnte. In seinem Schnabel trug der Vogel die Botschaft an ihren Bestimmungsort. Der König ließ sogleich überall in der Stadt Anschläge anbringen, auf denen gegen eine reiche Belohnung sieben tüchtige Brüder gesucht wurden.

»Was gibt's denn da für Neuigkeiten?« fragte ein Bauer auf der Straße die Leute.

»Lies doch selbst.«

»Ich kann nicht lesen.«

Man sagte ihm, was da geschrieben stand. Der Bauer ging zum König: »Majestät, ich habe sieben Söhne, von denen ein jeder etwas ganz Besonderes kann.«

»Erkläre dich genauer.«

»Der erste legt sein Ohr an die Erde und weiß alles, was auf der Welt geschieht. Der zweite spuckt auf den Boden und läßt daraus einen reißenden Fluß entstehen. Der dritte holt einer Henne die Eier unter dem Hintern weg, ohne daß sie etwas merkt. Der vierte kommt die höchste Mauer hinauf. Der fünfte trägt die schwersten Mühlsteine durch die Lüfte. Der sechste schießt auf hundert Schritt einer Krähe das Auge aus. Der siebte zaubert mit seinem Stab den schönsten Palast hervor.«

»Schick deine Söhne sofort zu mir«, befahl der König.

»Majestät, das wird Geld kosten. Sie wohnen weit von Florenz entfernt.«

»Daran soll es nicht fehlen. Mach dich auf den Weg!«

Die sieben Brüder wurden in aller Eile herbeigerufen. Der König stellte ihnen eine reiche Belohnung in Aussicht, dann brachen sie zum Gefängnis der Prinzessin auf. Unweit des Turms legte der erste Bruder das Ohr an die Erde: »Jetzt ist eine günstige Gelegenheit. Der Zauberer schläft.« Der vierte Bruder kletterte flink wie ein Wiesel die glatte Mauer hoch. Der dritte holte das Mädchen aus dem Bett, ohne daß der böse Magier auch nur das mindeste bemerkte. Der fünfte trug sie durch die Lüfte hinweg. Die kleine Gesellschaft floh in die Residenz zurück, so schnell sie ihre Pferde tragen konnten. Unterwegs hielt der erste Bruder einen Augenblick inne, um zu lauschen: »Er ist uns auf den Fersen. Wir müssen uns sputen.«

Der zweite Bruder spuckte auf die Erde. Daraus entstand ein breiter Fluß, der sich dem Verfolger entgegenwälzte. Aber dem Zauberer gelang es, den tosenden Strom zu überwinden. »Er ist dicht hinter uns«, rief der erste Bruder. »Gleich hat er uns eingeholt.«

Da berührte der siebte Bruder mit seinem Stab die Erde. Sogleich wuchs ein mächtiger Palast vor ihren Augen empor. Die Reiter sprengten durch den Eingang hinein. Schwere Tore schlugen hinter ihnen ins Schloß, und sie waren in Sicherheit.

Der schlaue Zauberer indessen nahm die Gestalt eines bunten Kanarienvogels an. Der setzte sich ans Fenster der Prinzessin und pfiff ein lustiges Liedchen. Die öffnete neugierig das Fenster: »Ach, was für ein hübsches Vögelein.«

Sie streckte die Hand danach aus. Aber kaum hatte sie ihn berührt, da verwandelte er sich in den leibhaftigen Zauberer. Er packte die Königstochter und wollte mit ihr davonfliegen. Auf ihre Hilferufe hin eilte der sechste Bruder herbei, legte die Armbrust an und traf den Magier mit einem wohlgezielten Schuß geradewegs in sein Herz.

Zwar konnte er damit den Unhold nicht gänzlich töten, da jener übernatürliche Kräfte besaß. Allein, er war zumindest für einige Zeit außer Gefecht gesetzt. Bevor er erneut zu Kräften kam, um die Verfolgung wiederaufzunehmen, hatten sich die Flüchtigen bereits in der Residenz in Sicherheit gebracht.

Der alte König war überglücklich. Die sieben Retter wurden mit reichen Geschenken und hohen Ämtern bei Hof belohnt. Seine Tochter aber mochte der Vater forthin nie mehr zu einer Heirat drängen. Im Gegenteil. Er ließ sogar seine Untertanen befragen, ob sie etwas dagegen hätten, von einer Frau regiert zu werden. Als man ihm mitteilte, daß die Leute daran nicht das geringste auszusetzen fänden, ernannte er die Prinzessin in aller Form zu seiner Nachfolgerin auf dem Thron. Sie herrschte nach seinem Tod noch viele Jahre als weise und gerechte Königin. Wie hätte es denn auch anders sein sollen?

Das Geschenk des Windes

Auf dem Gut eines reichen Abtes lebte vor Jahren einmal ein Bauer namens Geppone mit seiner Familie. Dem verdarb der kalte Nordwind beinahe jedes Jahr die ganze Ernte. Darüber gerieten Geppone und die Seinigen in große Not. »Frau«, sagte er eines Tages, »ich will zu diesem bösen Wind gehen, um ihn zu bitten, uns zu verschonen.«

Der Bauer stieg ins Gebirge, kam zum Schloß des Nordwinds und klopfte ans Tor. Dessen Frau sah zum Fenster heraus.

»Wer da?«

»Ich bin es, Geppone, ist Euer Mann daheim?«

»Er bläst noch mal schnell den Buchenwald durch. Er muß bald zurück sein. Kommt nur herein.«

Geppone nahm die Einladung an. Wenig später war auch der Herr des Hauses zur Stelle.

»Guten Tag, Wind.«

»Wer bist du?«

»Der Bauer Geppone.«

»Was willst du hier?«

»Jedes Jahr verdirbst du mir die Ernte. Damit bringst du mich und meine Familie ins Unglück.«

»Und was soll ich tun?«

»Du mußt den Schaden wiedergutmachen, den du angerichtet hast.«

Der Nordwind fühlte Mitleid mit Geppone: »Hier, nimm!« sagte er und gab ihm ein kleines hölzernes Kästchen. »Wenn du Hunger hast, so mach es auf. Es wird herauskommen, was immer du dir wünschst. Du darfst es aber niemand anderem geben, sonst hast du das Nachsehen.«

Der Bauer dankte und machte sich auf den Heimweg. Als ihn im Wald Hunger und Durst ankamen, öffnete er das Kästchen. Er wünschte sich ein kräftiges Brot, eine gute Flasche Wein und eine dicke Scheibe saftigen Schinken dazu. Sein Wunsch ging sogleich in Erfüllung. Geppone ließ es sich schmecken wie seit langem nicht mehr.

Daheim angekommen, verriegelte er zuerst die Haustür. Seine Frau und die Kinder mußten sich an den Küchentisch setzen, auf dem das Geschenk des Windes stand. Daraufhin wurde herbeigewünscht, was immer das Herz begehrte. Die braven Leute aßen und tranken, wie sie es ihren Lebtag noch nicht getan hatten. »Erzähl aber nur ja nichts dem Abt davon«, schärfte Geppone seiner Frau ein. »Sonst kriegt der das Ding am Ende noch in die Finger. Dann ist's aus mit der Herrlichkeit.«

»Heilige Madonna, für wie dumm hältst du mich eigentlich?« gab sie ihm zur Antwort

Es kam jedoch, wie's kommen mußte. Der Abt ließ die Frau rufen und setzte ihr mit seinen neugierigen Fragen dermaßen zu, daß sie schließlich das ganze Geheimnis ausplauderte.

»Du mußt mir dieses Kästchen geben«, befahl der Abt dem Geppone.

»Und was bekomme ich dafür?«

»Weizen und Wein, soviel du willst.«

Was half es? Der Bauer mußte in den Handel einwilligen, doch es sollte ein schlechter Tausch sein. Kaum daß der geizige Herr in Zeiten der Not ein paar Säcke schlechten Weizen herausgab. So konnte es nicht lange dauern, bis sich der Hunger wieder einstellte.

»Ich will noch einmal zum Wind gehen«, sagte Geppone eines Tages zu seiner Frau. Er machte sich auf den Weg zu dem Schloß in den Bergen.

»Was willst du denn schon wieder hier?« brummte der Nordwind mißmutig.

Geppone brachte sein Anliegen vor: »Ich bin gekommen, dich um Hilfe zu bitten. Meine Frau und die Kinder leiden bittere Not.«

»Ich will dir ein allerletztes Mal beistehen«, erwiderte der Wind. Er gab ihm ein Kästchen, das war aus purem Gold. »Du darfst es aber nur öffnen, wenn du sehr hungrig bist. Sonst wird es dir nicht gehorchen.«

Wie sich der Bauer nun auf dem Rückmarsch eine kräftige Wegzehrung wünschen wollte, da mußte er eine böse Überraschung erleben. Aus dem Zauberkästchen fuhr ein grober Kerl mit einem dicken Knüppel heraus. Der verabreichte ihm eine so tüchtige Tracht Prügel, daß er zum Schluß nur noch mit größter Mühe den Deckel wieder zu schließen vermochte. Im Nu war der ganze Spuk verschwunden.

Dieses Mal schickte Geppone seine Frau gleich beim Abt vorbei. Der ließ ihn zu sich rufen: »Gib mir das goldene Kästchen. Was will einer wie du schon mit einer solchen Kostbarkeit anfangen?«

»Ihr sollt es haben. Doch Ihr müßt mir dafür das alte

zurückgeben. Und vergeßt nicht. Nur öffnen, wenn Ihr wirklich einen großen Appetit verspürt.«

»Das trifft sich gut. Morgen ist der Herr Bischof mit seinem Gefolge bei mir zu Gast. Ich werde sie fasten lassen bis zur Mittagszeit. Dann wollen wir die Probe aufs Exempel machen.«

Den folgenden Tag nach der Messe begannen die Gäste mit leerem Magen in der Küche herumzustreichen. Um die Mittagsstunde hieß der Abt sie alle an der großen Tafel Platz nehmen. Er stellte das geheimnisvolle Kästchen vor ihren Augen auf den Tisch. Alsdann hob er behutsam den Deckel. Im nächsten Augenblick brach die Hölle los. Sechs wilde Kerle mit ihren Knüppeln fuhren heraus und gerbten den geistlichen Herren nach allen Regeln der Kunst das Fell. Mitten in diesem Getümmel ließ der erschrockene Abt das offene Kästchen zu Boden fallen, so daß das Strafgericht gänzlich ungehindert seinen Fortgang nahm. Bis Geppone, der sich einstweilen im Verborgenen gehalten hatte, beherzt hinzusprang und den Deckel verschloß. Der Spuk verflog ebenso schnell, wie er gekommen war. Nur das Wehklagen der Gäste hielt noch eine ganze Weile an.

Geppone nahm die beiden Geschenke des Windes wieder an sich. Fortan wollte sie ihm auch niemand mehr streitig machen, und so lebte er mit seiner Familie in Frieden und Wohlstand.

Bianchinetta

Es war einmal eine verarmte Kaufmannswitwe mit zwei Kindern. Der Sohn hieß Oraggio, die Tochter wurde Bianchinetta genannt. Oraggio hatte fern von der Heimat bei einem reichen Grafen eine Anstellung als Kammerdiener gefunden. Er versah diesen Posten so untadelig, daß ihm der Conte zuletzt die Pflege seiner wertvollen Gemäldegalerie anvertraute. Unter den Bildern befand sich auch das Porträt einer jungen Frau, das den Kaufmannssohn immer aufs neue in seinen Bann schlug.

»Was stehst du oftmals so versonnen vor jenem Bildnis, wenn du dich unbeobachtet glaubst?« fragte der Graf.

»Verzeiht, Herr«, gab der Diener zur Antwort, »aber die edle Frau hier gleicht auf das Haar genau meiner lieben Schwester Bianchinetta.«

»Das ist ganz unmöglich. Der Maler kann sie doch gar nicht gekannt haben. Allein, wenn sie meiner Dame an Schönheit gleichkommt, dann will ich sie auf der Stelle heiraten. Du sollst sie noch heute benachrichtigen.«

Oraggio schrieb einen Brief an seine Schwester, in dem er sie von der Absicht des Grafen unterrichtete. Sie machte sich unverzüglich auf die Reise. Der Bruder ging zum Hafen hinunter, um die Ankunft ihres Schiffes abzuwarten. Als die Segel am Horizont auftauchten, rief er laut:

Ihr Männer von dem weiten Meer,
ich bitt euch schön, hört zu mir her.
Beschützt mein holdes Schwesterlein
vor dem heißen Sonnenschein.

Auf dem Schiff aber fuhren eine böse Alte und ihre häßliche Tochter mit. Diesen beiden war der Brief Oraggios, den Bianchinetta bei sich trug, in die Hände gefallen. Die Mutter beschloß, dem Grafem an deren Stelle die eigene Tochter unterzuschieben. Also warfen die zwei Bianchinetta kurzerhand ins Meer, wo sie in den Fluten versank.

Bei der Ankunft war die Enttäuschung groß. Oraggio vermochte seine Schwester nicht wiederzuerkennen, obwohl die Betrügerin hartnäckig vorgab, es wirklich zu sein. Ihr Aussehen erklärte sie mit der Entstellung durch einen schlimmen Sonnenbrand während der Seereise. Der Conte zeigte sich ebenfalls recht unzufrieden. Er ließ alle Heiratsabsichten fahren und degradierte den guten Oraggio zum einfachen Gänsehirten.

Wie war es nun der Bianchinetta ergangen? Die fiel bei ihrem Sturz vom Schiff herunter geradewegs in das Maul eines großen Haifischs, der sie zu seinem Palast am Grunde des Meeres davontrug. Jener war ganz aus bunten Korallen gebaut. Mit Treppen aus blauem Saphir sowie silbernen Türen aus Perlen und Muscheln, in allen Farben geschmückt. Hier fesselte der Fisch das Mädchen an eine lange Kette, die bis hinauf an die Oberfläche des Wassers reichte.

Wann immer nun Oraggio seine Gänseschar ans Meer führte, stets tauchte die Schwester aus den Wellen empor.

Sie besprühte die Gänse mit weißer Gischt, die sich sogleich in glänzende Perlen verwandelte. Dabei beklagte sie ihr Leid, vergaß jedoch nicht zu sagen, wie sie befreit werden konnte:

> Mit einem Schwert, das die Ketten zertrennt.
> Mit einem Pferd, das die Lüfte durchrennt.

Die Gänse indessen sangen, wenn sie vom Strand zurückkamen, allzeit das gleiche Lied:

> Ach, wie gut geht es uns hier,
> Gold und Perlen picken wir,
> Und aus dem Meere, schau, schau, schau,
> für unsern Herrn die richt'ge Frau.

Oraggio berichtete dem Grafen, was es mit diesem Sprüchlein auf sich hatte. Der ließ sich von dem geschicktesten Schmied ein stählernes Schwert machen. Ein kluger Zauberer verschaffte ihm ein Pferd, das schneller durch die Lüfte flog, als selbst der Wind es vermochte. Damit ritt der Conte aufs Meer hinaus. Die Gefangene stieg aus der Tiefe empor, und ein mächtiger Hieb zerschmetterte die Glieder der Kette. Der Befreier zog Bianchinetta hoch auf sein Roß, das die beiden sicher ans trockene Ufer trug. Dort konnte sich der Graf davon überzeugen, daß die Schwester des Gänsehirten der vornehmen Dame in seiner Galerie an Schönheit nicht im mindesten nachstand. Das machte ihn ganz heiratslustig. Sein Antrag wurde auch ohne Umstände angenommen.

Die böse Alte hingegen endete mitsamt ihrer Tochter auf dem Scheiterhaufen.

Nun hab ich euch nichts mehr zu sagen,
und zwischen Straße und Feld läuft ein Graben.

Wozu die Menschen die Religion brauchen

Vor Zeiten erhielt der heilige Sankt Peter von unserem Herrgott die Erlaubnis, den Menschen einen Besuch abzustatten.

Wie er nun auf die Erde kam, da standen die Dinge allenthalben zum besten. Die Äcker waren fett, die Scheuern voll und die Menschen gesund und wohlgenährt. Petrus verschaffte sich einen gründlichen Eindruck von den irdischen Angelegenheiten. Dann kehrte er wieder in den Himmel zurück.

»Wie geht es denn meinen Geschöpfen?« wollte der liebe Gott wissen.

»Ach Herr«, antwortete der alte Petrus traurig. »Lieber würde ich davon schweigen. Ganz dem Wohlleben haben sie sich ergeben. Gottvergessen sind sie, und keiner führt mehr deinen Namen auf seinen Lippen.«

Viel Zeit verging, bis sich Petrus die Erlaubnis für einen zweiten Besuch erbat.

Diesmal traf er die Welt in schlimmen Umständen an. Die Felder lagen öde und unfruchtbar, die Vorratshäuser standen leer, und die Menschen stöhnten unter der Geißel von Hunger und Krankheit.

Zurück im Paradies, malte der gute Sankt Peter ein düsteres Bild.

»O Herr, hab Mitleid, denn das Elend der Menschen

will mir das Herz zerreißen. Mager und hohlwangig, wie wandelnde Leichname gehen sie umher. Tag und Nacht schreien sie ihre Gebete gen Himmel und flehen dich an um dein Erbarmen.«

»Siehst du, so sind sie, meine Geschöpfe«, lächelte der liebe Gott. »Jetzt brauchen sie mich wieder.«

Zuckerbrot und Peitsche

Es war einmal eine Frau, die hatte es auf den jungen Herrn Kaplan abgesehen: »Was für ein hübscher Bursche!« sagte sie während der Predigt zu ihrer Dienerin. »Wir wollen ihm ein kleines Geschenk machen.«

»Ich meine, Ihr hinterlaßt auch keinen schlechten Eindruck«, antwortete jene. »Habt Ihr bemerkt, wie er Euch anstarrt?«

Die Frau schickte das Mädchen mit zwei gebratenen Hühnern ins Pfarrhaus. Für diese Besorgung gab sie ihr zwei Scudi zur Belohnung. Unterwegs traf die Magd auf den Ehemann.

»Wo gehst du hin?«

»Das darf ich nicht sagen. Meine Herrin hat es mir verboten.«

»Wenn du das Maul nicht aufmachst, werfe ich dich aus dem Haus.«

Da mußte sie ihm alles erzählen.

»Wieviel hat sie dir dafür gegeben?«

»Zwei Scudi.«

»Hier sind noch einmal zwei. Und nun her mit dem Braten, und marsch ab nach Hause! Du wirst ihr genau das vermelden, was sie hören will.«

Der Mann aber dachte bei sich:

Zwei und zwei ist vier,
wart nur, ich zeig es dir.

»Nun, was hat er gesagt?« wollte die Frau von der Dienerin wissen.

»Er bedankt sich ganz herzlich für das Geschenk und versichert Euch seiner Liebe«, war die Antwort.

Nach der nächsten Predigt übersandte die Frau zwei gebratene Tauben. Diesmal erhielt die Botin fünf Scudi für ihren Gang. Das gleiche gab ihr unterwegs auch der Ehemann und trug ihr eine Botschaft auf. Bei sich selbst indessen sagte er nur:

Fünf und fünf ist zehn,
jetzt wollen wir mal sehn.

»Der Herr Pfarrer läßt ausrichten, daß er gerne mit Euch speisen würde, wenn Ihr einmal allein daheim seid«, teilte die Magd der verliebten Ehefrau mit.

Am nächsten Tag sagte ihr Mann: »Ich muß heute in Geschäften verreisen und werde erst morgen mittag wieder zurück sein.«

Kaum war er um die Ecke verschwunden, da wurde der Kaplan auch schon auf den Abend zum Essen eingeladen. Der Gast erschien im Mönchsgewand mit dunkler Kapuze. Er zeigte sich recht wortkarg, während man im schwachen Schein der Öllampe speiste.

»Ich möchte bis morgen früh nicht gestört werden«, befahl die Frau der Dienerin nach dem Essen. Dann wandte sie sich an ihren Gast: »Laßt uns jetzt zu Bett gehen.«

»Geht bitte schon einmal voraus«, erwiderte jener. »Ich muß noch meine Gebete verrichten.«

Sie zog sich aus und legte sich nieder. Wenig später betrat der Mönch die Schlafkammer. Dort zog er eine Peitsche unter seiner Kutte hervor. Damit schlug er die Frau, daß ihre Schreie bis auf die Straße hinausgellten. Danach verließ er eilig das Haus.

Am nächsten Morgen rief die Herrin ihr Mädchen zu sich herein. »Hast du mich heute nacht gehört?«

»Und wie ich Euch gehört habe! Aber ich durfte Euch doch nicht stören.«

Als der Ehemann gegen Mittag zurückkam, lag seine Frau noch im Bett.

»Fehlt dir etwas, meine Liebe? Ich werde gleich einen Arzt holen.«

»Um Himmels willen. Ich brauche keinen Arzt. Schick mir nur unseren tüchtigen Herrn Kaplan. Der weiß am besten, was mir guttut.«

Der wurde gleich gerufen. Wie er jedoch in die Schlafkammer kam, sprang der Ehemann hinter der Tür hervor. Der gerbte dem geistlichen Herrn solchermaßen das Fell, daß jener unter lautem Geschrei das Weite suchte. Dazu gab er ihm noch ein lustiges Verslein mit auf den Weg:

War das doch ein schöner Gesang,
als der Stock auf den Buckel sprang.
Und wer die Ehetreue bricht,
dem hilft auch der Herr Pfarrer nicht.

Die drei Äpfel

Es war einmal ein Königssohn, der wollte nur das schönste von allen Mädchen zur Frau nehmen. Also zog er hinaus in die weite Welt, um sie zu finden. Unterwegs traf er auf eine gute Fee, die ihm den folgenden Ratschlag gab: »Du wirst zu einem Berg kommen, auf dem ein großer Apfelbaum steht. In jedem seiner Früchte wohnt ein hübsches Mädchen. Der Baum aber gehört einem gefährlichen Ungeheuer. Sind seine Augen geöffnet, so schläft es. Sind sie jedoch geschlossen, dann ist das Untier hellwach. Auch wird der Platz von drei bösen Hunden bewacht. Sieh zu, daß du für jeden von ihnen etwas mitbringst.«

Der Prinz erreichte die besagte Stelle, wo der Drache mit weit geöffneten Augen dalag. Die Hunde fletschten die Zähne. Er aber besänftigte sie, indem er dem ersten Brot, dem zweiten Salami und dem dritten Schinken zu fressen gab. Dann pflückte er rasch die drei schönsten Äpfel ab und eilte davon. Das Ungeheuer erwachte. Wutschnaubend stürzte es dem Dieb hinterher – allein, es vermochte ihn nicht einzuholen. Die Zauberkräfte der Fee ließen ihn schneller laufen, als der Wind fliegt.

Unterwegs verspürte der Königssohn großen Durst. Er wollte einen der Äpfel aufschneiden; da rief eine zarte Stimme: »Vorsicht, du tust mir weh.«

Behutsam schnitt er ihn entzwei, und schon stand ein

allerliebstes Mädchen vor ihm: »Hast du etwas zu trinken?«

Der Prinz verneinte ihre Frage. Die Unbekannte stieß einen lauten Klageruf aus: »Weh mir! So muß ich wieder in mein Gefängnis zurück.« Im gleichen Augenblick war sie wie vom Erdboden verschluckt.

Der Königssohn zog weiter. Den zweiten Apfel schnitt er bei einer Quelle auf. Wieder erschien ein liebreizendes Mädchen. Sie verlangte etwas zu trinken und zu essen. Mit dem letzteren konnte er ihr nicht dienen. Daraufhin beklagte sie ihr Schicksal in der nämlichen Weise wie die erste und verschwand ebenfalls spurlos. Den dritten Apfel brach der Prinz an einem Teich entzwei, wo ein Nußbaum mit reifen Früchten wuchs. Die junge Frau, die nun vor ihm stand, übertraf alle anderen an Anmut und Grazie. Auf ihre Bitte hin gab er ihr zu essen und zu trinken. Sie aber sagte nur: »Bei dir will ich bleiben.«

Der Königssohn verbarg sie in einem hohlen Baumstamm. Dann eilte er das letzte Stück des Weges in seine Residenz, um sie mit dem gesamten Hofstaat als seine Gemahlin heimzuholen.

Dies dauerte natürlich eine ganze Weile. Unterdessen kam das Mädchen aus ihrem Versteck hervor. Nun traf es sich, daß die Haushälterin eines Pfarrers an dem Teich Wasser holen ging. Sie beugte sich über die glatte Oberfläche und war höchst angetan von ihrem Spiegelbild: »Ach, wie schön ich doch bin«, seufzte sie. Die besagte Erscheinung zeigte indessen nichts anderes als das Abbild des fremden Mädchens, das unbemerkt hinter die Pfarrmagd getreten war und nun über deren eitle Selbsttäuschung in ein helles Lachen ausbrach. Die Köchin fuhr hoch und stellte die Spötterin zur Rede. Nachdem sie in Erfahrung gebracht hatte, wie die Sache stand, schritt sie ohne Umschweife zur Tat. Sie warf die Unbekannte kurzerhand in den Teich, wo jene von einem gewaltigen Aalfisch verschlungen wurde. Sie selbst aber kroch an Stelle der Schönen in den hohlen Baum.

Inzwischen zog der Prinz mit großem Gefolge herbei. Seine Enttäuschung über das, was da aus dem Versteck hervorkam, war grenzenlos. Doch vor dem versammelten Hof mußte er das königliche Versprechen einlösen. So wurde die häßliche Pfarrersmagd zu seiner Gemahlin.

Eines Tages fingen die Fischer in dem Teich einen mächtigen Aal. Damit wollten sie ihrem König eine Freude machen, denn der ging in der letzten Zeit recht traurig umher.

Seine böse Frau hingegen duldete es nicht. Sie befahl, den Fisch zu töten und in das Röhricht zurückzuwerfen. Der aber verwandelte sich vor aller Augen in ein schlankes Schilfrohr. Die Königin wollte das Rohr auf der Stelle zerhacken. Doch gleich ließ sich eine Stimme vernehmen: »Vorsicht, ihr tut mir weh!« Dem König fiel es wie Schuppen von den Augen. Er nahm ein feines Federmesser und schnitt behutsam den Halm entzwei. Einen Augenblick später lag das schöne Apfelmädchen in seinen Armen.

Viel mehr bleibt nicht zu sagen. Die böse Königin wurde auf der Stelle verbrannt. Das junge Paar dagegen besiegelte sein glückliches Wiedersehen mit dem Hochzeitsfest.

Und sie haben's genossen
in vollen Zügen.
Uns aber ist davon gar nichts geblieben.
Einen Tritt ans Knie hab ich empfangen,
daß mir drei Bohnen aus den Augen sprangen.

Der gute und der schlechte Arzt

Vor Zeiten, da unser Herr Jesus noch unter den Menschen weilte, lebte ein braver Mann, dessen Sohn der Spielsucht verfallen war. Nichts bereitete dem Pietro mehr Vergnügen, als mit den Zechkumpanen bei Karten und Würfeln zu sitzen. In seiner Not wandte sich der Vater an den Befehlshaber der königlichen Truppen:

»Gnädiger Herr, ich bitte Euch, nehmt meinen mißratenen Sohn in Eure Zucht. Vielleicht kommt er dadurch auf andere Gedanken.«

So geschah es auch. Pietro mußte strengen Soldatendienst leisten. Zum Spielen blieb ihm fortan keine Zeit mehr. In einer stürmischen Winternacht aber verließ er heimlich seinen Posten. Er flüchtete sich in ein abgelegenes Wirtshaus, wo er gleich wieder seiner Lieblingsbeschäftigung nachging.

In der Wirtsstube schloß der Bursche die Bekanntschaft eines Mannes, der auf wundersame Weise recht genau über ihn Bescheid zu wissen schien. Der Fremde nannte sich Salvatore, welches »der Erretter« bedeutet, und war niemand anders als der Herr Jesus selbst. Er stellte sich als ein reisender Medicus vor, der sich bereit zeigte, Pietro in seine Dienste zu nehmen. Der willigte gerne ein, denn er brauchte ja dringend ein Auskommen. Die beiden zogen umher und halfen vielen Menschen aus ihrer Not. Dabei drang auch der junge Gehilfe immer tiefer in die Geheimnisse der ärztlichen Kunst ein.

Eines Tages heilte der Meister die Tochter eines reichen Mannes von einer schlimmen Krankheit. Die Verwandtschaft wollte ihn dafür mit Geld und Geschenken überhäufen. Er indessen nahm nicht mehr als dasjenige, was er für sein einfaches Leben benötigte. Darüber geriet Pietro in großen Zorn:

»Ihr seid wahrlich ein Narr!« rief er. »Wie könnt Ihr ein solches Angebot ausschlagen? Damit hätten wir ausgesorgt.«

Er beschloß, sein Glück auf eigene Faust zu versuchen. In einer Stadt, wo die Tochter des Königs schwerkrank daniederlag, bot er seine Dienste an. Der Vater hatte demjenigen, der sie heilen könnte, ihre Hand versprochen. Sollte dies jedoch nicht gelingen, so würde ihm unweigerlich der Kopf abgeschlagen. Pietro nahm die Behandlung auf – allein, die Prinzessin verstarb eine kurze Zeit später.

Der König ließ ihn auf der Stelle in Fesseln legen. Auf dem Weg zum Richtplatz jedoch trat urplötzlich der Meister in Erscheinung: »Ich will dir helfen«, versprach dieser. »Allerdings nur um den Preis, daß du für dich eine Lehre daraus ziehst.«

Salvatore ging zum König. Von ihm erwirkte er Verschonung für den Gefangenen. Dafür erweckte er das tote Mädchen zu neuem Leben. Nun hätte man sie ihm gerne zur Frau gegeben. Er hingegen sagte nur: »Verheiratet Euer Töchterlein ruhig mit meinem Gehilfen. Ohne ihn wäre die ganze Sache ja gar nicht in Gang gekommen.«

Zu Pietro hingewandt, sagte der Herrgott: »Du willst

die Menschen kurieren, um dich zu bereichern. Ich aber helfe deinen Brüdern und Schwestern, weil ich Mitleid für sie empfinde. Du magst selbst entscheiden, welches von beiden das Bessere ist.«

Mit diesen Worten war er verschwunden. Dem Pietro hatte er einiges zum Nachdenken hinterlassen.

Pino Pinienzapfen

Zwei alte Leutchen hatten einen Sohn, der wurde Pino genannt. Weil sein Kopf so hart wie ein trockener Pinienzapfen war, in den auch gar nichts hineingehen wollte.

Eines schönen Tages sollte Pino für seine Mutter einen Sack Mehl aus der Mühle holen. Wie er so den langen Weg entlangschnaufte, trieb der Wind den Staub vor seinen Füßen her. »Ei Brüderchen«, meinte Pino, »wenn du so lustig vor mir dahingehst, dann nimm doch auch gleich mein Bündel mit.«

Er öffnete den Sack und schüttete das Mehl auf die Erde, denn er meinte, es sollte von ganz allein nach Hause fliegen. Ihr könnt euch vorstellen, was er zu hören bekam, als er sich bei seinen Eltern danach erkundigte.

Ein anderes Mal schickte die Mutter ihren Sohn zum Färber. Er mußte einen Stoff abholen, aus dem sie sich einen Mantel nähen wollte. Beim Rückweg über die Berge kam Pino an einem Pflaumenbäumchen vorbei, dessen Blätter im rauhen Nordwind raschelten. »Armer Kerl«, versetzte Pino, »dir ist ja ganz gottserbärmlich kalt. Ich habe ein Mäntelchen für dich.« Mit diesen Worten hing er dem Bäumchen den Stoff um und ging seiner Wege. Dabei kamen ihm düstere Gedanken: »Mein armes Mütterchen, wie muß sie immer nur frieren. Ich will ihr Abhilfe schaffen.«

Daheim heizte er kräftig den Backofen ein, dann steckte er kurzerhand seine Mutter hinein. Die schrie und heulte eine Zeitlang. Danach war es mit dem Frieren ein für allemal vorbei. »Gewiß wird er mich als nächsten umbringen«, fürchtete sich der Vater. »Ich muß ihn verheiraten, um ihn loszuwerden.«

»Pino, du bist schon ein großer Kerl«, sagte der Alte. »Es wird Zeit, daß du dir eine Frau nimmst.«

»Wie soll ich das machen?«

»Schau dir die Mägde an, wenn sie zum Brunnen gehen. Wirf ein Auge auf diejenige, die dir am besten gefällt. Der Rest geht von ganz allein.«

In der Nacht schlich Pino in den Stall und stach den Schafen die Augen aus. Damit bewarf er am nächsten Morgen das Mädchen, das ihm am hübschesten vorkam.

»Pfui Teufel!« riefen die Mägde, »was für ein abgeschmackter Kerl!«, und jagten ihn davon.

»Wenn du es nicht kannst, will ich es für dich tun«, sagte der Vater. »Ich werde dir eine Frau suchen. Schüttle nur das Bett für heute nacht recht schön hoch auf.«

Er ging davon. Pino aber nahm das Bett und schaffte es auf das Dach des Hauses hinauf.

Am Abend kam der Vater mit einer Frau zurück: »Wo ist denn dein Bett?«

»Auf dem Dach. Hast du mir nicht gesagt, ganz hoch hinauf?«

Er mußte es wieder herunterholen. Die Frau zog sich aus und legte sich hinein. Pino tat es ihr nach.

»Bist du schon im Bett?« rief der Vater aus der Küche.

»Ja.«

»Dann steig jetzt auf den weichen, wolligen Hügel.«

Neben dem Bett stand ein Korb mit Schafwolle. Pino kletterte hinein. »Ich mag aber hier nicht lange bleiben. Es kitzelt so.«

Indessen hatte die Frau bemerkt, mit wem sie sich da eingelassen hatte, und war im nächsten Augenblick auf und davon.

Pino beileibe nicht. Er blieb seinem Vater treu. Dabei fraß er ihm auch noch die Haare vom Kopf. Eines Tages fing er einen Hasen, den er gerne verkauft hätte. Er kam am Haus einer Frau vorbei, die für ihr Leben gerne Hasenbraten aß. Sie rief ihn herein: »Was soll er denn kosten?«

»Bloß einen Kuß auf Euer Knie.«

»Das ist leicht verdient«, dachte die Frau. Sie hob ihren Rock, aber Pino wollte ihn ihr auf der Stelle gleich ganz ausziehen. Sie schrie so laut, daß er sich in Sicherheit bringen mußte. Als ihr Mann heimkam, erzählte sie ihm von der Sache. Der warf sich aufs Pferd und ritt dem Übeltäter nach. Nun wußte Pino, daß der Mann nichts lieber aß als junge Vögel. Wie dieser ihn schon beinahe eingeholt hatte, setzte er sich auf einen Misthaufen.

»Hier, seht nur! Ein ganzes Nest voller Amseln. Sie sind kurz vor dem Ausschlüpfen. Das gibt einen Leckerbissen. Wollt Ihr für einen Augenblick meinen Platz einnehmen. Sie müssen warm gehalten werden.«

Der Mann überlegte nicht lange. Er ließ die Hosen herunter und setzte sich auf das Nest. Pino aber sprang auf dessen Pferd. Er galoppierte davon und wurde nie wieder in der Gegend gesehen. Was aus ihm geworden ist, weiß man nicht genau zu sagen. Manche meinen zu wissen, daß er seine Tage in der Stadt Florenz beschlossen hat. In Sankt Bonifazio, dem Haus, wo die geistig verwirrten Männer untergebracht sind.

Eine Hornochsengeschichte

Ein armer Bauer grub beim Jäten in seinem Weinberg einen hübsch verzierten goldenen Mörser aus. Er lief damit nach Hause und sagte zu seiner Tochter Giovanna:

»Schau nur, was ich gefunden habe. Ich will ihn zum König bringen. Er wird mich gewiß reich dafür belohnen.«

»Freu dich nur nicht zu früh«, sagte das Mädchen. »Er findet schon irgend etwas daran auszusetzen. Am Ende speist er dich mit einer Nichtigkeit ab.«

Der Vater bot also seinen kostbaren Fund dem König zum Geschenk an. Der aber betrachtete sich die Sache von allen Seiten und sprach:

> Was willst du denn,
> du alter Esel?
> Deinem Mörser fehlt der Stößel.

An eine Belohnung war gar nicht zu denken. »Genau so, wie es Giovanna vorhergesehen hat«, murmelte der Bauer in seinen Bart.

»Deine Tochter scheint ein kluges Mädchen zu sein«, versetzte der König darauf. »Wir wollen sie auf die Probe stellen.« Er ließ ihm ein Pfund Flachs reichen. »Daraus soll sie mir einhundert Ellen Leinen weben. Und nun fort mit dir!« Den goldenen Mörser behielt er für seine Schatzkammer.

»Laß mich nur machen«, sagte Giovanna, als der Vater den Auftrag des Königs überbrachte. Sie schälte den Flachs und gab ihm von den Resten. »Geh zum König und bitte ihn, er soll mir daraus einen Webstuhl machen lassen. Denn wir haben keinen.«

»Ein schlaues Töchterlein«, sagte der König zu dem Bauern, nachdem er seine Botschaft vernommen hatte. »Wir wollen sie kennenlernen. Nun höre gut zu. Sie muß vor mir erscheinen weder mit nüchternem Magen noch gesättigt, weder bekleidet noch nackt, weder am Tage noch in der Nacht, weder zu Fuß noch zu Pferde. Gelingt ihr dabei auch nur eine einzige Sache nicht, so habt ihr beide unweigerlich euer Leben verwirkt.«

Der alte Mann zitterte vor Angst, aber Giovanna sprach ihm Mut zu. Noch vor Tagesanbruch stand sie auf, aß ein einziges rohes Ei, entkleidete sich und wickelte den Leib in ein Fischernetz. Dann setzte sie sich auf eine Ziege, so daß die Zehen gerade noch den Boden berührten. Pünktlich zum Morgengrauen erreichte sie den Palast.

»Hier bin ich, wie Ihr befohlen habt, Majestät. Nicht hungrig und nicht satt, weder nackt noch bekleidet, nicht zu Fuß und nicht zu Pferde, weder bei Tag noch bei Nacht.«

Da mußte sich der König geschlagen geben. So angetan war er von der Klugheit der Bauerstochter, daß er sie auf der Stelle zu seiner Frau machte. Die beiden lebten glücklich und zufrieden miteinander.

Eines schönen Tages wurde in der Hauptstadt ein großer Viehmarkt abgehalten. Ein Bauer hatte seine trächtige Kuh auf den Platz getrieben. Weil er sie am ersten Tag nicht verkaufen konnte, band er sie zur Nacht an einen Karren, an dem bereits ein Ochse eingespannt war. In der besagten Nacht aber brachte die Kuh ein schönes Kälbchen zur Welt. Der Bauer freute sich, doch der Besitzer des Karrens wollte ihm das Tier streitig machen, da es an seinem Gespann geboren war. Die beiden gerieten in einen heftigen Wortwechsel, der in einer wüsten Rauferei endete. Durch den Menschenauflauf wurden die Wachen herbeigerufen. Sie trennten die Streithähne und führten sie vor den König. Dieser indessen bildete sich nicht wenig auf seine Weisheit ein. Nach reiflichem Bedenken beschied er den Parteien, daß das Kälbchen rechtmäßig dem Besitzer des Ochsen gehöre. Der eine freute sich, der andere war am Verzweifeln. Die Königin wandte ein, daß es mit dem Ochsen wie mit dem Mörser sei – allein, der Richter ließ nicht mit sich reden. »Genug jetzt. Das Wort eines Königs ist Gesetz. Und nun hinweg mit euch!«

Der arme Bauer raufte sich die Haare über das ungerechte Urteil. Der Wirt, bei dem er nächtigte, riet ihm, die junge Königin um Beistand zu bitten. Die gab ihm auch gerne einen Ratschlag.

Als der König am nächsten Morgen im Schloßpark spazierenging, sah er den Bauern, der mit einer löchrigen Kelle einen Teich auszuschöpfen versuchte.

»Was tust du da, guter Mann?« lachte der König. »Das ist ja genauso unsinnig, als wenn ich meine Suppe mit der Gabel essen wollte.«

»Ihr habt gewiß recht, Majestät«, gab der Bauer zur Antwort. »Aber vielleicht ist es leichter, mit einer löchrigen Kelle Wasser zu schöpfen oder mit der Gabel die Suppe zu essen, als daß ein Ochse Nachkommen haben kann.«

Der König wußte sogleich, aus welcher Ecke der Wind wehte: »Schweig!« rief er. »Das ist nicht auf deinem Mist gewachsen. Dafür wird sie mir büßen.«

Er ließ seine Frau rufen. »Du hast dich in meine Angelegenheiten eingemischt und die Würde meines Amtes verletzt. Das kann ich nicht dulden. Noch heute nacht wirst du zu den Deinigen zurückkehren. Aus dem Palast magst du mitnehmen, was dir das Liebste ist.«

Die Königin bat sich ein letztes gemeinsames Abendessen aus. Dies wurde ihr auch gnädig gewährt. Auf ihren Befehl hin trugen die Diener große Mengen Fleisch, Pasteten und Schinken auf. Alles Speisen, die den Kopf schwer und den Durst groß machen. Dazu servierte man die stärksten Weine aus dem Schloßkeller. Denen sprach der König fleißig zu. Es dauerte auch nicht allzu lange, bis er müde wurde. Er fiel in einen tiefen Schlaf. Dabei schnarchte und grunzte er wie ein Schwein. Seine Frau gab den Knechten einen Wink. Die hoben den Schlafenden in eine Sänfte und trugen ihn hinaus vor die Stadt zum ärmlichen Bauernhaus ihrer Eltern. Dort bettete man ihn auf ein Lager. Giovanna entkleidete sich und legte sich zu ihm. Er aber schnarchte die ganze Nacht wie ein Blasebalg.

Am Morgen erwachte der König in einer niederen Kammer. Auf einem harten Bett mit einfachen, groben Decken. »Wo bin ich hier?« fragte er. »Was tue ich in diesem Loch? Habe ich dir nicht befohlen, daß du zu den Deinigen zurückgehst und was du mitnehmen darfst?«

»Eben dieses ist geschehen«, erwiderte Giovanna. »Wir sind hier im Haus meiner Eltern. Und ich habe dasjenige mitgenommen, das mir am liebsten ist.«

Da mußte der König lachen. Er schloß sie in die Arme und war überglücklich, sie als seine Frau zu haben. Die beiden kehrten in ihren Palast zurück. Dort leben sie auch heute noch, wenn sie nicht schon gestorben sind. Wer's nicht glaubt, der kann ja hingehen und nachschauen.

Der Racheengel

Ein hübsches Bauernmädchen fand den größten Gefallen daran, ihre zahlreichen Verehrer auf jede nur erdenkliche Weise an der Nase herumzuführen. Die Mutter machte ihr deswegen heftige Vorwürfe, doch sie wollte nicht davon ablassen. Einmal bestellte sie gleich drei junge Burschen auf denselben Abend. Den einen um acht, den nächsten um neun und den letzten um die zehnte Stunde. Wie der erste ankam, da weinte sie ganz bitterlich.

»Was hast du denn?«

»Ach, ich war heute beim Beichten«, schluchzte sie, »und da hat mir der Herr Pfarrer eine schwere Buße auferlegt. Ich muß die ganze Nacht in dem kalten Beichtstuhl sitzen und beten. Davor habe ich solche Angst.«

»Wenn du willst, tue ich die Buße an deiner Stelle«, sagte der Bursche. »Aber nur, wenn du mir versprichst, mich zu heiraten.«

»Ich verspreche es dir.«

Er ging also hin in die Kirche und setzte sich in den Beichtstuhl. Der zweite Verehrer, der sich um neun Uhr einstellte, wurde gleichermaßen unter Tränen empfangen. Nur daß der gestrenge Beichtvater der armen Sünderin dieses Mal eine noch härtere Buße aufgetragen hatte. Sie sollte zur Vergebung ihrer Schuld eine Nacht lang auf der Totenbahre hinter dem Altar liegen. Allein, auch in diesem

Fall erzielte das Heiratsversprechen seine beabsichtigte Wirkung. Der Bursche nahm ihre Strafe auf sich und vertauschte sein Bett mit der Leichentrage. Was Wunder, daß es dem dritten nicht eben besser erging? Er mußte die Nacht im Gotteshaus mit schweren Büßerketten an den Füßen verbringen. In dem stockfinsteren Kirchenraum aber wurde es allen dreien himmelangst, denn keiner wußte ja von dem anderen. Das Knarren des Beichtstuhls, das Rasseln der Ketten sowie ein unheimliches Ächzen von der Totenbahre her taten ein übriges dazu. Erst bei Tagesanbruch stellte sich heraus, wie man genasführt worden war.

Die drei Burschen beschlossen, dem übermütigen Mädchen eine tüchtige Lektion zu erteilen. Zwei von ihnen verkleideten sich als Mönche, der dritte als Engel. Die beiden Mönche zogen vor ihre Tür, wo sie in einem fort fromme Gebete sprachen. Der Engel indessen nahm einen Korb mit Wein und Brot und stieg auf das Dach des Hauses. Die Mutter öffnete die Tür: »Tretet herein, Ihr werdet gewiß Hunger haben.«

»Seid bedankt, gute Frau«, bekam sie zur Antwort. »Laßt uns nur unsere Bußgebete verrichten. Der Herrgott im Himmel sorgt schon für die Seinigen.«

Just in diesem Augenblick ließ der Engel seinen Korb von oben herab. Als er sich dann auch noch höchstselbst auf dem Dachfirst zeigte, da glaubten die guten Leute an ein leibhaftiges Wunder.

»Siehst du, welch wunderbare Dinge die wahre Demut bewirken kann?« sagte die Bäuerin zu ihrer Tochter. Und zu den Mönchen gewandt, fuhr sie fort: »Ach, Ihr frommen Männer. Würdet Ihr doch meine mißratene Tochter mit Euch nehmen, um sie in der rechten Bescheidenheit zu unterweisen. Wie wollte ich es Euch danken.«

Das ließen sich die Burschen nicht zweimal sagen. Sie nahmen das Mädchen mit sich fort in eine einsame Hütte, wo man drei Tage lang blieb. Als sie danach wieder nach Hause zurückkehrte, hatte sie viel von ihrem früheren Übermut verloren.

Granadoro

Es lebte einmal ein König, dessen Bruder war der Herrscher von Portugal. Von jenem sprach er so oft zu seinem Sohn, daß der Prinz ganz neugierig wurde. Er wollte den fernen Onkel für sein Leben gerne einmal besuchen. So dauerte es nicht lange, bis er sich mit allem Nötigen wohlausgestattet auf die weite Reise machte. Unterwegs schloß er die Bekanntschaft eines einfachen Burschen, der sich bald als unentbehrlicher Gesellschafter erwies. Nun sitzt bekanntlich die Zunge um so lockerer, je länger die Reise geht. Der arglose Prinz erzählte seinem Begleiter, was er vorhatte. Der hörte sich die Sache genau an. In einem einsamen Waldstück zog er plötzlich einen Dolch und setzte ihn dem völlig überraschten Königssohn an die Kehle.

»Nun paß gut auf. Von nun an bin ich der vornehme Edelmann, und du wirst mir als Knappe folgen. Herunter mit den schönen Kleidern! Wehe dir, wenn dir auch nur ein Sterbenswörtchen über die Lippen kommt! Dann hat dein letztes Stündlein geschlagen.«

Der Prinz wagte keinen Widerstand und setzte die Reise als einfacher Diener fort. Man erreichte glücklich die königliche Residenz in Portugal, wo der falsche Neffe mit allen Ehren empfangen wurde. Der vermeintliche Knappe aber mußte im Stall bei den Pferden schlafen.

Von nun an trachtete der betrügerische Prinz stets danach, sein Opfer aus dem Weg zu schaffen. Nur so konnte er sein Geheimnis für immer bewahren. Eines Tages besichtigte er zusammen mit dem König die fürstlichen Stallungen.

»Sieh dir nur dieses edle Tier an«, sagte der König und wies auf eine prächtige schwarze Stute. »Sie gehört meiner Frau, doch hat sie bis zum heutigen Tag noch keinen Menschen auf ihrem Rücken gelitten. Alle, die es versucht haben, mußten dafür mit ihrem Leben bezahlen.«

»Lieber Onkel, laßt es doch morgen einmal meinen Pagen wagen«, erwiderte der Neffe. »Er stellt sich in solchen Dingen recht geschickt an.«

In dieser Nacht schluchzte der vermeintliche Knappe auf seinem Strohlager im Stall. Da fing die schwarze Stute mit einemmal zu sprechen an. »Warum weinst du so jämmerlich?«

»Weil ich Angst habe. Du bist ein starkes, wildes Pferd. Wie sollte ich dich zähmen?«

»Sei guten Mutes«, versetzte die Stute. »Halte dich nur recht fest. Den Rest erledige ich.«

Als der Bursche am nächsten Morgen auf ihrem Rükken saß, tat sie zuerst ein paar mächtige Sprünge. Allein, der Reiter klammerte sich so wacker an ihrer Mähne fest, daß er sich oben hielt. Bald wurde das feurige Pferd ganz zahm. Der König selbst saß auf und fand alles zu seiner Zufriedenheit. Wie es ihm aber der Neffe nachtun wollte, versetzte ihm das Tier einen Huftritt, daß er eine Woche lang das Bett hüten mußte.

Einige Zeit später erreichte schlimme Kunde den Königshof. Ein schreckliches Ungeheuer mit Namen Belverde verwüstete die Felder der Bauern. Die Menschen, deren es habhaft werden konnte, verschlang es mit Haut und Haaren. Auf Befehl seines Herrn mußte der Knappe allein gegen den Unhold ausziehen. Wieder beweinte er sein schweres Schicksal, und ein zweites Mal sprach ihm die schwarze Stute Mut zu:

»Verzweifle nicht und tue, was ich sage. Laß dir eine Rüstung aus lauter Spiegeln machen. Dein scharfes Schwert nimmst du ebenfalls mit. Wir werden Belverde entgegenreiten. Er ist sehr eitel. Wenn er sich in den Spiegeln betrachtet, dann pack deine Waffe und schlag ihm den Kopf ab.«

Die beiden brachen auf, und es kam, wie es das kluge Pferd vorhergesagt hatte. Feuerspeiend schnaubte das Ungeheuer heran, um Roß und Reiter zu verschlingen. Dabei hielt es einen Augenblick inne und betrachtete in der glänzenden Rüstung das eigene Spiegelbild. Im gleichen Atemzug trennte ihm der Königssohn mit einem wuchtigen Schwerthieb den Kopf vom Rumpf ab. Zurück in der Hauptstadt, wurde der Sieger als großer Held gefeiert.

Mit der Zeit gewann der falsche Neffe immer mehr das Vertrauen des Königs. Dieser gestand ihm ein, daß seine Frau Granadoro seit längerem spurlos verschwunden sei. Das ganze Reich habe man bereits vergeblich nach ihr abgesucht.

Dem Betrüger war dies eine willkommene Gelegenheit: »Mach dich unverzüglich auf die Suche nach der Königin«, befahl er seinem Bediensteten. »Wage es ja nicht, mir ohne sie wieder vor die Augen zu treten.«

Der Königssohn war untröstlich. Auch die getreue Stute geriet ins Grübeln.

»Das ist eine schwierige Sache«, meinte sie. »Aber wir wollen es trotzdem versuchen. Laß ein gutes Schiff mit Proviant für ein Jahr ausrüsten.«

Sie erhielten das Schiff und segelten davon. Draußen auf dem offenen Meer klopfte etwas gegen die Bordwand.

»Was ist das?« fragte das Pferd.

»Ein Fisch«, antwortete der Königssohn.

»Hol ihn an Deck und setz ihn in ein Wasserfaß.«

Der Prinz gehorchte. Bald darauf klopfte es wieder. »Was ist es?«

»Eine Seeschwalbe.«

»Hol sie an Deck und sperr sie in eine Kammer.«

So geschah es. Wenig später ließ sich das Klopfen erneut vernehmen. Diesmal war es ein Schmetterling, der in eine kleine Schachtel gesetzt wurde.

Viele Monate kreuzte das Schiff über dem weiten Meer, bis man ein Stück Land erreichte, wo sich auf einem Hügel ein mächtiger Palast erhob.

»Dies ist der Wohnsitz der Königin Granadoro«, sagte das Pferd. »Geh nur hin und bring deinen Auftrag vor.«

Der Prinz klopfte ans Tor. Als sich im Fenster eine schöne Frau zeigte, rief er: »Herrin, Euer Gemahl schickt mich, Euch nach Hause zu holen.«

»Auf dem Weg hierher habe ich einen Ring ins Meer geworfen«, entgegnete die Königin. »Findest du ihn, so will ich mit dir gehen.«

Der Prinz überbrachte die Antwort der klugen Stute. Diese befahl dem Fisch, das Kleinod binnen drei Tagen vom Grund des Meeres zu holen. Der Fisch sprang über

Bord und war nach Ablauf der Frist mit dem Ring im Maul wieder zur Stelle.

»Das ist noch nicht genug«, sagte Granadoro, als ihr der Ring überreicht wurde. »Sieh da drüben jenen Berg. Dort befindet sich eine Quelle, die alle zwei Stunden einen Tropfen Wasser gibt. Fülle mir dieses Krüglein davon, und ich werde dir folgen.«

Der besagte Berg aber war so steil und glatt, daß gewiß nicht einmal eine Ameise hinaufgekommen wäre. Auf Geheiß des Pferdes band der Königssohn das Gefäß der Schwalbe auf den Rücken und sandte sie nach der Quelle. Nach gegebener Zeit kam der Vogel glücklich mit dem Wasser zurück.

Der Prinz trug das Krüglein ins Schloß. »Nun mußt du nur noch eine einzige Aufgabe bestehen«, versprach die Königin. »Gelingt es dir, dann kehre ich zu meinem Mann zurück. Ich habe zwei Schwestern, die mir alle beide aufs Haar genau gleichen. Vermagst du mich unter ihnen zu erkennen, so hast du gewonnen.«

Allein, auch dieses Mal wußte die Stute einen Rat: »Nimm den Schmetterling mit. Er wird dir die Richtige zeigen.«

Am nächsten Tag stand der Königssohn den drei Frauen gegenüber. Zuerst war er wie geblendet von ihrer Schönheit. Um nichts in der Welt hätte er sie voneinander unterscheiden können. Doch dann öffnete er die kleine Schachtel. Der Schmetterling flatterte heraus und setzte sich einer von ihnen auf die Schulter.

»Ihr seid es, Herrin«, rief der Prinz.

»Du hast es erraten«, erwiderte die Königin. »Laß uns fahren.«

Sie bestieg unverzüglich das Schiff. Wie groß war ihre Freude, als sie da ihr Lieblingspferd vorfand! Während der Reise vertraute der Prinz Granadoro seine Geschichte an. Wohlbehalten erreichte man die Heimat, wo in der Residenz ein Freudenfest gefeiert wurde.

»Bitte auch deinen Knappen zur Tafel«, sagte die Königin zu dem falschen Verwandten.

»Aber verehrte Tante, ich bitte Euch. Das schickt sich doch nicht.«

Granadoro bestand jedoch darauf. Da ging der Neffe kurzerhand in den Stall, erstach seinen Pagen und verbarg den Leichnam unter einem Strohhaufen. Die Königin indessen war ihm heimlich gefolgt. Sie wusch den Körper mit dem Wasser, das die Schwalbe aus der Bergquelle geholt hatte. Sogleich erwachte der Tote wieder zum Leben. Gemeinsam betraten die beiden den Festsaal. Dort berichtete Granadoro dem versammelten Hofstaat, was ihr Schützling alles hatte erleiden müssen. Der Betrüger wurde noch am selben Tag dem Henker übergeben. Der Prinz hingegen verbrachte eine schöne Zeit bei seinen Verwandten, dann kehrte er zu Vater und Mutter zurück.

Wer zuletzt lacht

Ein Vater hatte nach dem Tod jedem seiner drei Söhne eine Summe Geldes hinterlassen. »Laßt uns hinaus in die Welt ziehen, um unser Erbe zu vermehren«, schlug der älteste Bruder vor. »Ich werde den Anfang machen.«

Er ging fort und traf unterwegs auf den Abt eines Klosters. »Wo führt die Reise hin, junger Freund?« wollte der geistliche Herr wissen.

»Ich bin auf der Suche nach einer Möglichkeit, mein väterliches Erbteil günstig zu verwenden.«

»Diese Gelegenheit kann ich dir schaffen«, erwiderte der Abt. »Ich will in gleicher Höhe dagegenhalten. Wer von uns beiden als erster in Wut gerät, der soll seinen Einsatz verlieren. Ansonsten magst du als Hirte in meine Dienste treten.«

Der Bruder willigte ein, die Schafherde des Klosters zu hüten. An einem heißen Sommertag wartete er draußen auf der Weide vergebens auf sein Mittagessen, das ihm gewöhnlich um diese Stunde hinausgebracht wurde. Die Sonne brannte vom Himmel, sein Magen knurrte, und der Durst wurde schier unerträglich. Als sich im Laufe des Nachmittags immer noch niemand zeigte, geriet er in großen Zorn. Er ließ alles stehen und liegen und lief zu dem Abt: »Wollt Ihr mich denn da draußen verschmachten lassen?« rief er voller Entrüstung.

»Ei was«, versetzte dieser. »Jetzt bist du als erster in Hitze gekommen. Du hast deine Wette verloren. Also bezahle und geh deiner Wege.«

Der Bursche mußte klein beigeben und trat niedergeschlagen seinen Heimweg an. Der zweite Bruder war sich sicher, alles besser zu machen. Er schloß die gleiche Wette mit doppeltem Einsatz ab und trat ebenfalls in die Dienste des Klosters. Allein, auch ihn hungerte der listige Abt bei der Feldarbeit dermaßen aus, daß er aus Zorn darüber gänzlich den Kopf und somit auch sein Geld verlor.

»Was seid ihr doch nur für Narren!« meinte der jüngste Bruder. »An mir soll er sich die Zähne ausbeißen. Ich will ihm einen Denkzettel verpassen, an dem er noch lange zu kauen hat.«

Er ging mit dem geistlichen Herrn den nämlichen Handel ein. Nur daß der Einsatz jetzt dreimal so hoch war. Er übernahm es, die Schweine und Schafe des Klosters zu hüten. Wie ihm nun zur Mittagszeit niemand das Essen auf die Weide hinausbrachte, da verkaufte er kurzerhand die ganze Herde an einen Metzger. Das Geld behielt er für sich. Die Felle der Schafe hängte er im Geäst eines Baumes auf, die Schweineschwänze vergrub er in der Erde, so daß lediglich noch ein Stummel hervorschaute.

Dann schrie er aus Leibeskräften: »Kommt herbei, ihr Leute, ein großes Wunder ist geschehen. Meine Schäfchen sind ins Paradies eingegangen, und die Schweine mußten zur Hölle fahren.«

Der Abt wußte nur zu gut, was ihm da für ein Streich gespielt wurde. Allein, er schluckte seinen Grimm hinunter und schwor sich, das nächste Mal besser aufzupassen.

»Du wirst fortan im Haus arbeiten«, befahl er. »Morgen ist Fastentag. Mach mir nach der Messe ein paar Bohnen und einen schön knusprig braun gebratenen Kohl. Komm mir aber ja nicht wieder mit irgendwelchen Dummheiten.«

Der Bruder ging einkaufen. Auf dem Rückweg zog er den Kohlkopf durch den Straßendreck, bis er ganz braun vor Schmutz war. Den briet er in Öl und Knoblauch gut an, in den Kochtopf tat er ganze zwei Bohnen hinein. Der Abt kam hungrig aus der Kirche heim. »Wo sind denn die Bohnen?«

»Im Kochtopf.«

»Aber ich sehe doch nur zwei.«

«Habt Ihr mir nicht gesagt, daß ich Euch ein Paar Bohnen machen soll?»

Der Abt ließ sich nichts anmerken. Er nahm von dem Kohl, spürte die Sandkörner zwischen den Zähnen und spuckte den Bissen wieder aus. »Was in drei Teufels Namen tischst du mir auf?«

»Habt Ihr nicht anbefohlen, daß der Kohl schön knusprig braun sein soll? Ich habe mir die größte Mühe gegeben.«

Beinahe wäre der Abt aus der Haut gefahren. »Morgen läßt du dir zum Mittagessen selbst etwas einfallen«, knirschte er«, »und wehe, wenn du nicht in und außer Haus ordentlich deinen Dienst versiehst!«

Als der geistliche Herr den folgenden Tag von der Messe zurückkam, fand er das Haus verschlossen vor. Alles Rufen und Klopfen nützte nichts. Der Schmied mußte kommen, um die Tür aufzubrechen. Aus dem obersten Stock war die Stimme des Dieners zu hören. Er saß rittlings im offenen Seitenfenster. Mit der einen Hand putzte er das Fensterglas, mit der anderen strich er Farbe auf die Außenwand. Dabei sang er ein fröhliches Liedchen:

> Ob in dem Haus,
> ob außen dran,
> so geht die Sache frisch voran.

»Was treibst du da?« rief der Abt.

»Ich tue meine Arbeit, innen und außen. Genau so, wie Ihr mich geheißen habt. Seht nur, darüber ist meine gute Hose in Stücke gegangen.«

Dem Abt verschlug es die Sprache. Der schamlose Kerl streckte sein nacktes Hinterteil geradewegs zum Fenster hinaus. Der Herr wollte aufbrausen, doch dann dachte er an seine Wette und befahl den Diener in die Küche.

Am nächsten Tag fuhr der Abt in die Stadt. Kurz hinter dem Haus ließ er die Kutsche anhalten.«Lauf schnell zurück und hole meine Stiefel!« befahl er dem Burschen. »Ich will sie dem Schuster zum Flicken vorbeibringen.«

Nun hatte der Abt zwei hübsche Mägde in Dienst genommen. Auf die hatte sein Knecht es abgesehen. Er lief also ins Haus zurück und sagte zu den beiden: »Unser Herr hat befohlen, daß ich euch beide küssen soll.«

Davon waren die Mädchen gar nicht angetan. Die eine ließ es schließlich geschehen, die andere zeigte sich widerspenstiger. Der Spitzbube steckte den Kopf aus dem Fenster und rief zur Kutsche hin: »Meint Ihr alle beide?«

»Natürlich, du Dummkopf«, gab der Abt zur Antwort.

So geschah es denn auch. Die Mägde aber liefen aus dem

Haus. Sie beklagten sich lautstark über die Schande, die ihnen angetan worden war. Nun mußte der Herr ernstlich um sein Ansehen fürchten.

»Was hast du dazu zu sagen?« stellte er seinen Diener zur Rede.

»Ihr habt mir doch selber aufgetragen, alle beide zu nehmen.«

Da war es mit der Geduld des Abtes endgültig vorbei.

»Elender Wicht!« rief er erzürnt. »Dich soll der leibhaftige Teufel holen. Pack dich fort und komm mir ja nie wieder unter die Augen!«

»Diesmal habt Ihr die Wette verloren«, versetzte der Bursche. »Gebt heraus, was mir zusteht, und ich will gerne meiner Wege gehen.«

Gesagt, getan. Der jüngste Bruder kehrte mit seinem Gewinn nach Hause zurück. Der geistliche Herr hingegen hatte einen Denkzettel bekommen, den er so schnell nicht vergessen sollte.

Nun ist's erzählt,
und wollt ihr mehr,
so bringt Salami und Schinken her.

Der Fuchs und der Wolf

Es war einmal ein Fuchs, der schnitt an einem Sommertag seinen Weizen. Die Sonne brannte so heiß vom Himmel herunter, daß ihm die Schweißtropfen übers Fell liefen. Da kam der Wolf vorbei: »Es sieht aus, als ob du Hilfe brauchst, Gevatter.«

»Das kann man wohl sagen«, antwortete der Fuchs. »Wenn du mir hilfst, gebe ich dir die Hälfte der Ernte dafür.«

»Abgemacht.«

»Fang nur gleich an«, fuhr der Fuchs fort. »Ich muß derweilen die Eiche da drüben abstützen. Sonst fällt sie uns am Ende noch auf den Kopf.«

Der Wolf machte sich mit Eifer ans Werk.

»Vielleicht solltest lieber du die Sache mit dem Baum übernehmen«, unterbrach ihn der Fuchs. »Du bist größer und stärker als ich.«

»Es ist besser, wenn jeder bei seiner Arbeit bleibt«, erwiderte der Wolf, weil er meinte, das bessere Los gezogen zu haben.

Das Abstützen ging schnell vonstatten. Danach legte sich der Fuchs in den Schatten hinter den Stamm und hielt ein erquickliches Schläfchen. Der Wolf hingegen mußte sich redlich mühen mit der Sichel in seiner Klaue. Als er die Arbeit fertig hatte, war er am Ende seiner Kräfte. Anschließend wurde der Weizen gedroschen. Der Fuchs machte auf dem Stoppelacker zwei fein säuberliche Haufen. Den einen aus der Spreu, den anderen aus den guten Körnern. Den ersteren gab er dem Wolf, den zweiten nahm er für sich selbst: »Nun wollen wir heimgehen und Makkaroni kochen.«

Der Fuchs mahlte seinen Weizen und machte sich mit dem frischen Mehl einen schmackhaften Nudelteig. Der Wolf dagegen konnte aus dem, was er nach Hause getragen hatte, nichts Genießbares herausbringen. Er ging zum Fuchs, um sich zu beklagen.

»Du brauchst nur zu warten, bis das Wasser im Kochtopf siedend heiß ist«, sagte der Fuchs. »Dann hängst du einfach deinen Schwanz hinein, und schon hast du eine gute Brühe.«

Der Wolf eilte heim und schürte kräftig das Feuer. Wie er aber den Schweif in den Topf eintauchte, da verbrannte ihn das kochende Wasser solchermaßen, daß nur noch ein kümmerlicher, haarloser Stummel übrigblieb. Der Wolf heulte vor Schmerzen. Er rannte zum Fuchs, doch der hatte auch diesmal wieder einen Ratschlag parat: »Lauf schnell zu dem Bach und häng den Schwanz hinein. Das wird dir guttun.«

Gesagt, getan. Zwar wäre der Wolf beinahe in Ohnmacht gefallen durch den Schlag, den ihm das eisige Wasser versetzte – allein, auf diese Weise verschaffte er sich wenigstens etwas Erleichterung. Er wußte, daß er schändlich betrogen worden war, und schwor bittere Rache.

Der schlaue Fuchs indessen konnte den Genasführten ein weiteres Mal für sich einnehmen: »Weil wir Gevattern sind, will ich dir ein Geheimnis verraten«, schmeichelte er. »Der König im Schloß gibt dieser Tage ein großes Fest. Seine Speisekammer ist zum Bersten voll. Wir sollten ihr einen Besuch abstatten.«

Das ließ sich der Wolf nicht zweimal sagen. Die beiden schlichen zum Palast und krochen durch ein enges Fensterchen in die Vorratskammer. Darinnen gab es Fleisch, Schinken, gefüllte Pasteten, Würste und alle erdenklichen Köstlichkeiten im Überfluß. Die zwei Räuber schlugen sich gierig die Bäuche voll. Bei aller Fresserei aber nahm der Fuchs immer wieder Maß, um zu sehen, ob er mit seinem vollen Wanst noch durch die schmale Fensteröffnung paßte. Als er merkte, daß es gerade noch gehen sollte, schob er sich vorsichtig nach draußen, versteckte sich im Gebüsch und wartete ab.

Der Wolf hingegen hatte in seiner Gefräßigkeit jedwede Vorsicht vergessen. Sein Magen schwoll zu guter Letzt bis zum Platzen an. An ein Hinauskommen durch das enge Loch war nicht mehr zu denken. Müde und vollgefressen streckte er sich schließlich einfach auf dem Boden aus und schnarchte wie ein Blasebalg.

Wenig später betraten die Diener des Königs die Kammer. Nachdem sie den ersten Schrecken überwunden hatten, droschen sie mit Knüppeln solchermaßen auf den schlafenden Wolf ein, daß sie ihn um ein Haar erschlagen hätten. Blutüberströmt gelang es ihm gerade noch, seine Haut zu retten.

Der Fuchs hatte das ganze Unglück mit angesehen. Geschwind wälzte er sich in einem Erdbeerbeet, bis sein ganzer Pelz voller roter Flecken war. »Was ist mit dir geschehen, Gevatter?« fragte er mitleidig, als der Wolf mehr tot als lebendig dahergekrochen kam.

»Sie haben mir die Zeche auf den Buckel geschrieben. Schau nur, wie ich zugerichtet bin.«

»Du siehst, auch ich habe meinen Teil abbekommen«, gab der Fuchs zur Antwort. »Laß uns schleunigst von hier verschwinden.«

Er lief davon, und der Wolf, der sich nur mit Mühe auf den Beinen halten konnte, schwankte hinterher. Am Fuße eines Hügels stimmte der Fuchs ein lautes Wehklagen an: »Ach, Bruder Wolf, die Schmerzen bringen mich um. Nimm mich auf deinen starken Rücken. Von selber komme ich diesen Abhang nimmermehr hoch.«

So jammerte er in einem fort, bis ihn der Gevatter schließlich huckepack nahm. Während der Wolf nun mit verzweifelter Anstrengung vorwärts stolperte, sang der Fuchs auf seinem Rücken ein böses Lied:

> ’s ist unerhört, ’s ist unerhört,
> der Gesunde hier den Kranken beschwert.
> Ich bringe dir mein Ständchen aus,
> und gleich geht dir der Odem aus.

Da war es für den armen Wolf mit einemmal zuviel. Er brach unter seiner Last zusammen, schlug der Länge nach hin und tat seinen letzten Atemzug. Der Fuchs sprang von ihm herab und fraß ihn in aller Ruhe auf.

Das undankbare Mädchen

Es war einmal ein Bauer, der mühte sich ab, seinen mageren Acker zu hacken. Dabei stieß er im Erdreich auf etwas Hartes, das ihm die Arbeit noch verdrießlicher machte. Er grub das Hindernis aus und wollte seinen Augen nicht trauen. Zum Vorschein kam ein Ding, das sah aus wie der Kopf einer Büffelkuh, nur um einiges größer. Die langen Hörner, das Fell und die Augen glänzten so wunderlich, daß der Bauer sogleich an einen bösen Zauber glaubte. Er holte mit der Hacke zum Schlag aus, da fing der Kopf zu sprechen an: »Halt ein und töte mich nicht! Ich will dafür deiner Tochter Glück bringen.«

»Das können wir ganz gut gebrauchen«, dachte der Bauer.

Er legte den seltsamen Fund zur Seite, bedeckte ihn mit seinem Kittel und arbeitete weiter.

Um die Mittagsstunde brachte die älteste Tochter dem Vater das Essen hinaus. Der zeigte auf seine Joppe. »Schau einmal, was ich da gefunden habe.« Das Mädchen hob den Kittel hoch und stieß einen Schrei des Entsetzens aus: »Pfui Teufel, was für ein häßliches Ungeheuer!« Sie lief nach Hause zurück und erzählte alles der Mutter. Diese begann sich Sorgen zu machen. »Geh und sieh nach, ob der Vater etwas braucht!« befahl sie der mittleren Tochter. Die kam und mußte ebenfalls einen Blick unter die Joppe werfen. Was sie da sah, gefiel ihr nicht besser als ihrer Schwester. »Welch ein widerliches Untier!« meinte sie nur. Auch auf ihre Geschichte konnte sich die Mutter keinen Reim machen. Zuletzt schickte sie ihre jüngste Tochter, die am verständigsten von den dreien war. Wie jene den Kopf zu Gesicht bekam, lachte sie vor Freude. Ach Papa, wie niedlich. Was für schöne Hörner, was für ein lustiger Schnauzbart!« Dabei begann sie, das weiche Fell zärtlich zu kraulen.

Der Büffelkopf brummte behaglich vor sich hin, dann tat er das Maul auf: »Mein liebes Kind, du sollst mit mir gehen. Ich werde dein Glück machen.«

»Wenn mein Vater es erlaubt, will ich es gerne tun.«

Der hatte nichts dagegen einzuwenden. Bald darauf spazierte der Kopf auf seinen langen Hörnern davon, während die Bauerstochter lustig hinter ihm hersprang. Er führte sie in den Wald, wo auf einer Lichtung eine Steinplatte lag. Die schob er mit den Hörnern beiseite. Eine lange Treppe kam zum Vorschein. Er kullerte die Stufen hinunter und rief: »Nun steig herab, aber zieh deine Holzschuhe aus, die Tritte sind aus Glas.« Das Mädchen tat wie geheißen und fand eine schön eingerichtete Behausung vor. Darinnen wohnte sie fortan mit dem sonderbaren Wesen. Es lehrte sie kochen, waschen und putzen, aber auch lesen und schreiben. Kurzum alles, was im Leben von Nutzen ist. Bald nannte sie ihren Lehrmeister nur noch ihr »Mütterchen«, denn eine leibhaftige Mutter hätte nicht besser sein können.

Die Jahre vergingen, und das Bauernkind wuchs zu einer hübschen jungen Frau heran. Eines Abends saßen die zwei beieinander, da klopfte es oben an der Steinplatte. Das Mädchen stieg hoch und öffnete. Draußen in der Dunkelheit stand ein fremder Mann, der vom Regen völlig durchnäßt war.

»Verzeiht die Störung. Das Unwetter hat mich hierherverschlagen. Ich habe meine Jagdgefährten aus den Augen verloren.«

»Wer seid Ihr?«

»Ich bin der Sohn des Königs. Darf ich um eine Herberge bitten?«

Der vornehme Gast wurde freundlich empfangen. Man trocknete seine Kleider, setzte ihm etwas Gutes zu essen vor, und am Ende bekam er auch noch ein bequemes Bett für die Nacht. Bei alledem umsorgte ihn das Mädchen so rührend, daß es nicht lange dauerte, bis er sich in sie verliebte. Am nächsten Tag sagte er: »Du gefällst mir. Ich will dich als meine Frau heimführen.«

»Da muß ich vorher mein Mütterchen fragen.«

Der Büffelkopf wollte seinem Schützling nicht im Weg stehen. »Ich habe mein Versprechen gehalten und dir zu deinem Glück verholfen. Nun sei du auf der Hut. Erweise dich nicht als undankbar. Wenn er dir gefällt, so nimm ihn.«

Das tat er allerdings, und die beiden versprachen auf der Stelle einander die Ehe. Der Königssohn ritt nach Hause zurück, um innerhalb von sieben Tagen seine zukünftige Gemahlin mit großem Gefolge abzuholen. Währenddessen sollte das Mädchen ihre Aussteuer bereitmachen, die im übrigen von beträchtlichem Umfang war.

»Hüte dich davor, auch nur eine einzige Sache zu vergessen«, warnte das Mütterchen. »Ansonsten könnte es dir schlecht ergehen.«

Das Mädchen hörte kaum hin, so beschäftigt war sie mit ihren Vorbereitungen. Am siebten Tag traf der Prinz mit einem festlichen Troß aus Rittern, Hofdamen und Dienern ein. Die Aussteuer wurde verladen, und fort ging es in Richtung der Hauptstadt. In ihrer Aufregung aber hatte die junge Frau sich weder bei ihrem Wohltäter bedankt noch geziemend von ihm verabschiedet. Selbst der Eingang zu der unterirdischen Behausung blieb weit offenstehen.

Man hatte erst eine kurze Strecke zurückgelegt, da schlug sich die Braut plötzlich mit der Hand vor die Stirn. »Um Himmels willen, ich habe meinen Kamm vergessen! Wir müssen umkehren.«

»Deinen Kamm?« lachte der Königssohn. »In meinem Palast gibt es genug davon.«

»Ich bitte dich, laß anhalten«, beschwor sie ihn. »Sonst gibt es ein Unglück.«

Der ganze Zug kam zum Stehen. Das Mädchen ritt zu der Stelle hin, wo die Steinplatte immer noch geöffnet lag. Sie eilte die gläserne Treppe hinab und durchstöberte hastig alles nach dem vergessenen Kamm. Gerade hatte sie sich am Toilettentisch zu schaffen gemacht, als sie mit einem Schrei des Entsetzens zurückfuhr. Anstelle des eigenen Gesichts blickte ihr aus dem Spiegel eine gehörnte Büffelkuh entgegen. »Mütterchen, hilf mir, ich flehe dich an!« rief sie ganz außer sich. »Wie soll ich so die Frau eines Prinzen werden?«

»Undankbar und unachtsam gegen alle Dinge bist du gewesen«, erwiderte eine unsichtbare Stimme. »Dies soll deine Strafe sein.«

Das Mädchen blickte sich um. Auf dem Tisch lag ein seidener Schleier. Den warf sie sich über und ritt zurück. Sie entschuldigte sich mit einem Unwohlsein und nahm in einer geschlossenen Kutsche Platz.

In der Residenz dauerte es nicht lange, bis der Königssohn hinter das Verhängnis kam. Von Stund an hielt er die Braut in einem geheimen Gemach verborgen. Bei Hofe erklärte man sich dieses Betragen mit seiner großen Eifersucht. Er selbst hingegen war traurig und niedergedrückt vor Kummer.

»Warum jagst du die häßliche Kuh nicht einfach zum Teufel?« fragte die Mutter.

»Ich habe mich ihr versprochen. Das Wort eines Königssohns gilt.«

»Ich will dir einen Vorschlag machen. Such dir die zwei schönsten Hofdamen aus. Dann laß den beiden wie auch jenem mißgestalteten Geschöpf ein Pfund Flachs geben. Welche daraus binnen sieben Tagen das schönste Leinen webt, die soll deine Frau werden.«

So geschah es. Die drei gingen fleißig ans Werk – allein, die Braut brachte die ganze Woche hindurch nichts Rechtes zustande. Sie saß nur da und beklagte ihr bitteres Schicksal. Am Sonntag aber floh sie heimlich zu ihrem Mütterchen in den Wald hinaus. »Ich bitte dich um deine Hilfe! Von der glücklichsten aller Frauen bin ich zur unglücklichsten auf Erden geworden.«

»Von mir hast du nicht viel zu erwarten«, erwiderte der Büffelkopf. »Ich kann dir nur diese Nuß geben. Und nun geh!«

Damit mußte sie zufrieden sein. Am Montag prüfte die

Königin zuerst die Arbeiten der Hofdamen – allein, keine fand Gnade vor ihren Augen. »Da sind Fehler drin«, hieß es, oder: »Das ist nicht gleichmäßig gewebt.« Wie nun die Reihe an der Braut war, nahm diese einfach ihre Nuß zur Hand. Die sprang auf, und eine Lage feinstes, makelloses Leinen kam daraus hervor. An der Siegerin bestand kein Zweifel, dennoch meinte der Prinz: »Selbst für den schönsten Stoff der Welt will ich keinen Kalbskopf zur Frau haben. Mutter, gib ihnen noch eine andere Aufgabe.«

»Alle drei sollen in sieben Tagen ein leinenes Hemd nähen«, entschied die Königin. »Diejenige, welche das beste Stück macht, wirst du heiraten.«

Die Frauen nahmen Nadel und Faden zur Hand, der Braut indessen wollte abermals nichts gelingen. Wieder floh sie am Sonntag zu ihrem Mütterchen. Dort wurde sie ziemlich kurz abgefertigt und erhielt lediglich eine kleine Haselnuß, die sie am nächsten Morgen mitbrachte. Die Hofdamen legten ihre Arbeit vor. Die Haselnuß aber brach entzwei. Heraus kam ein Hemd, das war so fein genäht, daß man die Stiche mit bloßem Auge kaum mehr zu erkennen vermochte. Wiederum konnte es keinen Zweifel daran geben, wer die Probe bestanden hatte.

»Auch für das schönste aller Hemden will ich mein Leben nicht mit einem Kalbskopf verbringen!« rief der Bräutigam. »Ich bitte dich, Mutter, laß dir noch etwas einfallen.«

»Gut, mein Sohn«, erwiderte die Königin. »Die drei sollen sich tüchtig herausputzen. Welche von ihnen in sieben Tagen die Schönste ist, die wird deine Gemahlin sein.«

Die Hofdamen ließen die geschicktesten Schneider und

Perückenmacher kommen. Jene mußten sie nach der neuesten Mode frisieren und einkleiden. Der gehörnten Braut war dies vollkommen zuwider. Sie lief hinaus zum Mütterchen, wo sie ein letztes Mal um Beistand bat. »Verzeih mir das Unrecht, das ich dir angetan habe. Ich will auch gar keine Königin mehr werden. Gib mir nur mein natürliches Aussehen zurück. Laß mich wieder die arme Bauerstochter sein, die ich einst gewesen bin.«

»Deine Reue ist aufrichtig«, befand der Büffelkopf. »Deshalb soll dir vergeben sein. Geh deinen Kamm suchen.«

Das Mädchen durchstöberte ihre Truhe. Sie fand den Kamm darinnen, richtete sich auf und stieß einen Freudenschrei aus. Denn aus dem Spiegel blickte ihr das eigene vertraute Gesicht entgegen. Nur noch viel liebreizender als vordem. Sie lief zu ihrem Mütterchen hin, das küßte und herzte sie unter Tränen. Dann eilte sie fort zum Schloß des Prinzen. Dieses Mal jedoch versäumte sie es nicht, besagten Stein an seinen richtigen Platz zu schieben.

Eine solche Braut brauchte keine kostbaren Gewänder. Als sie vor den Thron trat, mußten sich die zwei Rivalinnen auf der Stelle geschlagen geben. Der Königssohn aber rief: »Das ist das Mädchen, welches mich in jener Sturmnacht so getreulich umsorgt hat. Sie allein soll meine Frau sein.«

Binnen kurzem wurde das Hochzeitsfest gefeiert, und die beiden lebten glücklich miteinander bis an ihr seliges Ende.

Die Ohrfeige des Teufels

In der Gegend von Empoli saß einmal am Allerheiligen-abend eine Bauernfamilie ums Feuer zusammen. Der Sohn Giovanni hatte auf seiner Ziehharmonika gespielt. Nun stand er auf. »Ich will mir ein wenig die Beine vertreten.«

»Weißt du denn nicht, daß man in dieser Nacht das Haus nicht verläßt?« fragte die Mutter.

Der Bursche hörte gar nicht hin. Er nahm sein Instrument und spazierte über die Felder. Inzwischen war es bereits dunkel geworden. Plötzlich tauchte auf dem Weg vor ihm eine vierspännige Kutsche auf. Darin saßen drei vornehme Herren, ganz in Schwarz gekleidet. Man ließ anhalten, und einer von ihnen fragte: »Willst du die Musik auf unserem Ball machen? Es soll dein Schaden nicht sein.«

Giovanni, dem nichts so sehr fehlte wie das liebe Geld, faßte sich ein Herz: »Wenn Ihr mir vier Goldstücke geben wollt, dann stehe ich gerne zu Euren Diensten.«

»Abgemacht. Sitz auf!«

Er nahm neben dem Kutscher Platz. Fort ging's im Sauseschritt zu einem hell erleuchteten Palast, dessen Tore von unsichtbarer Hand geöffnet wurden. Der Bauernsohn fand sich in einem festlich geschmückten Ballsaal wieder. Dort hatte sich eine große Anzahl schöner Frauen in kostbaren Gewändern versammelt. Sie begannen sogleich zu tanzen, als er seine Musik anstimmte.

Während einer Atempause saß der Spieler ganz versunken in den Anblick der hübschen Tänzerinnen. Da bemerkte er im Fenster zu seiner Seite etwas, das ihm das Blut in den Adern gefrieren ließ. Es war das Gesicht seines verstorbenen Oheims.

»Aber Onkel«, stammelte Giovanni. »Du hier?«

»Ich schaue dem Tanz der toten Seelen zu.«

»Wo bin ich?«

»Wirf einen Blick aus dem Fenster.«

Der Bursche sah nach draußen. Ganz deutlich vermochte er die gehörnten Teufel zu erkennen, wie sie mit rotglühenden Gabeln die Verdammten in den ewigen Abgrund schaufelten. Dabei stiegen ihm vor Angst die Haare zu Berge.

»Wie komme ich hier wieder heraus?«

»Wenn es ans Bezahlen geht, so wird man dir Gold in Hülle und Fülle bieten. Aber hüte dich! Nimm nur das, was du dir ausbedungen hast. Dann kannst du diesen Ort verlassen.« Im nächsten Augenblick war die Erscheinung verschwunden.

Der Bauernsohn spielte, bis ihm beinahe die Augen zufielen. Eine dunkle Gestalt trat auf ihn zu: »Komm und empfange jetzt deinen Lohn.«

Er wurde in einen Raum geführt, wo Gold und Edelsteine in großen Haufen am Boden lagen. »Nimm dir, soviel du willst«, sagte sein Begleiter.

»Gebt mir, was mir zusteht«, erwiderte Giovanni. Er erhielt die vier Goldstücke.

Im nächsten Augenblick verspürte er einen heftigen Schlag und einen brennenden Schmerz im Gesicht, der ihn die Besinnung verlieren ließ. Als er wieder zu sich kam, lag er draußen auf dem offenen Feld. Ringsumher herrschte stockfinstere Nacht.

Der Bursche brauchte ziemlich lange, um den Weg nach Hause zu finden. Das Ganze erschien ihm zuerst nicht mehr als ein schlimmer Traum. Allein, die erschrockene Mutter belehrte ihn rasch eines Besseren. Sie führte ihn vor den Spiegel. Da sah er die feuerrote Narbe auf seiner Wange. Die Kralle des Teufels hatte ihm ein böses Andenken hinterlassen.

Rache ist süß

Es lebte einmal ein Mann mit Frau und Tochter. Die Frau wurde sehr krank. Als es ans Sterben ging, nahm sie ihm ein letztes Versprechen ab: »Wenn du dich wieder verheiratest, so darf es nur diejenige sein, an deren Finger mein Ring paßt.« Er versprach's, und wenig später verstarb sie.

Kaum war die Zeit der Trauer verstrichen, da machte sich der Mann auf die Suche nach einer neuen Frau. Allein, keiner einzigen wollte der schöne Ring passen. Darüber wurde der Mann so zornig, daß er ihn zu guter Letzt in den Kohlenkasten warf. Dort fand ihn eines Tages seine Tochter. Sie streifte ihn über, und er saß wie angegossen. Von nun an sah der Vater das Mädchen mit anderen Augen. Er entbrannte in Begierde nach ihr und setzte alles daran, sie zu seiner Frau zu machen. Die Tochter floh vor seinen Nachstellungen in die Obhut einer guten Fee.

»Sag ihm, er soll dir ein Kleid aus goldenen Glöckchen schenken«, riet ihr diese, »erst dann wirst du ihm zu Willen sein.«

Mit der Hilfe eines Zauberers schaffte der Vater das Kleid herbei.

»Nun verlange ein Kleid aus goldenen Fischen von ihm«, empfahl die weise Alte. Die zweite Bedingung wurde ebenfalls erfüllt. Als drittes mußte der Vater ein Kleid aus leuchtenden Sternen bringen, doch auch ein solches war rasch zur Stelle. Selbst den geforderten hölzernen Kreisel, in welchem ein ausgewachsener Mensch Platz fand, lieferte der Magier im Handumdrehen. Daraufhin wurde der Hochzeitstag festgelegt.

In der Nacht zuvor nahm das Mädchen den Stab, den ihr ihre Beschützerin geschenkt hatte. Damit zauberte sie sich in den Kreisel hinein und tanzte davon. Weit weg in die entferntesten Gegenden. Die Leute verwunderten sich sehr über das seltsame Ding, das sich wie von Geisterhand übers Land bewegte. Darauf aber stand geschrieben, daß es demjenigen gehören solle, der es zu sich nahm. Ein reicher Conte ließ den Kreisel in sein Schloß bringen. Dort kam das Mädchen aus ihrem Versteck hervor und trat als einfache Küchenmagd in seine Dienste.

Eines Tages fuhr der Graf auf einen Ball. Das Mädchen bat ihn, sie mitzunehmen, er aber wies sie zurück. Da nahm sie die Kohlenzange und zwickte ihm damit ins Knie. Nachdem der Herr fort war, zauberte die Küchenmagd eine prächtige Kutsche mit zwei Pferden herbei und für sich selbst das Kleid aus goldenen Glöckchen. So aufgeputzt, traf sie auf dem Ball ein. Der Graf tanzte mit ihr, ohne sie zu erkennen. Er verliebte sich heftig in sie. Spät in der Nacht bot er ihr seine Begleitung an. Sie nahm ihn mit bis zu ihrer Kutsche, stieg ein und war wie vom Erdboden verschluckt.

Als der Conte zum nächsten Ball ging, wollte die Magd auch wieder mit. Sie erhielt den gleichen Bescheid. Zur Antwort versetzte sie ihm einen Schlag mit dem Kehrbesen. Geradewegs auf die Stelle, wo es den Männern am meisten weh tut. Kaum war er gegangen, da zauberte sie eine Kutsche mit vier Pferden sowie das Kleid aus goldenen Fischen herbei. Auch in jener Nacht tanzte der Graf ausschließlich mit der geheimnisvollen Fremden, bis sie sich vor seinen Augen in nichts auflöste.

Nach dem zweiten kam der dritte Ball. Alles war wie vordem, nur daß diesmal die Kohlenschaufel den Conte an der besagten Stelle traf. Die Küchenmagd fuhr jetzt im Sechsspänner vor. Dazu trug sie das Kleid aus leuchtenden Sternen. Der verliebte Graf begleitete am Ende seine Tänzerin hinaus, wo er von ihrer Kutsche einfach über den Haufen gefahren wurde.

Darüber war ihm die Lust am Tanzen gründlich vergangen. Er saß nur noch verdrießlich im Schloß herum und schenkte seiner Küchenmagd nicht die geringste Beachtung. Die aber täuschte eine schwere Erkrankung vor, um ihn in ihre Kammer zu locken. Als er eintrat, stand sie in ihrer ganzen Schönheit vor ihm. Er erkannte sie, schwor ihr seine Liebe und nahm sie auf der Stelle zur Frau.

Eins, zwei, keine,
das war meine,
jetzt kommt deine.

Petruzzo

Es lebten einmal ein Mann und seine Frau, die hatten einen einzigen Sohn. Den nannten die Leute nur Petruzzo, was soviel wie nichtsnutziger Bengel bedeutet. Eines Tages wurde der Mann ernstlich krank. Man rief einen Arzt herbei, der dem Patienten eine kräftige Kohlsuppe verordnete.

»Petruzzo«, sagte die Mutter, »lauf in den Garten und hol einen Kohlkopf für deinen kranken Vater.«

»Ich will nicht«, bekam sie zur Antwort.

»Stock«, sagte die Mutter, »schlag den Petruzzo, der den Kohl für seinen kranken Vater nicht holen will.«

»Ich mag nicht schlagen«, sagte der Stock.

»Feuer«, sagte die Mutter, »verbrenne den Stock, der den Petruzzo nicht schlägt, der den Kohl für seinen kranken Vater nicht holen will.«

»Ich mag nicht brennen«, sagte das Feuer.

»Wasser«, sagte die Mutter, »lösche das Feuer, das den Stock nicht verbrennt, der den Petruzzo nicht schlägt, der den Kohl für seinen kranken Vater nicht holen will.«

»Ich mag nicht löschen«, sagte das Wasser.

»Ochse«, sagte die Mutter, »trink das Wasser, das das Feuer nicht löscht, das den Stock nicht verbrennt, der den Petruzzo nicht schlägt, der den Kohl für seinen kranken Vater nicht holen will.«

»Ich mag nicht trinken«, sagte der Ochse.

»Strick«, sagte die Mutter, »binde den Ochsen, der das Wasser nicht trinkt, das das Feuer nicht löscht, das den Stock nicht verbrennt, der den Petruzzo nicht schlägt, der den Kohl für seinen kranken Vater nicht holen will.«

»Ich mag nicht binden«, sagte der Strick.

»Maus«, sagte die Mutter, »zerbeiß den Strick, der den Ochsen nicht bindet, der das Wasser nicht trinkt, das das Feuer nicht löscht, das den Stock nicht verbrennt, der den Petruzzo nicht schlägt, der den Kohl für seinen kranken Vater nicht holen will.«

»Ich mag nicht beißen«, sagte die Maus.

»Katze«, sagte die Mutter, »friß die Maus, die den Strick nicht zerbeißt, der den Ochsen nicht bindet, der das Wasser nicht trinkt, das das Feuer nicht löscht, das den Stock nicht verbrennt, der den Petruzzo nicht schlägt, der den Kohl für seinen kranken Vater nicht holen will.«

Da sagte die Katze: »Ich fresse.«

Da sagte die Maus: »Ich beiße.«

Da sagte der Strick: »Ich binde.«

Da sagte der Ochse: »Ich trinke.«

Da sagte das Wasser: »Ich lösche.«

Da sagte das Feuer: »Ich brenne.«

Da sagte der Stock: »Ich schlag den Sohn.«

Da sagte Petruzzo: »Ich geh ja schon.«

Bellinda

In Livorno lebte vor Jahren ein Kaufmann, der hatte drei Töchter. Assunta und Calorina, die beiden älteren, waren faul und eingebildet, während Bellinda, die jüngste, ein bescheidenes, fleißiges Mädchen war. Ihren alten Vater liebte sie von ganzem Herzen.

Eines Tages kam der Kaufmann mit einer schlechten Nachricht vom Hafen zurück: »Ein Unglück ist geschehen. Mein Schiff ist mitsamt der wertvollen Ladung untergegangen. Nun habe ich beinahe alles verloren.«

Die älteren Schwestern stimmten sogleich ein lautes Wehklagen an. Bellinda hingegen meinte: »Was ereifert ihr euch? Wir sind jung und gesund. Dann werden wir unser Brot eben selber verdienen. Gräme dich nicht zu sehr, Väterchen.«

Assunta und Calorina gefiel diese Aussicht nicht im mindesten. Der schöne Palazzo in der Stadt mußte aufgegeben werden. Das verbleibende Geld reichte gerade noch für ein bescheidenes Häuschen draußen vor den Toren. Einige Wochen später erfuhr der Kaufmann, daß sein Schiff gar nicht gesunken war. Es hatte, vom Sturm schwer beschädigt und nur noch mit halber Fracht, Livorno erreicht.

»Ich muß zum Hafen«, sagte er zu seinen Töchtern. »Was soll ich euch mitbringen?«

Assunta wollte ein himmelblaues, Calorina ein pfirsich-farbenes Kleid. Bellinda sagte: »Ich wünsche mir nichts als einen frischen Rosenzweig, lieber Vater.« Die Schwestern verspotteten sie wegen ihrer Bescheidenheit.

Am nächsten Tag ließ der Kaufmann seine Waren in einem Magazin einlagern. Anschließend kaufte er die Klei-der und ritt aus der Stadt. Dabei hing er so sehr seinen Ge-danken nach, daß er gar nicht bemerkte, wie sein Pferd vom Weg abkam. Am Ende befand er sich mitten in einem dichten Wald. Je mehr er sich bemühte, da wieder heraus-zukommen, desto tiefer geriet er hinein. Zu guter Letzt ge-langte er vor einen großen Garten, in dem ein prächtiger Palast stand. Inzwischen war es dunkel geworden, und alle Fenster erstrahlten in hellem Licht.

»Vielleicht kann mir hier jemand weiterhelfen«, dachte der Kaufmann. Er betrat den Palast, doch nichts regte sich darinnen. Eine tiefe Stille lag über allen Dingen. In einem der Räume stieß er auf eine reichlich gedeckte Tafel. Hung-rig, wie er war, setzte er sich nieder und begann zu essen. Dabei ging es recht wunderlich zu. Wann immer nämlich ein Teller leer war, so setzten ihm unsichtbare Hände den nächsten vor. Auch sein Glas wurde auf dieselbe Weise stets von neuem gefüllt. Gut essen und trinken macht müde. Daher beschloß er, sich ein Bett zu suchen. Dies fand er auch glücklich in einem anderen Gemach, kroch unter die Decke und schlief ein.

Am nächsten Morgen wollte der Kaufmann den seltsa-men Ort schleunigst verlassen. Sein treues Pferd stand fein säuberlich gestriegelt im Stall. Dort tat es sich an dem fri-schen Heu gütlich, das man ihm vorgeworfen hatte. Er saß auf, da fiel sein Blick auf einen blühenden Rosenstrauch im Park. Im gleichen Atemzug erinnerte er sich an den Wunsch seiner jüngsten Tochter. Vorsichtig brach er mit bloßer Hand ein Zweiglein herunter. Was daraufhin geschah, hätte beinahe sein Herz stillstehen lassen. Ein dumpfes Poltern ertönte, und aus dem Rosenstrauch heraus trat ihm ein furchterregendes, mißgestaltetes Wesen entgegen. Häßlich wie der Teufel, mit ebensolchen feurig glühenden Augen. »Ich, der Herr dieses Schlosses, bin ein mächtiger Zauberer. Du Elender aber hast meine Gastfreundschaft schmählich entlohnt und meine Rosen geschändet. Dafür bezahlst du mir mit deinem Leben.«

Der Kaufmann zitterte an allen Gliedern: »Verzeiht mir«, stammelte er. »Ich tat es allein meiner Tochter Bellinda zuliebe, der ich es in die Hand versprochen habe. Sie ist die Freude meines Alters.«

In hastigen Worten berichtete er, was es mit dem Geschenk auf sich hatte.

»Ich sehe, du bist ein ehrlicher Kerl«, brummte der greuliche Mann. »Ich will dich deshalb verschonen, doch nur um den Preis, daß du mir binnen acht Tagen deine Tochter bringst. Sie wird für immer bei mir bleiben. Wenn sie nicht kommt, bist du unweigerlich verloren.«

Ihr könnt euch sicher vorstellen, mit welchen Gefühlen der Vater nach Hause ritt. Assunta und Calorina reagierten höchst ungehalten auf seinen Bericht. Sie überhäuften Bellinda mit Schelte wegen ihrer Unbescheidenheit. »Laßt es gut sein«, erwiderte die Schwester. »Ich habe mir das Zweiglein gewünscht, also werde ich auch die Folgen auf mich nehmen.«

Gegen Ende der Frist brachte der Kaufmann seine Tochter schweren Herzens in den Wald hinaus. Wieder war in dem Palast keine Menschenseele anzutreffen. Nachdem Bellinda den Vater endlich zum Abschied genötigt hatte, sah sie sich erst einmal um. Die Gemächer lagen in tiefer Stille, und dennoch schien ihr Empfang aufs beste vorbereitet. Die Tafel war reichlich gedeckt, ein frisch bezogenes Bett stand bereit. Das Mädchen nahm zum Abendessen Platz. Im gleichen Augenblick ertönte ein dumpfes Poltern. Der Herr des Schlosses betrat den Raum. Häßlich und furchterregend, wie ihn der Kaufmann beschrieben hatte. »Hab keine Angst!« sprach er mit rauher Stimme. »Du wirst hier alles zu deiner Zufriedenheit finden.«

Fortan lebte Bellinda in dem verwunschenen Palast, und es erging ihr nicht schlecht dabei. Selbst der Zauberer verlor mit der Zeit seinen Schrecken. Sie mochte ihn immer besser leiden, doch wenn er sie fragte, ob sie seine Frau werden wolle, da gab sie ihm stets die gleiche Antwort: »Nein, das kann ich nicht.«

Nach einigen Monaten erhielt Bellinda die Einladung zur Hochzeit ihrer Schwester Assunta mit einem Holzfäller. »Du darfst gerne hingehen«, erwiderte der Zauberer auf ihre Frage. »Aber wenn du binnen acht Tagen nicht zurück bist, werde ich mit Gewißheit sterben. Als Hochzeitsgeschenk magst du mitnehmen, was dir gefällt. Stell den Koffer heute nacht neben dein Bett.«

Das Mädchen packte seidene Kleider, feine Wäsche, Schmuck und Geld ein. Sie gab ihm ihr festes Versprechen, nicht länger als die besagte Frist fernzubleiben. »Hier, nimm dieses Kleinod zur Erinnerung«, sagte er und reichte ihr einen kostbaren Ring. »Wenn sich der Stein trübt, so steht es schlecht um mich. Dann mußt du auf der Stelle kommen.«

Am nächsten Morgen fand sich Bellinda mitsamt dem Koffer im Haus ihres Vaters wieder. Der alte Kaufmann war überglücklich, und im Kreis der Familie wurde die Hochzeit gefeiert. Wie aber die Schwestern sahen, welche Kostbarkeiten Bellinda mitgebracht hatte, da erwachte der Neid in ihren Herzen. Sie stahlen den Ring und gaben ihn erst am siebten Tag wieder heraus. Der Edelstein darauf hatte sich bereits eingetrübt. Bellinda eilte mit bangem Herzen in den Wald hinaus. Den Zauberer fand sie erst nach längerem Suchen krank und blaß in einem Sessel sitzen. »Es ist gut, daß du gekommen bist«, sagte er mit schwacher Stimme. »Ich bin sehr krank gewesen.«

Die Gegenwart des Mädchens verlieh ihm jedoch neue Kräfte. Er wurde wieder gesund, und das Leben im Schloß nahm seinen gewohnten Gang.

Ein paar Monate später kam die Nachricht von der bevorstehenden Hochzeit der zweiten Schwester. Bellinda durfte in gleicher Weise daran teilnehmen. Sie hatte sich vorgenommen, dieses Mal besser aufzupassen. Es sollte ihr aber nicht viel nützen, waren doch Assunta und Calorina noch um einiges mißgünstiger geworden. Die mittlere Schwester hatte auch nur einen armen Teufel zum Heiraten gefunden, die älteste wurde wegen ihrer Faulheit tagtäglich von dem Holzfäller geprügelt. Die beiden entwendeten den Ring erneut. Erst auf die Strafandrohung des Vaters hin rückten sie ihn am achten Tag wieder heraus. Inzwischen hatte sich der Stein ganz dunkel gefärbt. Bellinda geriet darüber in tiefe Bestürzung. Sie ließ alles stehen und liegen und eilte in den Palast zurück. Dort durchsuchte sie jedes Gemach einzeln, der Zauberer jedoch war nirgendwo anzutreffen. Nach Stunden fand sie ihn schließlich, starr und bewegungslos unter dem Rosenstrauch im Garten liegen. Sie lief herzu, schlang die Arme um ihn und rief unter Tränen: »Heilige Madonna, laß ihn nicht sterben! Wenn er wieder zum Leben erwacht, will ich seine Frau werden.«

Kaum hatte sie dies gesagt, da hielt sie anstatt des häßlichen Zauberers einen hübschen jungen Mann in den Armen. Der lächelte sie an und sprach: »Deine Liebe hat mich von einem bösen Fluch erlöst. Ich bin der Sohn eines Königs. Zum Dank dafür nehme ich dich zu meiner Gemahlin.«

Dagegen hatte die gute Bellinda nichts einzuwenden. Bald darauf war sie eine strahlende Königin, mit einem beinahe ebenso glücklichen alten Vater an ihrer Seite. Die beiden boshaften Schwestern aber bekamen von dem ganzen Segen überhaupt nichts ab.

Die drei Zypressen

Es war einmal ein Mann, der hatte drei Söhne. An dem Weg, der zu seinem Haus führte, standen drei schöne Zypressen, welche der jüngste Bruder immer recht sorgsam behütet hatte. Als er nun zu den Soldaten mußte, bat er den Vater, die Bäume in der Nacht zu bewachen, damit sie nicht von dem bösen Zauberer gestohlen würden.

Die erste Wache übernahm der älteste Bruder, doch irgendwann fielen ihm die Augen zu. Der Magier kam lautlos herbei und trug eine Zypresse davon. Als der Bursche am nächsten Morgen sah, was geschehen war, geriet er in große Angst: »Heilige Madonna, steh mir bei! Der Vater wird mich gewiß totschlagen, wenn er es erfährt.«

Unsere Liebe Frau hatte Erbarmen mit ihm. Sie stieg vom Himmel herab, begleitete ihn zum Vater und konnte dessen Nachsicht erwirken. Dem zweiten Bruder erging es nicht besser auf seiner Wache. Der Schlaf übermannte ihn, und am Morgen stand nur noch eine einzige Zypresse da. Groß war sein Schrecken – allein, auch er kam dank unserer himmlischen Fürsprecherin ungeschoren davon.

Den jüngsten Sohn indessen hatte es vor lauter Sorge um seine Schützlinge keine drei Tage bei den Soldaten gehalten. Er eilte nach Hause zurück, um noch in der gleichen Nacht die Wache zu halten. Vorsichtshalber nahm er jedoch seine beiden Brüder mit. Die ließ er so lange schlafen, bis es ihm genug erschien. Dann wollte er selbst ein Auge zutun. Zu den anderen sagte er: »Paßt mir nur ja auf! Weckt mich sogleich, wenn ihr etwas Verdächtiges bemerkt!«

Die guten Vorsätze der Brüder hielten nicht lange an. Sie schliefen ein, der Zauberer schlich herzu und trug die letzte Zypresse mit sich fort. Der Jüngste aber hatte ein Geräusch gehört. Er schrak aus seinem unruhigen Halbschlaf hoch, gerade um noch zu sehen, wie sich der Dieb mit seiner Beute davonmachte. Die Brüder waren schnell wach gerüttelt. Fort ging's über Stock und Stein dem flüchtigen Räuber hinterher. Beinahe hatten sie ihn schon eingeholt, als der Magier vor ihren Augen unter eine schwere Steinplatte schlüpfte, die einen tiefen Brunnen bedeckte.

Der jüngste Bruder stieg in den Schacht hinab. Die beiden anderen versprachen, ihn auf sein Zeichen hin wieder nach oben zu ziehen. Am Grund des Wassers fand er einen Schlüssel, der in eine geheime Kammer führte. Dort hielt der Zauberer ein wunderschönes Mädchen versteckt. Die beiden fanden auf den ersten Blick großen Gefallen aneinander. Als Unterpfand ihrer Liebe schenkte das Mädchen ihm ihre kostbare Halskette. Sie wurde als erste befreit. Kaum aber hatten die Brüder die hübsche Jungfrau herausgezogen, da schoben sie den Deckel über die Brunnenöffnung und machten sich mit ihr davon.

Währenddessen saß der Jüngste in dem unterirdischen Gefängnis fest. Durst und Hunger setzten ihm arg zu, bis er zu seiner Freude im Backtrog des Magiers einen dicken Klumpen Fleisch fand. Er schnitt sich eine Scheibe herunter, doch je mehr er schnitt, desto größer wurde das Stück.

Es wuchs nach oben und trug ihn mit sich. Bald konnte er die Steinplatte beiseite schieben und war wieder frei.

Im Gewand eines fahrenden Händlers erschien er kurze Zeit später vor seinen Brüdern. Jenen hatte das Mädchen aus dem Brunnen erklärt, daß sie allein demjenigen angehören wollte, der ihre goldene Halskette besaß. Der Jüngste legte sein Beweisstück vor, um sie auf der Stelle als seine Frau mit sich zu nehmen. Die beiden Älteren aber ließen dies nicht zu. Ein heftiger Streit entbrannte, der um ein Haar zu Mord und Totschlag geführt hätte. Schließlich einigte man sich darauf, daß die schöne Jungfrau den drei Brüdern zu gleichen Teilen gehören sollte. So waren am Ende doch alle zufrieden.

Das Apfelmädchen

Es war einmal eine Königin, die hatte schon lange auf ein Kind gewartet. Eine weise Frau verkündete ihr: »Hoheit, binnen neun Monaten werdet Ihr einen Apfel zur Welt bringen.«

»Einen Apfel!« rief die Königin. »Hast du mir nichts Besseres zu sagen?«

»Ihr müßt Euch einstweilen damit begnügen. Gebt ihm nur den besten Platz auf Eurer Veranda.«

Kurze Zeit später spürte die Königin, daß sie schwanger war. Die Stunde der Geburt kam, und sie schenkte einem Äpfelchen das Leben, frisch und rosig wie vom schönsten Apfelbaum. Der König legte es in eine kostbare goldene Schale, die er an ein behagliches Plätzchen auf der Schloß-veranda stellte.

In der Nachbarschaft wohnte ein anderer König mit seiner Stiefmutter; der hatte einen vertrauten Diener. Als jener am Morgen die Pferde tränkte, sah er auf der Veranda gegenüber ein wunderhübsches Mädchen. Das wusch und kämmte sich. Danach verschwand es sogleich wieder in der goldenen Obstschale. Der Diener lief zu seinem Herrn und erzählte ihm von der Sache. Der mochte es zuerst gar nicht glauben: »Das schaue ich mir selbst an. Wehe dir, wenn du gelogen hast!«

Den folgenden Morgen gingen dem König beinahe die

Augen über. Nackt, wie sie der Herrgott erschaffen hatte, kam die Unbekannte aus dem Apfel hervor, wusch sich, kämmte ihr seidiges Haar und verschwand wieder darinnen. Bei alledem gab sie nicht den geringsten Laut von sich. Der König aber verliebte sich auf der Stelle in sie. Von nun an gab er keine Ruhe mehr. Er bedrängte die Nachbarkönigin so lange, bis sie ihm schließlich gegen einen hohen Preis den geheimnisvollen Apfel überließ, nur, um ihren Frieden zu haben.

Behutsam trug er seinen Schatz ins Schlafzimmer. Er stellte ihn vor seinem Bett auf und brachte jeden Tag frisches Wasser. Von Stund an gab es für ihn nichts Schöneres mehr, als hinter verschlossenen Türen dem Apfelmädchen bei ihrer Morgentoilette zuzuschauen.

Eines Tages mußte der König in den Krieg ziehen. »Du stehst mir gerade dafür, daß sie immer sauberes, frisches Wasser hat«, befahl er seinem Diener. »Wenn etwas schiefgeht, kostet es dich deinen Kopf.« Dann brach er auf.

Die Stiefmutter des Königs war über dessen wunderliches Betragen sehr neugierig geworden. »Ich fühle mich so allein«, sagte sie zu dem Diener. »Ich möchte, daß du mit mir zu Abend speist.«

»Aber Hoheit, wie könnte ich das tun?« gab der zur Antwort. »Ich bin nur ein einfacher Mann.«

»Schweig!« fuhr sie ihn an. »Keine Widerrede! Ich will es so.«

»Wenn Ihr es wünscht, Herrin.«

Die beiden aßen zusammen. In einem unbeobachteten Augenblick schüttete die Stiefmutter ein starkes Opium in das Glas des Bediensteten. Als dieser in tiefen Schlummer versunken war, zog sie ihm rasch den Schlüssel zum Schlafzimmer des Königs aus der Tasche. Damit verschaffte sie sich Zutritt zu dem verbotenen Gemach.

Sie sah sich überall um, konnte aber zuerst nichts Besonderes entdecken. Dann fiel ihr Blick auf den Apfel in der goldenen Schale. Kurzerhand zog sie ihren Dolch aus dem Gürtel und schnitt ihn in zwei Hälften. Erschrocken fuhr sie zurück, als daraus rotes Blut hervorquoll. Sie eilte aus dem Zimmer, steckte dem schlafenden Diener den Schlüssel wieder in die Tasche und verschwand.

Als dieser am nächsten Morgen das ganze Schlafzimmer voller Blut fand, bekam er es mit der Angst zu tun: »O heilige Madonna, was ist hier geschehen? Man wird mich gewiß totschlagen.«

In seiner Not lief er zu der guten Fee, die auch die Sache mit dem Apfel geweissagt hatte, und erzählte ihr, was vorgefallen war. »Hier, nimm dieses Pülverchen«, riet die Alte. »Streue es im Zimmer aus, aber beeile dich. Dein Herr wird noch heute zurückerwartet.«

Der Diener tat wie geheißen. Im selben Augenblick war das Blut verschwunden. Auch der Apfel lag wieder frisch und rund an seinem gewohnten Platz. Am späten Abend betrat der König das Schlafgemach mit den Worten:

»Äpfelchen, mein Äpfelchen,
tat man's dir recht besorgen
am Abend und am Morgen?«

Da sprang der Apfel mitten entzwei. Ein allerliebstes Mädchen trat daraus hervor und sprach: »Deine Stiefmutter hat mich geschändet, dein getreuer Diener hat mich geheilt. Auf den heutigen Tag bin ich achtzehn Jahre alt. Nun ist der böse Zauber überwunden, der mich so lange gefangenhielt. Jetzt will ich deine Frau sein.«

Dem König gefiel dieser Entschluß über alle Maßen. Er ordnete sogleich die Hochzeit an. Noch während man beim Festmahl saß, wurde die Stiefmutter auf der großen Piazza verbrannt.

Auge um Auge

Ein Bauer hatte sich durch sein aufbrausendes Wesen viele Feinde gemacht. Etliche davon lauerten ihm eines Nachts auf und richteten ihn mit Stöcken und Messern so übel zu, daß man ernstlich um sein Leben fürchten mußte. Der Pfarrer wurde geholt, um die Letzte Ölung zu spenden. »Mein Sohn«, mahnte er, »mache deinen Frieden mit allen irdischen Feinden. Du sollst nicht mit Haß im Herzen vor deinen Schöpfer treten.«

»Wenn ich sterben muß, so will ich ihnen verzeihen«, sagte der Bauer. »Wenn nicht, dann werden wir uns in den Bergen wiedersehen.«

»Sündiger Mensch«, rief der Pfarrer. »Hat nicht unser Herrgott noch am Kreuze seinen Häschern vergeben?«

»Der schon«, erwiderte der Bauer. »Aber der ist ja auch gestorben.«

Das Maul zur Unzeit
aufgemacht

Ein junger Hahn war seiner Herrin entlaufen. Nun saß er auf einer Hecke am Waldrand und krähte nach Herzenslust. Da kam der Fuchs herbei und sagte: »Wie schön du singst, kleiner Rotschopf. Mach nur weiter so.« Das gefiel dem Hahn, und er legte sich mächtig ins Zeug. Der Fuchs aber kroch näher heran. »Mir scheint, du singst am besten, wenn du die Augen zumachst und den Hals ganz weit vorstreckst.«

Das ließ sich der Hahn nicht zweimal sagen. Er krähte aus Leibeskräften, daß ihm der Kamm anschwoll und die zusammengekniffenen Augen beinahe aus dem Kopf sprangen. Darauf hatte der Fuchs nur gewartet. Mit einem Satz stürzte er vor, packte den Sänger am Hals und schleppte ihn mit sich fort.

Der bekam es mit der Angst zu tun, schlug mit den Flügeln. Dabei rief er immer wieder, so laut er nur konnte: »Wo bringst du mich hin, wo bringst du mich hin?«

Der Fuchs, welcher ihn zwischen den Zähnen hielt, stieß nur ein unverständliches Gurgeln hervor. Als das Geschrei jedoch nicht enden wollte, tat er schließlich sein Maul auf, um etwas zu sagen. Im nächsten Augenblick war ihm seine Beute entschlüpft und auf einen sicheren Baum geflattert. Von dort oben krähte der Hahn nun munter herunter. Der hungrige Fuchs aber hatte das Nachsehen.

Das Maul zur Unzeit aufgemacht,
hat manchem schon Verdruß gebracht.

Argentofo

Es war einmal ein Mann mit Namen Argentofo, welches soviel wie »Geldsack« bedeutet. Dank seines Reichtums konnte er sich die verrücktesten Launen leisten. Einmal ging er mit dem König einen gefährlichen Handel ein. Wenn es ihm gelingen sollte herauszufinden, was dessen Tochter nachts trieb, so würde er sie zur Frau bekommen. Im umgekehrten Fall stand sein eigener Kopf auf dem Spiel.

Argentofo ließ sich von einem geschickten Schreiner einen Löwen aus Holz zimmern. Der war so groß und hohl, daß ein ausgewachsener Mann darin Platz fand. Den brachte er zu dem König. Jener wiederum schenkte das hölzerne Tier seiner Tochter, die es in ihrem Schlafgemach aufstellte.

Während der folgenden Nächte saß Argentofo nun im Inneren seines Untiers. Er hatte alsbald herausgebracht, daß die Prinzessin immer zur Mitternachtsstunde aufstand. Dann betete sie zum heiligen Augustinus, dem sie ihre Sünden beichtete, um sich das Gewissen zu erleichtern.

Der Mann im Löwenbauch faßte einen Plan. Eines Nachts kletterte er einfach aus seinem Versteck hervor und trat der Königstochter in der Dunkelheit als ihr Bußheiliger gegenüber. Die warf sich inbrünstig vor ihm auf die

Knie. Seine Absolution war von ähnlicher Leidenschaft, so daß die Sache nicht ohne Folgen bleiben konnte. Die Andachtsübungen der beiden gingen eine ganze Zeitlang, bis die Prinzessin schließlich ein Kind erwartete. Der König indessen erwies sich als ein guter Verlierer. Signor Argentofo hatte die Wette gewonnen und erhielt die Hand seiner Tochter.

Wenn hier einer aber unbedingt noch Genaueres wissen will, dann soll er auf das Sprüchlein passen:

> Eng sind die Wege,
> schmal die Gassen.
> Aus dem Ärschlein von dem Naseweis
> wollen wir ein Bettuch fassen.

Einer zuviel

Nahe dem Dorf Brucianese steht ein Felsen, der von alters her als der Wohnsitz der schönen Feen betrachtet wird. Nun lebten in dieser Gegend einmal zwei bucklige Brüder, von denen einer in die Welt hinausziehen wollte, während der andere lieber zu Hause blieb.

Als der Bucklige nun bei Einbruch der Dunkelheit an dem Felsen vorbeikam, wurde ihm angst und bange. Er kletterte auf einen Baum, um dort die Nacht zu verbringen. Schlag zwölf vernahm er plötzlich ein leises Singen, das aus der Tiefe des Felsens hervorzukommen schien:

Samstag und Sonntag,
Sonntag und Samstag,
Samstag und Sonntag...

Der Bucklige hörte eine Zeitlang aufmerksam zu. Dann erschien ihm das Ganze doch etwas dürftig, und er setzte dem Verslein laut vernehmlich das Wörtchen ›Montag‹ hinzu.

Das Echo ließ nicht lange auf sich warten. Die geheimnisvollen Stimmen sangen mit einemmal:

Samstag, Sonntag, Montag,
Samstag, Sonntag, Montag...

Das klang jedenfalls um einiges besser als vordem. Die Sängerinnen selbst waren von der Sache solchermaßen angetan, daß eine von ihnen aus dem Felsen hervortrat und den Buckligen vom Baum heruntersteigen hieß. Ein unsichtbares Tor tat sich vor ihm auf. Da fand er sich inmitten der schönsten Zauberfrauen wieder. Sie befragten ihn danach, ob er einen Wunsch hätte – allein, er antwortete nur: »Ich bin ein armer Mann. Wenn ich mir etwas wünschen soll, so nehmt mir zuerst meinen Buckel ab.«

Kaum hatte er das gesagt, war der häßliche Höcker verschwunden. Die Feen hängten ihn einfach an den Baum, auf dem er gesessen hatte. Der Mann war überglücklich. Er lief nach Hause zu seinem Bruder, dem er alles erzählte.

»Das will ich auch versuchen«, meinte jener. Er ging zu dem Felsen, kletterte auf den Baum und wartete ab. Um Mitternacht erklang es aus dem Innern des Steines heraus:

Samstag, Sonntag, Montag,
Samstag, Sonntag, Montag…

Der Lauscher zögerte nicht lange und fügte dem Liedchen lauthals das Wort ›Dienstag‹ hinzu. Die Feen indessen waren davon nicht im geringsten begeistert. Sie befahlen ihn vom Baum herunter. Dann hielten sie ein Strafgericht über ihn ab. »Du hast unseren Gesang verdorben:

Zur Strafe für die Frevelei,
dir ein zweiter Buckel sei.«

Da wuchs ihm sogleich ein zweiter Höcker. Was konnte er tun? Er trug ihn traurig nach Hause. Aber hatte er denn etwas anderes gemacht als sein Bruder, dem es beileibe um so vieles besser ergangen war?

Liebeshändel

Der König von Portugal hatte einen Sohn mit Namen Pietro. Als der einmal durch die Stadt ritt, stand da in der Tür eines Schusters ein wunderhübsches Mädchen. Mit glänzendem Blondhaar, rosigen Wangen und tiefschwarzen Augen. Er stieg ab, um ihre Bekanntschaft zu machen. Wie es sich nun herausstellte, daß sie neben ihren sonstigen Vorzügen auch noch recht gescheit war, verliebte sich der Prinz auf der Stelle. Er fragte sie geradeheraus, ob sie seine Frau werden wolle.

»Aber Hoheit, Ihr beliebt zu scherzen«, gab ihm das Mädchen zur Antwort. »Das Kind eines armen Flickschusters kann doch wohl nimmermehr Königin werden.«

Er aber ließ nicht ab von ihr. Bis man sich am Ende einander versprochen hatte. Bei Hofe sorgten Pietros Heiratsabsichten für helle Aufregung. »Ein Schustermädchen? Niemals!« rief der König. »Was würden der Adel und das Volk dazu sagen? Wenn du auf deinem Plan bestehst, dann müßt ihr gleich nach der Hochzeit das Land verlassen.«

So geschah es denn auch. Die Trauung wurde in aller Stille vollzogen. Noch am selben Tag brach eine Kutsche in das ferne Paris auf. Mit dem Prinzen, seiner Gemahlin und ihrer Kammerzofe. Gegen Abend fielen die drei Reisenden in einen unruhigen Schlaf. Draußen herrschte dichter

Nebel. Es war so finster, daß man kaum die Hand vor den Augen sehen konnte. Die Kutsche kam in der Dunkelheit vom Weg ab und geriet in einen tiefen Wald. Dann hörte man urplötzlich ein schreckliches Heulen und Kreischen. Pietro fuhr aus dem Schlummer hoch. Er griff nach seinem Degen und stürzte hinaus. Das einzige, was er noch vorfand, waren die Stiefel des Kutschers und die Hufeisen der Pferde. Alles andere hatten die wilden Tiere verschlungen.

Pietro und die beiden Frauen versuchten, zu Fuß weiterzukommen. Doch dies erwies sich in dem dichten Gehölz bald als unmöglich. Man mußte die Nacht in der Kutsche verbringen. Am nächsten Morgen entdeckten sie auf einer Lichtung eine Quelle, die frisches, klares Wasser führte. Der Prinz beugte sich nieder, um sein Gesicht zu waschen. Dabei legte er seinen kostbaren Siegelring neben sich auf einen Stein. Im gleichen Augenblick stieß ein großer Vogel vom Himmel herab, packte den Ring mit dem Schnabel und flog auf einen hohen Baum. Pietro nahm seine Flinte, um den Dieb abzuschießen. Allein, wann immer er gerade anlegen wollte, hüpfte das Tier auch schon flink auf den nächsten Ast. Schuß um Schuß ging daneben. Der Vogel flatterte geschickt von Baum zu Baum, wobei er seinen Verfolger immer tiefer in den Wald hineinlockte. Zu guter Letzt stand Pietro vor einer turmhohen Mauer. Der Räuber flog darüber hinweg und war verschwunden.

Der Prinz mochte den kostbaren Ring auf keinen Fall preisgeben. Sein Blick fiel auf einen gewaltigen Baumriesen, dessen einer Ast die Mauerkrone überragte. Den kletterte er hoch und ließ sich auf der anderen Seite an den langen Zweigen zur Erde hinab. Ein herrlich angelegter Schloßpark lag zu seinen Füßen. Unweit von ihm stolzierte der diebische Vogel munter über den grünen Rasen. Pietro schlich vorsichtig heran, doch das Tier entdeckte ihn rechtzeitig und suchte über die Mauer das Weite. Nun war der Verfolger selbst in Gefangenschaft geraten. Denn wie sehr er sich auch bemühte, von dieser Seite her gab es keine Möglichkeit, an dem glatten Mauerwerk wieder nach oben zu kommen.

Ganz unversehens stand eine dunkle Gestalt vor ihm. Mit Augen, die loderndes Feuer sprühten: »Elender Wicht! Was hast du hier in meinem Garten zu schaffen?«

»Ich bin lediglich gekommen, um zu holen, was mir gestohlen wurde«, gab ihm der Prinz zur Antwort.

Er mußte dem Herrn des Schlosses, einem mächtigen Zauberer, seine Geschichte erzählen.

»Wir wollen sehen, ob du es ehrlich meinst«, sagte derselbe am Ende. »Du magst einstweilen als Gärtner in meine Dienste treten.«

Also übernahm Pietro die Pflege des Gartens. Eines schönen Tages, er war gerade beim Säen, kam der besagte Vogel geradewegs über die Mauer geflogen. Der Königssohn holte rasch seine Flinte herbei. Dieses Mal traf gleich der erste Schuß, und der Räuber stürzte tödlich verwundet zu Boden. Pietro schnitt ihm den Magen auf. Darinnen fand sich der Ring, dessentwegen er so vieles auf sich genommen hatte. Er zeigte ihn dem Zauberer.

»Hier ist der Beweis dafür, daß ich die Wahrheit spreche. Nun bitte ich Euch, gebt mir die Freiheit wieder. Ich sehne mich von Herzen nach meiner lieben Frau.«

»Du kannst hier nicht so einfach fort«, erwiderte der Magier. »Im Wald würden dich im Handumdrehen die wilden Tiere zerreißen.«

»Ich will jedwede Gefahr auf mich nehmen.«

»Ich weiß einen besseren Weg. Immer, wenn draußen auf dem Meer der Sturm tobt, überfluten die Wassermassen das gesamte Land ringsumher. Dabei schwellen die Wogen an bis hinauf zum äußersten Rand der Schloßmauern. Zu solchen Zeiten machen die Schiffe an meinen Zinnen fest, um den Ausgang des Unwetters abzuwarten. Alsdann magst du fragen, ob dich einer mitnehmen will.«

Pietro mußte nicht lange warten. In einer kalten Winternacht brach auf der offenen See ein heftiger Sturmwind los. Er stieg auf einen Turm, schwenkte eine helle Fackel und rief dabei, so laut er nur konnte:

Ihr Männer von dem weiten Meer,
lenkt eure Schiffe zu mir her.

Es kam, wie der Zauberer vorhergesagt hatte. Die Fluten begruben das Land unter sich, während die Wellen gewaltig gegen die Mauerkronen schlugen. Mühsam mußten sich die Schiffe herankämpfen und wurden im Schutze der steinernen Befestigungen vertäut. Dort harrte man geduldig aus, bis sich das Toben der Elemente gelegt hatte. Pietro sprach bei den Kapitänen vor. Einer davon war bereit, ihn nach Spanien mitzunehmen. Als Abschiedsgeschenk erhielt er aus der Schatzkammer des Zauberers eine kunstvoll gearbeitete Geldbörse. Sie besaß die besondere Eigenschaft, daß sie niemals leer wurde.

In der spanischen Hafenstadt nahm der Prinz Quartier in einem behaglichen Gasthaus. Für eine Weile ließ er es sich recht wohl ergehen. Dies hatte er nach den entbehrungsreichen Monaten als einfacher Gärtner ja auch verdient. Nachdem ihm jedoch die Zeit lang wurde, begann er sich nach einer Arbeit umzusehen. Er fand eine Anstellung als Kammerdiener des örtlichen Gouverneurs. Zu seinen Aufgaben gehörte es, dessen Söhne auf ihrem Schulweg zu begleiten. Denen pflegte man stets kleine Geldmünzen mitzugeben, um sie auf den Straßen den armen Bettlern als Almosen zu spenden. Auch Pietro hatte bei solchen Gelegenheiten allzeit eine offene Hand. Allein, dasjenige, was er aus seiner unerschöpflichen Börse hervorholte, übertraf die Gaben der Kinder um ein Vielfaches. Die Kunde hiervon machte im ganzen Volk die Runde. Die Leute begannen zu murren.

»Wie kann es angehen, daß der Lakai mehr an Großmut zeigt als der Herr? Man sieht, welch ein knausriger Geizhals der Statthalter ist. Wir wollen ihn zum Teufel jagen und seinen Posten dem Diener geben.«

Es kam zu einem Aufruhr. Der Gouverneur mußte sich vorsichtshalber in seine Villa vor den Toren der Stadt zurückziehen, während man Pietro zu seinem Nachfolger ausrief. Jener erwies sich indessen als ein äußerst geschickter Mann, der sich mit seiner Freigebigkeit das Wohlwollen der Menschen zu sichern wußte. Selbst der König des Landes vergaß darüber die unziemliche Art und Weise, auf die sein Vertreter zu Amt und Würden gelangt war.

Nun hatte sich die Tochter des vormaligen Gouverneurs in den Prinzen verliebt. Sie gab keine Ruhe, bis er sie endlich heiratete. So bekam der gute Pietro glücklich noch eine zweite Frau hinzu. Aber jetzt kehrt die Geschichte zurück zu der ersteren, die er einst in der Tiefe des Waldes aus den Augen verlor.

Als der Königssohn die Verfolgung des diebischen Vogels aufnahm, rechneten die Braut und ihre Zofe fest mit seiner baldigen Wiederkunft. Wie er aber nach etlichen Stunden nicht zurückkehrte, machten sich die beiden allein auf den Weg. Sie gingen und gingen und erreichten nach vielen Wochen glücklich die Stadt an der Küste, wo auch der verloren geglaubte Bräutigam einen solch steilen Aufstieg genommen hatte. Die zwei fanden Quartier in einer einfachen Herberge. Dort legten sie Männerkleidung an und ließen sich ihre Haare ebenfalls nach Art der Männer schneiden. Alsdann sahen sie sich nach einer Arbeit um, denn das liebe Geld ging ihnen aus.

»Ihr habt ein großes Glück«, sagte man ihnen. »Gerade eben werden ein Koch und ein Kammerdiener für den neuen Gouverneur gesucht.«

Man nahm die beiden in Anstellung. Die Schusterstochter als Koch und die Zofe als Kammerdiener. So taten sie eine Zeitlang unerkannt ihren Dienst.

Eines Morgens sagte der Statthalter zu seiner Frau: »Ich werde heute nicht zum Essen kommen. Ich bin bei Freunden eingeladen.«

»Das trifft sich gut«, erwiderte diese, »dann will ich meinen Vater auf dem Land besuchen. Ich glaube, er braucht etwas Gesellschaft.«

Am gleichen Tag sagte der Koch zu dem Kammerdiener: »Ich muß die Küche wieder einmal gründlich reinigen.

Nimm du einstweilen diesen Ring hier, damit er nicht beschädigt wird. Mein Ehemann hat ihn mir dereinst zur Hochzeit geschenkt.«

Die Zofe steckte den Ring an den Finger. Danach ging sie das Schlafgemach aufräumen. Weil er sie jedoch bei der Arbeit störte, zog sie ihn ab, legte ihn auf den Nachttisch und vergaß ihn dort. Als der Hausherr den Raum betrat, funkelte der Edelstein neben seinem Kopfkissen. Er erkannte ihn sogleich und ließ den Kammerdiener rufen.

»Wie kommt dieser Ring hierher?«

»Mit Verlaub, er gehört Eurem Koch.«

Der mußte auf der Stelle herbei. Es brauchte nicht viele Fragen und Antworten, bis der Gouverneur seine erste Frau in den Armen hielt. So richtig wohl war es ihm allerdings bei der Sache nicht. Die Tochter des Statthalters kam von ihrer Landpartie zurück, und der Ehemann hielt es für das beste, ihr reinen Wein einzuschenken. Also erzählte er seine ganze Geschichte. Sie aber sagte nur: »Ich bin nicht eifersüchtig. Laß uns doch alle drei zusammenbleiben. Warum sollst du statt einer Frau nicht eben zwei haben?«

Die Schusterstochter hatte dagegen auch nichts einzuwenden. Der gute Pietro wußte sich vor Glück kaum zu fassen. Denn was gibt es Schöneres für einen Mann als zweierlei duftende Blumen in seinem Garten? Als nun die Schlafenszeit herankam, fragte er: »Welche von euch will nun heute nacht bei mir liegen?«

»Ich denke, dies ist das Vorrecht deiner ersten Frau«, beschied ihm die zweite. »Ihr habt euch seit langem nicht mehr gesehen.«

So geschah es denn auch. Die Gouverneurstochter aber

wartete eine Zeitlang ab. Dann nahm sie zwei geladene Pistolen, ging in das Schlafgemach und schoß die beiden Liebenden mausetot. Am nächsten Morgen verbreitete sich die Nachricht von ihrer Bluttat wie ein Lauffeuer durch die Stadt. Noch am selben Tag mußte die Mörderin das pechbestrichene Sterbehemd anziehen und auf der großen Piazza in den Flammen des Scheiterhaufens ihr Leben aushauchen.

So hat sich alles zugetragen.
Wem's nicht gefällt,
soll mir was Bess'res sagen.

Eine Riesengeschichte

Es war einmal ein Kaufmannssohn aus Livorno, der erlitt auf einer Handelsreise in die Levante Schiffbruch. All seine Gefährten kamen dabei ums Leben, während er sich als einziger auf eine abgelegene Insel retten konnte. Dort traf er eine alte Frau, die sagte: »Ruh dich nur erst einmal hier aus, mein Söhnchen. Ich will dir ein neues Schifflein verschaffen. Die richtige Mannschaft kriegst du auch dazu.«

Der Kaufmannssohn versank in einen tiefen Schlaf. Kein Wunder nach all den Entbehrungen der Reise. Als er die Augen wieder öffnete, lag da ein schönes Schiff auf dem trockenen Land. Daneben standen sechs ausgewachsene Riesen.

»Dies sind deine Matrosen«, sagte die Alte. »Ein jeder von ihnen besitzt eine ganz besondere Fähigkeit. Der erste säuft wie ein Loch, der zweite ist ein unersättlicher Vielfraß. Der dritte trägt Siebenmeilenstiefel, der vierte hört das Gras wachsen. Der fünfte ist ein geschickter Steuermann, und der sechste beherrscht das Kriegshandwerk besser als ein Admiral. Du wirst sie gewiß gut gebrauchen können. Und jetzt laß dein Schiff zu Wasser.«

Sie reichte ihm eine Keule. Damit versetzte er dem Schiff einen Schlag, daß es wie ein Vogel durch die Lüfte flog und sanft auf den Wellen landete. Dann wurde Abschied genommen.

Der Kaufmannssohn steuerte gen England. Er hatte sich in den Kopf gesetzt, die Tochter des dortigen Königs zu heiraten. Dieser jedoch mochte die Prinzessin nicht so einfach herausgeben. Er beschloß, mit den Fremden eine Probe zu machen. Zunächst mußten sie gegen seine stärksten Kriegsschiffe kämpfen. Das war für die tüchtigen Riesen ein Kinderspiel. Binnen kurzem hatte man die gegnerische Flotte am Meeresgrund versenkt. Danach trank der Säufer ein ganzes Weinfaß leer, während der Nimmersatt seine Fähigkeiten unter Beweis stellte, indem er einen gebratenen Mastochsen verschlang. Nun forderte der Vater für die Heirat auch noch die sofortige Einwilligung des Kaisers von Konstantinopel. Das war so recht nach dem Geschmack des schnellfüßigen Riesen. Er lief gleich hin und kehrte im Handumdrehen mit dem günstigen Bescheid zurück. Wobei sein hellhöriger Genosse ohnehin vorher schon genau wußte, was in dem versiegelten Schreiben zu lesen stand.

So blieb der Königstochter letztlich nichts anderes übrig, als ihr Jawort zu geben. Man fuhr nach Livorno zurück. Die Eltern des Bräutigams und der dortige Herrscher bereiteten der Braut einen prächtigen Empfang. Des weiteren wird berichtet, daß die beiden Eheleute im nachhinein recht gut miteinander ausgekommen sind.

Meine Arbeit ist getan.
Jetzt seid ihr dran,
nun fangt ihr an.

Was man sich nicht wünschen soll

Meo und Mea waren zwei alte Leutchen, die nichts auf der Welt ihr eigen nannten als ein armseliges Häuschen und einen mageren Acker. So lebten sie denn mehr schlecht als recht von den Almosen mildtätiger Nachbarn. Den Großteil der Zeit verbrachten sie an dem kleinen Herdfeuer in ihrer Hütte. Eines schönen Abends saßen die beiden wieder zusammen und beratschlagten, wie es mit ihnen weitergehen sollte.

»Wir haben nur noch einen einzigen Kürbiskern«, sagte Mea.

»Morgen früh werde ich ihn im Garten einpflanzen«, antwortete Meo.

Das tat er auch. An dieser Stelle aber kam alsbald eine Kürbispflanze aus der Erde hervor. Die wurde größer und immer größer, und ihr Stiel wuchs bis zum Himmel hinauf. Dabei war der stark genug, einen ausgewachsenen Menschen zu tragen.

»Es wäre doch schön«, sagte Meo, »wenn wir zu dem Kürbis noch etwas Brot und Käse hätten. Du bist jünger und flinker als ich, Mea. Klettere an dem Stiel hoch. Schau dich in Ruhe da oben um. Wenn du jemanden antriffst, so bitte ihn recht höflich um ein bißchen Brot und Käse für uns.«

Zuerst wollte dieser Vorschlag der guten Mea gar nicht

behagen. Aber am Ende ließ sie sich überzeugen und begann hinaufzuklettern. Unterwegs wurde ihr schwindelig. Sie bekam es gehörig mit der Angst zu tun. Trotzdem arbeitete sie sich tapfer immer weiter vorwärts, bis sie zu guter Letzt den Palast der Feen erreichte, der in den Wolken liegt.

»Was hast du hier zu schaffen, Menschlein?« fragten die Feen.

»Ach, Ihr weisen Frauen«, gab Mea zur Antwort, »habt Mitleid mit mir und meinem lieben Mann. Arm sind wir wie die Kirchenmäuse. Uns fehlt es am Nötigsten. Ich bin gekommen, Euch um etwas Brot und Käse zu bitten. Nur so viel, daß wir den ärgsten Hunger vertreiben.«

»Geh nur hin, du hast es schon«, sagte man ihr.

Mea machte sich an den Abstieg. Glücklich wieder zu Hause, fand sie alles wie versprochen vor. Von diesem Tag an war dem schlimmsten Mangel abgeholfen.

Weil aber die Menschen nie zufrieden sind, so begann auch der alte Meo mit der Zeit an dem Brot und Käse herumzumäkeln: »Es ist doch verdrießlich, daß uns beim Essen etwas zu trinken fehlt. Geh zu den Feen und bitte sie um ein Fläschchen Wein.«

Das brauchte er der Mea nicht zweimal zu sagen. Sie tat wie geheißen, und dieser Wunsch wurde ebenfalls erfüllt. Fortan hatten die beiden stets einen guten Tropfen im Glas.

Nun weiß man ja, daß die Leute nicht glücklich sind mit dem, was sie ohne Mühe erlangen, sondern immer nur noch mehr wollen. Dem Meo sollte es nicht anders ergehen.

»Liebe Frau«, begann er eines Abends, nachdem er ausgiebig gegähnt und sich den Kopf gekratzt hatte, »was hältst du davon, wenn uns die Feen ein Pferdchen und eine Kutsche verschaffen? Wir könnten dann fein geputzt darin umherfahren. Gerade wie der Herr Gutsverwalter. Das wäre ein Leben! Mach dich gleich morgen früh auf den Weg! Du weißt ja, wo es hingeht.«

Mea wußte es ganz genau. Auch dieses Mal ließen die Feen sich nicht lumpen. »Du hast schon, was du verlangst«, sagten sie, obwohl sie über die eifrigen Bittsteller schon ziemlich verärgert waren. Meo und Mea aber pflegten in der Folgezeit recht fleißig auszufahren, denn andere Sorgen hatten sie keine.

Nun verbreitete sich in jenen Tagen die Nachricht wie ein Lauffeuer im ganzen Land, daß der Heilige Vater zu Rom gestorben sei. Ein Nachfolger mußte gefunden werden. Dem lieben Meo stiegen darüber die Dinge zu Kopfe. »Jetzt wollen wir einmal sehen«, sagte er zu seiner Frau, »wie gut es das Schicksal wirklich mit uns meint. Lauf zu den Feen und sag ihnen, sie sollen mich zum Papst und dich zur Päpstin machen. Wir werden die Herren der Welt sein und dazu noch unermeßlich reich.«

Bei dem Gedanken an Krummstab und Mitra wurde die Mea von solcher Begeisterung ergriffen, daß sie davoneilte, ohne ihren Mann ausreden zu lassen. Flink wie ein Eichhörnchen kletterte sie den Kürbisstiel hoch. Noch ganz außer Atem, brachte sie im Feenpalast ihr Anliegen vor. Allein, dieses Mal hatten die zwei Alten die Rechnung ohne den Wirt gemacht.

»Ihr Unverschämten!« riefen die himmlischen Frauen

erzürnt. »Zur Strafe für eure Maßlosigkeit sollst du dich in eine üble Blähung des Leibes, dein Mann aber sich in einen stinkenden Furz verwandeln.«

Das Strafgericht nahm seinen Lauf. So fanden Meo und Mea, die mit gar nichts zufrieden sein wollten, ein klägliches Ende.

Die kalte Königin

Es gab einmal ein Königreich, in dem eigentlich ein jeder hätte zufrieden sein können. Der Bauernstand hatte sein Auskommen, Handel und Wandel gediehen, und von den Schrecken des Krieges war man seit Menschengedenken verschont geblieben.

Nun sollte man meinen, daß auch der König jenes Landes ein glücklicher Mann gewesen sei. Zumal ihm überdies eine Ehegattin zur Seite stand, die ebenso schön wie klug war. Dennoch lastete auf dem Herrscherpaar ein düsteres Verhängnis. Wann immer der König nämlich seine Frau in liebender Absicht berührte, so erstarrte diese zu einer Gestalt aus kaltem, leblosem Marmor. Erst wenn er von ihr abließ, kehrten die Lebensgeister wieder in sie zurück.

Das Unglück der beiden war groß. Nichts wurde unversucht gelassen, um den bösen Fluch abzuwenden. Als die Bemühungen der besten Ärzte fruchtlos blieben, kamen die Scharlatane und Kurpfuscher, die Quacksalber und Pillendreher. Ihnen folgten die Magier, die Wahrsager und Sterndeuter. Sie alle wurden gegen gutes Geld ihre Mittelchen los, ohne daß sich auch nur die mindeste Besserung einstellte.

Zu guter Letzt gab ein weiser Zauberer dem verzweifelten König seinen Rat: »Majestät, Eure Frau kann nur erlöst werden, wenn sie das Hemd eines wahrhaft zufriedenen Menschen auf dem Leib trägt. Laßt eine solche Person ausfindig machen. Dann verschafft Euch, was als einziges noch Rettung zu bringen vermag.«

Der König sandte seine Boten in die entlegensten Winkel des Reiches, doch alle kamen sie unverrichteter Dinge zurück. Am Ende mußte er sich selbst auf die Suche nach dem zufriedenen Menschen machen.

Er zog in die Städte und Dörfer, über die Berge und durchs offene Land. Allein, wen immer er auch befragte, allenthalben ließen die Dinge zu wünschen übrig. Die einen waren krank und gebrechlich. Die anderen plagte der mißratene Sohn, der trunksüchtige Vater oder die zänkische Ehefrau. Wieder andere litten an Liebesschmerzen und Geldnöten oder unter den Nachstellungen mißgünstiger Nachbarn. Kurzum, ein jeder hatte etwas zu beklagen.

Dem armen König wollte schon die letzte Hoffnung schwinden, da traf er in einem Bergdorf auf eine junge Frau. Sie saß in ihrem einfachen Häuschen am Webstuhl und hatte bei der Arbeit ein fröhliches Lied auf den Lippen. »Dies muß gewiß ein wahrhaft glücklicher Mensch sein«, dachte der König. Er trat ein, gab sich zu erkennen, dann brachte er sein Anliegen vor.

»Ihr habt wohl gesprochen, Majestät«, erhielt er zur Antwort. »Wie sollte ich nicht zufrieden sein? Mein lieber Mann hat nur Augen für mich, die Kinder sind gesund, und unserer Hände Arbeit ernährt uns.«

»So gib mir dein Hemd. Ich will es dir hundertmal mit Gold aufwiegen«, erwiderte der König.

»Ich kann es Euch nicht geben.«

»Und warum nicht?«

»Ich besitze keines mehr. Mein Jüngster hat es gebraucht, als der Winter so kalt war. Hier, seht nur zum Beweis.«

Errötend knöpfte die junge Frau ihr ärmliches Kleid auf, so daß der König sich von der Wahrheit überzeugen konnte. Da verließ ihn aller Mut. Traurig kehrte er nach Hause zurück.

Wenn aber fortan der König und seine Frau daran dachten, daß der einzig wahrhaft zufriedene Mensch in ihrem ganzen Reich noch nicht einmal ein Hemd sein eigen nannte, dann wurde es ihnen leichter, ihr Schicksal zu tragen. So gilt denn auch hier die alte Weisheit, welche uns sagt:

Egal, aus welchem Holz geschlagen,
ein jeder muß sein Kreuz ertragen.
Trägst du es wohl und haderst nicht,
dann wird dir leichter das Gewicht.

Nachwort

Der Reichtum der Tradition

Die Toskana, jenes mit landschaftlichen Reizen und Kulturschönheiten so gesegnete Herzstück des alten Italien, genießt auch hinsichtlich ihrer Erzähltradition eine privilegierte Stellung. Italo Calvino, der große italienische Schriftsteller und Märchenliebhaber, hat dies so ausgedrückt: »Die Toskana und Sizilien sind die beiden bevorzugten Märchenregionen unseres Landes. Dies gilt gleichermaßen für die Quantität und Qualität des auf uns gekommenen Materials.« Während der zweiten Hälfte des vergangenen Jahrhunderts setzte in der Toskana eine rege Sammlertätigkeit ein, die zu einer beachtlichen Reihe von Publikationen geführt hat.

Zu den Sammlern der allerersten Stunde gehörte kurioserweise ein deutscher Italienreisender, der Romanist Hermann Knust. Seine Aufzeichnungen sind unter solch denkwürdigen Umständen zustande gekommen, daß sie wohl eine ausführlichere Erwähnung verdienen. Er war auf der Flucht aus dem choleraverseuchten Neapel in Genua angekommen, wo sein Schiff von der Hafenpolizei drei Tage lang unter Quarantäne gestellt wurde. Als Wachposten der *guardia marina* ging ein aus Livorno stammender alter Toskaner an Bord, der den Passagieren mit allerlei Geschichten die langen Stunden zu vertreiben half. Knust hat die Szenerie recht eindrücklich beschrieben: »Allabendlich sammelte sich unter dem Zelt, dessen kleine Lampe nur spärliches Licht gab, ein buntgemischter Kreis von Zuhörern. Dort Offiziere der jungen italienischen Armee, auf den Säbel sich stützend, hier ein alter neapolitanischer General aus der bourbonischen Zeit, Handlungsreisende, Wärterinnen mit ihren Kindern, die ganz Aug und Ohr zum Alten emporblickten, standen oder saßen, sowie es die herumstehenden Kisten oder Säcke gestatteten, um den Erzähler, welchem natürlich auch noch das wild dreinblickende Schiffsvolk, in grotesken Stellungen auf dem Boden kauernd, horchte. Alle kehrten sie stets zum Erzähler zurück, dem sie, wie allen Toskanern, die Gabe der Rede willig zuerkannten.«

Auf Hermann Knust folgten in den nächsten Jahrzehnten die Sammlungen von Domenico Comparetti, Vittorio Imbriani, Gherardo Nerucci, Giuseppe Pitre, Alessandro De Gubernatis, Idelfonso Nieri und Carl Weber.

Aus diesem reichen Schatz der toskanischen Überlieferung wurde für den vorliegenden Band eine behutsame Auswahl getroffen. Fragen der literarischen Gattung spielten hierbei lediglich eine untergeordnete Rolle. So kommen neben den Märchen auch Geschichten zu Wort, die Züge von Schwank und Schnurre, Sage oder Legende tragen. Bis hin zu kleinen Nonsensstückchen, die aus der schieren Fabulierlust entstanden sind. Vorrangige Auswahlkriterien waren der Unterhaltungswert der Erzählungen sowie ihr Vermögen, für den heutigen Leser die Vorstellungswelt der alten Toskana wieder lebendig werden zu lassen.

Die politische Rigidität, die pomphafte Strenge und Unnahbarkeit, das geradezu ins Religiöse überhöhte Gottesgnadenkönigtum der mitteleuropäischen Feudalstaaten blieb der Toskana von Anbeginn an fremd. Aus den Irrungen und Wirrungen des spätmittelalterlichen Italien heraus hatten sich hier die Medici als Führungselite etabliert, die gerissene Großfinanziers, gewiefte Machtpolitiker und verschwenderische Kulturmäzene in einem waren. Zwischen republikanischer Gesinnung und despotischen Tendenzen schwankend, spiegelt sich diese Spannungsbreite innerhalb des Herrscherhauses auch in den einzelnen Führungspersönlichkeiten. Von Lorenzo dem Prächtigen etwa wird überliefert, daß er sich mit dem gleichen Eifer mit seinen Saufkumpanen in billigen Spelunken herumtrieb, wie er anderntags die gelehrtesten Diskussionen führte. Der humanistisch gesinnte Cosimo Medici soll im Verlauf des 15. Jahrhunderts zur Förderung der Künste die für damalige Verhältnisse ungeheure Summe von 600 000 Florin aufgewendet haben – das Jahressteueraufkommen der mächtigen Medici-Bank betrug im Vergleich dazu gerade einmal bescheidene 600 Florin. Gleichermaßen geschichtsnotorisch waren im übrigen auch die Genußsucht und Sinnesfreude der hohen Herrschaften. Unter dieser Führungsschicht, die als Großherzöge die Toskana vom 14. bis zum 18. Jahrhundert regierte, stieg Florenz zu einer der großen europäischen Wirtschafts- und Kunstmetropolen auf, entwickelte sich zur Geburtsstadt der Renaissance, die das theologische Korsett des Mittelalters sprengte und in allen Kulturbereichen eine radikale Hinwendung zum Menschen in seinem persönlichen und sozialen Dasein vollzog. Mitgetragen wurde dieses neue humanistische Denken auch von der republikanisch gesinnten Bürgerschaft aus Manufakturbesitzern, Kaufleuten und Handwerkern, von deren Bürgerstolz die prächtigen Rathäuser der toskanischen Städte auch heute noch Zeugnis ablegen.

In jener vergleichsweise »liberalen« Atmosphäre konnte die Alltagswirklichkeit der Menschen ungehinderten Eingang in die volkstümliche Erzähltradition und somit auch in das Märchen finden. Vom verschwenderischen Wohlleben der reichen Oberschicht und der Armut der kleinen Leute ist hier ebenso offen die Rede wie von den moralischen Verfehlungen des Klerus. Die allgegenwärtige wirtschaftliche Bedrohung der Handwerker und Kaufleute kommt zur Sprache; das gleiche gilt für die Ausbeutung der Bauern durch die Landbesitzer. Das Ausgeliefertsein der einfachen Hirten und Bauern an die übermächtigen Naturgewalten wird anschaulich vor Augen geführt.

Ähnliches gilt auch für die angenehmen Seiten des Lebens; Liebe und Erotik etwa werden bejaht und recht freimütig thematisiert. Von den zartesten Gefühlen bis hin zu den derberen, handgreiflicheren Varianten. Immer aber sind sie eingebunden in den bunten Reigen der menschlichen (Un)tugenden, wie sie das Leben nun einmal bereithält.

Es ist diese Zentralperspektive mitten ins Leben hinein – um mit dem Bild einer der bahnbrechenden Erfindungen der Renaissancemalerei zu sprechen –, die den Geschichten ihr ganz eigenes Gepräge verleiht.

Die Gestalten der toskanischen Geschichten sind keine abstrakten, starren Typisierungen. Auch im Spiel der Phantasie behalten sie ihre einnehmende Lebensnähe, weil sie niemals nur das eine oder das andere, niemals nur gut oder schlecht, tapfer oder feige sind. Das liebenswerte Bauernmädchen, das seinen Weg ins königliche Brautbett recht zielstrebig angeht, ist beileibe kein Unschuldsengel. Der prinzliche Abenteurer, der so mächtig vom Leder zieht, beträgt sich im entscheidenden Moment recht unheldenhaft. Die in ihrem Elend bemitleidenswerten Webermädchen schrecken vor keiner Freveltat zurück, und die zwei fleißigen Dorfkrämer treiben einander planmäßig in den Ruin.

Hier setzen auch die milde Ironie, der augenzwinkernde Skeptizismus der Erzählungen an. Liebe und Erotik als machtvolle Triebfedern der Handlungen und Wandlungen des Märchens werden in ihren nur allzu menschlichen Dimensionen sichtbar gemacht. Wenn etwa die einfachen Mädchen ihre körperlichen Reize bedenkenlos zu ihrem sozialen Vorwärtskommen einsetzen, wenn die vornehme Contessa dem Diamanten des schmutzigen Kohlenhändlers erliegt oder hinter dem gespreizten Getue der Edelleute die bloße Geilheit hervortritt.

Der Mythos vom – vorwiegend aristokratischen – männlichen Heldentum erfährt ebenfalls seine ironische Demontage. Die starken Männer machen bisweilen gerade im entscheidenden Augenblick schlapp und müssen von zarteren Händen aus diversen Kalamitäten befreit werden. In einer Kultur wie der italienischen mit ihrem ausgeprägten Männlichkeitskult gewiß nicht ohne Pikanterie. Wie überhaupt die weiblichen Märchengestalten im großen und ganzen überzeugender wirken als ihre männlichen Gegenüber.

Hier äußert sich eine gewisse Verbürgerlichung des adligen Helden, der mit seinen Schwächen und Unzulänglichkeiten beinahe als ganz gewöhnlicher Sterblicher erscheint. Eine derartige Bloßstellung der Aristokratie wäre wohl in den autoritären Feudalstaaten Zentraleuropas kaum denkbar gewesen.

In jenem Zusammenhang dürfte auch die erkleckliche Vielzahl der starken Märchenfrauen zu sehen sein. Die zu einem Gutteil bürgerlich gesinnte, weltoffene toskanische Kultur bot ihren weiblichen Mitgliedern mit Sicherheit mehr persönliche Entfaltungsmöglichkeiten. Dies konnte auf die Dauer auch nicht ohne Auswirkungen auf die Volksliteratur bleiben.

Prinzessin – nein danke

Was an den Märchengestalten so besticht, ist ihr Realismus und ihre entwaffnende Ehrlichkeit. Da verzichtet der siegreiche Kaufmannssohn zugunsten einer saftigen Pension nur allzu gerne auf die schöne Prinzessin, ein anderer schlägt eine hochmögende Hand bereitwillig für die materiellen Segnungen eines Zauberstabs aus. Und die hübschen Mädchen aus dem Volk wissen ebensogut, was sie von den Schmeicheleien ihrer adligen Verehrer zu halten haben.

Dieser Wirklichkeitssinn macht auch vor der Religion nicht halt. Geradezu genüßlich werden die materiellen und sexuellen Verfehlungen der Priester geschildert. Die Religion wird als Trostpflaster im irdischen Jammertal akzeptiert. Nicht mehr und nicht weniger. Eine derartig offene Kritik am Klerus wurde sicherlich auch dadurch gefördert, daß das Großherzogtum Toskana mit dem Kirchenstaat des öfteren in politische und militärische Händel verstrickt war.

So erweist sich das Märchen als schöpferisches Spiel der Phantasie, das trotz alledem seine Bodenhaftung behält. Es geht bewußt über die Grenzen des Wirklichen hinaus und verliert in der Gestaltung des Wunderbaren dennoch nicht die Konturen des Realen aus dem Blickfeld. Vielleicht ist es gerade diese Spannung, die dem Märchengeschehen seine Vitalität, seinen besonderen Reiz und Zauber verleiht.

Sich einen Reim drauf machen

Ein wichtiges Instrument dieser abgeklärten Weltweisheit bilden die Endreime der Erzählungen. Sie sind in der Überlieferung weit verbreitet und fungieren als hintersinniger Bauchladen, aus dem die Erzähler zu jeder Gelegenheit das passende Sprüchlein hervorzuzaubern. Endreime ermöglichen Vortragenden und Zuhörern eine Distanzierung vom Erzählten, dessen moralische und inhaltliche Qualität sie bewerten. Sie provozieren und ironisieren die passive Erwartungshaltung der Zuhörer, verweisen auf die Möglichkeit der eigenen Kreativität. Das Märchengeschehen wird charakterisiert als schöpferisches Gebilde der Phantasie, das immer auch hätte anders sein können. Sein Verhältnis zur Wirklichkeit wird bewußt offengehalten.

Was dabei vielleicht am wichtigsten ist: In den ironischen Kommentaren der Endreime werden das Märchen oder vielmehr seine Zuhörer auf den Boden der Realität zurückgeholt. Etwa wenn die Erzählerin angesichts des höfischen Wohllebens der Figuren an die eigene Armut, an den eigenen leeren Magen erinnert. Wenn sich das kleine Bauernmädchen wünscht, auch einmal von einem schönen Prinzen gefreit zu werden. Das Märchen erscheint hier ohne Groll als legitimer Projektionsraum menschlicher Sehnsüchte, der ungeachtet aller Phantastik die eigene Existenz nicht aus den Augen verlieren läßt. Die mitunter recht drastisch formulierten Endreime bieten die Gewähr dafür, daß diese Rückkoppelung zur Zuhörerschaft aufrechterhalten bleibt.

Der Sammler und die anderen

Stellvertretend für eine ganze Reihe von Sammlern toskanischer Traditionen mag an dieser Stelle Vittorio Imbriani seine Tätigkeit beschreiben: »Ich habe diese Märchen nach dem Mund von blinden Greisinnen, hochbetagten Mütterchen und alten Ammen getreulich aufgeschrieben. Selbst die Ausrufe, Füllwörter und zweideutigen Anspielungen wurden notiert. Ich habe weder versucht, Lücken zu schließen, noch offensichtliche Ungereimtheiten zu glätten. Mit einem Wort: Ich habe weder etwas verändert noch hinzugefügt oder weggelassen. Und ich darf sagen: Je geringer das Ausmaß an Bildung war, das die betreffende Person besaß, desto schöner hat sie diese wunderbaren Geschichten zu erzählen gewußt.«

Zu Gehör gebracht haben jene kongenialen Erzählerinnen ihr Können bei den sogenannten *Veglias*, den abendlichen Zusammenkünften der einfachen Landleute. Dabei kamen neben diversen Geschichten auch Rätsel, Witze, groteske Auszählreime und recht freizügige Stegreiflieder zum Vortrag.

Hier ist das Märchen noch Bestandteil eines lebensvollen Kommunikationsstroms, in dem sich geselliges Miteinander, Unterhaltung, Phantasie, Sinnlichkeit und Witz zu einem sozialen Ganzen vereinen, das uns Heutigen leider verlorengegangen ist. Und dennoch vermag das Wunderbare gerade auch in unserer so prosaischen Zeit die Menschen in seinen Bann zu schlagen. Vielleicht in dem Sinne, wie es das Dichterwort andeutet:

Alle Märchen sind nur Träume
von jener heimatlichen Welt,
die überall und nirgends ist.
Novalis

Freising, Frühjahr 1999   *Herbert Boltz*

Quellenverzeichnis

Comparetti, Domenico: Novelline popolari italiane, Bd. 1.
Roma,Torino, Firenze 1875.

De Gubernatis, Alessandro: Le traditioni popolari di S. Stefano
di Calcinaia. Roma 1894.

Imbriani, Vittorio: La novellaia fiorentina. Livorno 1877.

Knust, Hermann: Italienische Märchen. In: Jahrbuch für romani-
sche u. englische Literatur 7, p. 381–401. Leipzig 1866.

Nerucci, Gherardo (I): Sessanta novelle popolari montalesi. Firenze 1880.

Nerucci, Gherardo (II): Cincelle da bambini. Pistoia 1880.

Nieri, Idelfonso: Cento racconti popolari lucchesi. Livorno
1908.

Pitre, Giuseppe: Novelle popolari toscane, 1–2. Firenze 1885.

In: Opere complete di Giuseppe Pitre, Bd. 30. Edizione Nazio-
nale. Roma 1941.

Weber, Carl: Italienische Märchen in Toscana aus Volksmund gesammelt. In: Forschungen zur Romanischen Philologie. Fest-
gabe für Hermann Suchier, p. 309-349. Halle 1900.

La bella Giovanna
Nach Nerucci (I), Nr. 16, p. 128 ff.
Lieber den Spatz in der Hand
Nach Nerucci (1), Nr. 29, p. 177 ff.
Der schönste Traum
Nach Imbriani, Nr. 50, p. 616 f.
Pierone
Nach Pitre, Teil 1, Nr. 28, p. 181 ff.

Tosetta
  Nach Pitre, Teil 1, Nr. 51, p. 280 ff.
Der Vampzir
  Nach Comparetti, Nr. 32, p. 126 ff.
Ein heißes Eisen
  Nach Pitre, Teil 1, Nr. 43/44, p. 257 ff.
Vater und Sohn
  Nach Nieri, Nr. 62, p. 147 ff.
Was die Frauen von den Männern unterscheidet
  Nach Imbriani, Nr. 37, p. 537 ff.
Wie der Fuchs beinahe um seinen Schwanz gekommen wäre
  Nach Nerucci (II), Nr. 2, p. 10 ff.
  Nach Weber, Nr. 12, p. 343 f.
Wie einem Florentiner die Abenteuerlust verging
  Nach Comparetti, Nr. 44, p. 192 ff.
Der Salzhändler
  Nach Nerucci (I), Nr. 50, p. 415 ff.
Die Geschichte vom dummen Pietro
  Nach De Gubernatis, Nr. 2, p. 178 ff.
Warum der März einunddreißig Tage hat
  Nach Nieri, Nr. 6, p. 9 ff.
Der Schlauberger
  Nach Pitre, Teil 1, Nr. 46, p. 203 ff.
Wie sich die Mädchen täuschen
  Nach Nieri, Nr. 75, p. 181 f.
Man muß es auch einmal abwarten können
  Nach Pitre, Teil 2, Nr. 24, p. 217 ff.
Der Ochse und die Fliege
  Nach Nieri, Nr. 15, p. 47
Das Bein
  Nach Pitre, Teil 1, Nr. 19, p. 146 ff.
Fiordinando
  Nach Nerucci (I), Nr. 59, p. 490
Was man sich von der Stadt Florenz erzählt
  Nach Pitre, Teil 1, Nr. 62, p. 222 ff.

Lauter Mißverständnisse
Nach Pitre, Teil 1, Nr. 38, p. 321 ff.

Der falsche Heilige
Nach Nieri, Nr. 93, p. 231 f.

Die Tochter der Sonne
Nach Comparetti, Nr. 45, p. 195 ff.

Sedicino
Nach De Gubernatis, Nr. 5, p. 190 ff.

Signor Donnato
Nach Imbriani, Nr. 74, p. 567 f.

Der Kuß
Nach Pitre, Teil 1, Nr. 13, p. 100 ff.

Der Mensch aus Stein
Nach Imbriani, Nr. 30, p. 421 ff.

Guter Rat ist teuer
Nach Nerucci (1), Nr. 3, p. 438 ff.

Das können die Frauen auch
Nach Pitre, Teil 1, Nr. 10, p. 72 ff.

Das Geschenk des Windes
Nach Comparetti, Nr. 7, p. 31 ff.

Bianchinetta
Nach Imbriani, Nr. 25, p. 314 ff.

Wozu die Menschen die Religion brauchen
Nach Nieri, Nr. 3, p. 4 ff.

Zuckerbrot und Peitsche
Nach Weber, Nr. 15, p. 347 ff.

Die drei Äpfel
Nach De Gubernatis, Nr. 4, p. 124 ff.

Der gute und der schlechte Arzt
Nach Knust, Nr. 11, p. 396 f.

Pino Pinienzapfen
Nach Pitre, Teil 1, Nr. 31–37, p. 205 ff.

Eine Hornochsengeschichte
Nach Pitre, Teil 1, Nr. 15, p. 111 ff.
Nach Nerucci (I), Nr. 3, p. 18 ff.

Der Racheengel
Nach Weber, Nr. 11, p. 341 f.

Granadoro
Nach Comparetti, Nr. 5, p. 18 ff.

Wer zuletzt lacht
Nach Pitre, Teil 2, Nr. 5, p. 33 ff.

Der Fuchs und der Wolf
Nach Nerucci (II), Nr. 5, p. 22 ff.
Nach Weber, Nr. 14, p. 345–346

Das undankbare Mädchen
Nach Nerucci (I), Nr. 37, p. 309 ff.

Die Ohrfeige des Teufels
Nach De Gubernatis, Nr. 6, p. 194 ff.

Rache ist süß
Nach De Gubernatis, Nr. 3, p. 121 ff.

Petruzzo
Nach Imbriani, Nr. 40, p. 48 f.

Bellinda
Nach Nerucci (I), Nr. 16, p. 128 ff.

Die drei Zypressen
Nach De Gubernatis, Nr. 17, p. 150 f.

Das Apfelmädchen
Nach Pitre, Teil 1, Nr. 6, p. 44 ff.

Auge um Auge
Nach Nieri, Nr. 97, p. 243 f.

Das Maul zur Unzeit aufgemacht
Nach Pitre, Teil 1, Nr. 54, p. 289 f.

Argentofo
Nach De Gubernatis, Nr. 8, p. 134

Einer zuviel
Nach De Gubernatis, Nr. 3, p. 185 ff.

Liebeshändel
Nach Imbriani, Nr. 36, p. 527 ff.

Eine Riesengeschichte
Nach Knust, Nr. 10, p. 395 f.

Was man sich nicht wünschen soll
    Nach Nerucci (II), Nr. 9, p. 31 ff.
Die kalte Königin
    Nach Nieri, Nr. 9, p. 20 ff.

Weiterführende Literatur

Batini, Giorgio: Toscana die miracoli. Firenze 1977.

Calvino, Italo: Fiabe Italiane, 2 Bde. Milano 1983.

D'Aronco, Gianfranco. Indice delle Fiabe toscane. Firenze 1953.

Fanfani, Pietro: Vocabolario dell'uso toscano. Firenze 1863.

Lapucci, Mario: Fiabe Toscane. Milano 1996.

Risse, Stefanie: Magisch reisen – Toskana. München 1993.

Schenda, Rudolf: Märchen aus der Toskana. München 1996.

Venturelli, Gastone: Leggende e racconti popolari della Toscana. Roma 1996.

Märchen aus dem alten Venedig

Herausgegeben, übersetzt und mit
einem Nachwort von Herbert Boltz
Unter Mitarbeit von Heidrun Vollmer

Ein König wurde von einem Floh gebissen oder *Miß-gelaunt über den schlechten Gang der Geschäfte kam einst ein Kaufmann von einer weiten Handelsreise zurück*: So beginnen die volkstümlichen Märchen aus der Stadt der Kaufleute. Venedig besitzt eine reiche, eigenständige Tradition von Legenden und Märchen, die bald rührend und spannend, bald witzig und erotisch, bisweilen derb und lakonisch sind. Fischer, Handwerker, Kaufherren und Bettler, aber auch Hexen und Feen bevölkern diese Geschichten, die man sich im Winter in den Spinnstätten bei einem Stück Polenta und einem Schoppen Wein erzählte. Die Männer warben hier um die Frauen, und so umkreist das Erzählte auch immer die Liebe und das Begehren. Treffsicherer Humor und selbstgewisse Weltklugheit zeichnen die Venezianer von jeher aus und so auch ihre zeitlosen Geschichten, die von alters her überliefert sind.

»Diese Geschichten durchweht der unverwechselbare Geist Venedigs. Immer sind sie irgendwie auf das Wasser bezogen: auf das Meer, die Kanäle, die Schiffe, die Reisen nach fernen Gestaden. Aus der maritimen Welt Venetiens erwächst eine Imaginationskraft, die den Märchen ihr eigenständiges Gepräge verleiht.«
Italo Calvino

»Diese Märchen legen ein wunderbares Zeugnis vom Witz und der Respektlosigkeit der Venezianer ab.«
Donna Leon

Das große Märchenbuch

Die schönsten Märchen aus Europa
Gesammelt von Christian Strich,
mit über 600 Bildern von Tatjana Hauptmann
Ein Diogenes Hausbuch

»Ein Buch zum Schmökern und Stöbern ... mit vorzüglichen Zeichnungen und Aquarellen von Tatjana Hauptmann, deren Figuren nicht wie in anderen Märchenbüchern niedlich sind, sondern keck und frech, dumm und dreist, hochnäsig und arrogant, lieb und böse – ganz wie im wirklichen Leben.«
Der Tagesspiegel, Berlin

»Tatjana Hauptmann, schon berühmt und vielgeehrt, hat sich selbst übertroffen.«
Maria Frisé / Frankfurter Allgemeine Zeitung

»Ein Buch, das ich allen Kindern wünsche – und auch deren Eltern.«
Gregor Filthaut / Süddeutscher Rundfunk

»Märchen kann man in seinem Leben zweimal und zweifach lesen. Zuerst einfältig, als Kind, mit dem naiven Glauben, daß die belebt-bunte Welt ihrer Geschehnisse eine wahrhaftige sei, und dann, viel, viel später, mit dem vollen Bewußtsein ihrer Erfindung.«
Stefan Zweig

Das große Sagenbuch

Die schönsten Götter-, Helden- und Rittersagen des Mittelalters
Nacherzählt von Johannes Carstensen
Mit vielen Bildern von Tatjana Hauptmann

Zu den spannendsten Sagen sagenhaft schöne Bilder:
ein prachtvoller Garten aus Zauber und Abenteuer
mit den lieblichsten Jungfrauen, kühnsten Helden,
weisesten Königen, boshaftesten Hexen und allergräß-
lichsten Drachen.

»Dieses große Sagenbuch bietet ein Panorama, das
gleichwohl in der Tradition der großen Überlieferung
von Sagen steht, das aber das Zeug hat, zum Kanon zu
werden. Mal humorvoll, mal ironisch, nie langweilig
und immer treffsicher in der Pointe, erweckt Johannes
Carstensen die Götter, Helden und Ritter zum Leben.
Ein Lesevergnügen für Laien und Kenner, jung und
alt!« *Stadtkurier, Heidelberg*

»Ein Glücksfall sind die Illustrationen von Tatjana
Hauptmann. Ihre kleinen Monster gehören zum Besten,
was in dieser Gattung erreicht wurde, und auch der
Gegenpol – das Liebliche der Frauen – gelingt ihr.«
Lorenz Jäger / Frankfurter Allgemeine Zeitung

Magdalen Nabb
im Diogenes Verlag

Tod im Frühling

Roman. Aus dem Englischen von
Matthias Müller. Mit einem Vorwort
von Georges Simenon

Schnee im März – in Florenz etwas so Ungewöhnliches, daß niemand bemerkt, wie zwei ausländische Mädchen mit vorgehaltener Pistole aus der Stadt entführt werden. Eine davon wird fast sofort wieder freigelassen. Die andere, eine reiche Amerikanerin, bleibt spurlos verschwunden. Die Suche geht in die toskanischen Hügel, zu den sardischen Schafhirten – schon unter normalen Umständen eine sehr verschlossene Gemeinschaft. Aber es war keine gewöhnliche Entführung. Die Lösung ist so unerwartet wie Schnee im März – oder *Tod im Frühling*.

»Nie eine falsche Note. Es ist das erste Mal, daß ich das Thema Entführung so einfach und verständlich behandelt sehe. Bravissimo!« *Georges Simenon*

Terror

mit Paolo Vagheggi

Roman. Deutsch von Bernd Samland

Italien 1988 – Zehn Jahre sind vergangen, seit die Entführung und Ermordung des christdemokratischen Politikers Carlo Rota die Weltöffentlichkeit erschütterte. Die Hintergründe des Verbrechens sind ungeklärt geblieben, und viele in Italien zögen es vor, die Ereignisse in Vergessenheit geraten zu lassen. Doch der Kampf gegen den Terrorismus geht weiter – Lapo Bardi, stellvertretender Staatsanwalt in Florenz, führt ihn unerbittlich.

Der Fall Aldo Moro, mit großer Kennerschaft in einen glänzenden politischen Krimi umgesetzt – ein Buch von großer Aktualität.

»Fesselnd ist nicht allein die feingesponnene Kriminalhandlung, sondern auch das sie umgebende Geflecht menschlicher Beziehungen. Der Leser wird mit jeder Seite aufs neue gepackt.« *The Guardian, London*

Tod im Herbst
Roman. Deutsch von Matthias Fienbork

Die Tote, die an einem nebligen Herbstmorgen aus dem Arno gefischt wurde, war vielleicht nur eine Selbstmörderin. Aber wer schon würde, nur mit Pelzmantel und Perlenkette bekleidet, ins trübe Wasser des Flusses springen? Überall hieß es, die Frau habe sehr zurückgezogen gelebt. Was für eine Rolle spielten dann die ›Freunde‹, die plötzlich auftauchten? Wachtmeister Guarnaccia in seinem Büro an der Piazza Pitti in Florenz ahnte, daß der Fall schwierig und schmutzig war – Drogen, Erpressung, Sexgeschäfte –, aber daß nur weitere Tote das Dickicht der roten Fäden entwirren sollten, konnte er nicht wissen …

»Die gebürtige Engländerin und Wahlflorentinerin Magdalen Nabb muß als die ganz große Entdeckung im Genre des anspruchsvollen Kriminalromans bezeichnet werden. Eine Autorin von herausragender internationaler Klasse.«
Herbert M. Debes / mid Nachrichten, Frankfurt

Tod eines Engländers
Roman. Deutsch von Matthias Fienbork

Florenz, kurz vor Weihnachten: Wachtmeister Guarnaccia brennt darauf, nach Sizilien zu seiner Familie zu kommen, doch da wird er krank, und es geschieht ein Mord. Carabiniere Bacci wittert seine Chance: Was ihm an Erfahrung fehlt, macht er durch Strebsamkeit wett! Betrug und gestohlene Kunstschätze kommen ans Licht, aber sie sind nur der Hintergrund zu einer privaten Tragödie. Zuletzt ist es doch der Wachtmeister, der (wenn auch eher unwillig) dem Mörder auf die Spur kommt – und an Heiligabend gerade noch den letzten Zug nach Syrakus erwischt.

»Unheimlich spannend und gleichzeitig von goldener, etwas morbider Florentiner Atmosphäre.«
The Financial Times, London

Tod eines Holländers
Roman. Deutsch von Matthias Fienbork

Es gab genug Ärger, um die Polizei monatelang in Atem zu halten. Überall in Florenz wurden Touristen beraubt, Autos gestohlen, und irgendwo in der Innenstadt gingen Terroristen klammheimlich ans Werk. Dagegen sah der Selbstmord eines holländischen Juweliers wie ein harmlos klarer Fall aus. Es gab zwar ein paar Unstimmigkeiten. Aber die einzigen Zeugen waren ein Blinder und eine alte Frau, die bösartigen Klatsch verbreitete. Trotzdem war dem Kommissar nicht wohl in seiner Haut – es war alles ein bißchen zu einfach.

»Wie man Italophilie, Krimi und psychologisches Einfühlungsvermögen zwischen zwei Buchdeckel bekommt, ist bei der Engländerin Magdalen Nabb nachzulesen. Die Reihe um einen einfachen, klugen sizilianischen Wachtmeister, der seinen Dienst in Florenz versieht, ist ein Kleinod der Krimikultur.«
Ultimo, Bielefeld

Tod in Florenz
Roman. Deutsch von Monika Elwenspoek

Sie ist auf dem Revier, um ihre Freundin vermißt zu melden. Beide sind Lehrerinnen und ursprünglich zum Italienischlernen aus der Schweiz nach Florenz gekommen und dann geblieben, um illegal zu arbeiten – die eine in einem Büro, die andere bei einem Töpfer in einer nahen Kleinstadt. Seit drei Tagen ist die bildhübsche Monika Heer spurlos verschwunden. Maresciallo Guarnaccia setzt sich mit seinem Kollegen in der Provinz, Niccolini, in Verbindung, einem wahrhaft überlebensgroßen, jovialen Römer, der nach einem Jahr im Norden immer noch Mühe hat, die vielfältigen Vernetzungen in seiner kleinen Gemeinde zu durchschauen, in der jeder mit jedem verwandt ist. Als die Leiche des Mädchens unter einem Haufen Tonscherben entdeckt wird, ist Niccolini völlig ratlos.

Tod einer Queen
Roman. Deutsch von Matthias Fienbork

Alle haßten die lebende Lulu, und die tote Lulu war erst recht keine sympathische Erscheinung. Niemand wollte mit diesem unmöglichen Fall zu tun haben, schon gar nicht Carabiniere Guarnaccia von der Carabinieri-Station am Palazzo Pitti. Es hatte andere Fälle dieser Art gegeben, und alle waren ungelöst geblieben. Auch diesmal rechnete niemand mit einer Aufklärung, doch als schon wenige Tage später die erste Festnahme erfolgte, waren alle Beteiligten verblüfft und beeindruckt. Nur der Wachtmeister nicht. Guarnaccia konnte sich, trotz aller Beweise, einfach nicht vorstellen, daß die launenhafte Peppina einen so kaltblütigen und komplizierten Mord verübt haben sollte.

Tod im Palazzo
Roman. Deutsch von Matthias Fienbork

Mord, Selbstmord oder Unfall? Wenn es in einer der ältesten Adelsfamilien von Florenz einen Toten zu beklagen gibt, kann es nichts anderes als ein Unfall gewesen sein. Ein Selbstmord würde den Ruf der Familie ruinieren und den Verlust der dringend gebrauchten Versicherungssumme zur Folge haben. Wachtmeister Guarnaccia glaubt aber nicht, daß das, was im Palazzo Ulderighi geschehen ist, ein Unfall war. Doch darf er nichts von seinem Verdacht verlauten lassen, will er seine Stelle nicht riskieren.

»Donna Leons Venedig-Krimis sind längst Kult. Magdalen Nabbs Florenz-Krimis werden es gerade – endlich: Nabbs Detektiv ist eine einzigartige Figur.«
Saarbrücker Zeitung

Tod einer Verrückten
Roman. Deutsch von Irene Rumler

Warum sollte jemand Clementina ermorden wollen, jene liebenswerte Verrückte, die jeder kennt im Florentiner Stadtviertel San Frediano? Wie sie in ihrem abgetragenen Kleid vor sich hin schimpfend immer vor der Bar mit dem Besen herumfuhrwerkte – das war ein allen vertrautes Bild. Erst als Clementina tot ist, wird klar, wie wenig man eigentlich von ihr weiß. Guarnaccia steht ohne einen Hinweis auf ein Tatmotiv da, in der brütenden Augusthitze. Bis er beginnt, Clementinas Vergangenheit zu erkunden, und zu den traumatischen Ereignissen vordringt, die das Leben der alten Frau so nachhaltig beeinflußten ...

Das Ungeheuer von Florenz
Roman. Deutsch von Silvia Morawetz

Endlich scheint das Ungeheuer von Florenz, der Mörder von acht Liebespaaren, gefaßt zu sein – nach über 20 Jahren Ermittlungsarbeit eine Sensation. Das Ergebnis des Indizienprozesses vermag Maresciallo Guarnaccia jedoch nicht zu überzeugen. Er sieht hinter die Kulissen einer korrupten Justiz, setzt dort an, wo diese schludrig gearbeitet hat, und stößt dabei auf schauerlichste Familienverhältnisse. Ein Roman, der behutsam mit einem brisanten Thema umgeht: dem Prozeß von 1994 gegen den mutmaßlichen Serienmörder von Florenz.

»Ein unheimlicher Thriller, in dem Vergangenheit und Gegenwart aufeinanderprallen in einem Florenz, das in Sachen Grausamkeit dem der Medici in nichts nachsteht und wo Lügen oft glaubwürdiger sind als die Wahrheit.« *Manchester Evening News*

Geburtstag in Florenz
Roman. Deutsch von Christa E. Seibicke

In der Villa Torrini, hoch über den Hügeln von Florenz, residiert die bekannte britische Schriftstellerin Celia Carter. Als sie ausgerechnet an ihrem Geburtstag tot in der Badewanne aufgefunden wird, glaubt keiner so recht an einen Unfall. Auch Maresciallo Guarnaccia nicht, der bald gerufen und mit der Auflösung des Falls betraut wird. Carters Ehemann liegt sturzbetrunken gleich nebenan im Schlafzimmer, beteuert, nichts gehört oder gesehen zu haben, und ändert auch im nüchternen Zustand seine Aussage nicht. Armer Guarnaccia! Erstens hat er mit Diätproblemen zu kämpfen, zweitens dauernd den sarkastischen Staatsanwalt Fusarri im Nacken, drittens der ständige Kampf gegen die italienische Bürokratie und nun diese vertrackte Geschichte! Als er kurz davor ist, aufzugeben, kommt unerwartete Hilfe.

»Ein weiterer Nabb-Krimi mit der besonderen Note von Florenz.« *Der Spiegel, Hamburg*

Alta moda
Roman. Deutsch von Christa E. Seibicke

Olivia Birkett, Ex-Model und Ex-Gattin des Conte Brunamonti, die es dank unermüdlicher Arbeitsdisziplin und starkem Willen geschafft hat, sich einen Namen als Modedesignerin zu machen und die hohen Schulden ihres verschwenderischen Ex-Mannes abzuzahlen, wird entführt. Natürlich pickt sich Maresciallo Guarnaccias Chef die Rosinen aus dem medienwirksamen Fall, und der Maresciallo wird dazu abgestellt, im Palazzo Brunamonti die Tochter und den völlig verzweifelten Sohn der Vermißten zu beruhigen. Aber auf dem Dienstbotenweg erhält der geduldige Guarnaccia viel wichtigere Informationen als sein Chef.

»Wirklich meisterhaft. Nur selten ist die Ausnahmesituation einer Entführung so tiefgründig beleuchtet worden.« *Michael Stenger /*
Westdeutsche Allgemeine Zeitung, Essen

Nachtblüten

Roman. Deutsch von Christa E. Seibicke

Sara Hirsch bittet Maresciallo Guarnaccia um Hilfe: Sie hat das Gefühl, daß jemand in ihrer Wohnung war. Erstens rieche sie das, und zweitens habe sie ein Küchenmesser in der Diele gefunden, an einem Platz, wo sie nie im Leben ein Küchenmesser liegenlassen würde. Außerdem hat die alte Dame eine anonyme Postkarte bekommen, die mit dem Text beginnt: »Jetzt, da wir wissen, wo du wohnst …« Guarnaccia vermutet, daß hier ein skrupelloser Hausbesitzer am Werke ist, der eine lästige Altmieterin loswerden will, um ungestört die Miete erhöhen zu können. Darum rät er Signora Hirsch, sich sofort mit ihrem Rechtsanwalt in Verbindung zu setzen, und verspricht, am nächsten Tag bei ihr vorbeizuschauen.
Doch am nächsten Tag wird Guarnaccia wegen eines Einbruchs in die Villa eines englischen Kunstsammlers gerufen. Über diesen neuen Fall hätte Guarnaccia die alte Signora Hirsch fast vergessen. Als er sie schließlich wiedersieht, liegt sie tot in ihrer Wohnung. Guarnaccia plagen Gewissensbisse.

»Magdalen Nabb hat mit dem bedächtigen Maresciallo eine ebenso sympathische Figur geschaffen wie Donna Leon mit ihrem Commissario Brunetti.«
Brigitte, Hamburg